ヴィクトリアンの地中海

石塚裕子著

開文社出版

目 次

まえがき ……………………………………………………… i

第 1 章　Gaskell とローマの休日 ……………………………… 1

第 2 章　Disraeli の地中海再発見 ……………………………… 35

第 3 章　イタリアの Dickens …………………………………… 65

第 4 章　George Eliot と歴史と地中海 ………………………… 99

第 5 章　死に至る旅—Gissing と地中海 ……………………… 129

第 6 章　地中海の彼方の Sherlock Holmes ……………………159

第 7 章　E. M. Forster と地中海の誘惑………………………… 191

第 8 章　コスモポリタン画家 John Singer Sargent のこと ……225

初出一覧 …………………………………………………………245

あとがき …………………………………………………………247

索引 ………………………………………………………………251

まえがき

　19世紀にはイギリス人は多く旅をした。かつて旅（"travel"）はその語源 "travail" が示すように、骨折り・辛い労働であり、旅に出るというのは、必要に迫られた仕事や巡礼でよその土地へ辛い苦労をしながら出掛けていくことを意味した。もともとは、人々は徒歩で旅をし、やがて、馬や馬車に乗るようになったわけだから、けっして旅は簡単なものでも、楽しいものでもなかった。だから、旅に出るというのは、傭兵、商人などやむにやまれぬ目的があってのことだった。旅に楽しみの要素が加わるのは18世紀になってのことで、戦争も減り、国の経済力が増し、人々の生活水準が上がったからであるのは言うまでもないが、それでも実際に余暇に旅ができたのは金と時間のある特権階級だけであった。この旅は "grand tour"（グランド・ツアー）と命名され、名目は勉学と称し、貴族の子弟が外国語を習得し、本物の芸術作品に触れて、審美眼を養い、ヨーロッパ大陸の、主にフランスやイタリア宮廷の洗練された作法を学び、異国の様々な生活風習の人々と交流し、そこから知恵や分別を磨くことであり、家庭教師やお供をひきつれて、通常2ないし3年をかけて遊学するものだったが、その実体は観光と道楽三昧が多かったという。いずれにせよ、教養豊かな国際人としての指導者層の養成がその目的で、当時の支配階級である貴族とジェントリとは、莫大な金を当然のことのようにつぎ込んでは、子弟をわれもわれもと遊学させ、いつしか

"grand tour" は貴族としてのイニシエイションと化した。過ごせる無為な時間と贅沢な浪費とがとりもなおさず貴族の身分と威厳とを表し、これは同時に下の階級との差別化にもつながった。

ところが19世紀になると、支配階級は貴族とジェントリに代わって産業資本家たちが台頭し、1832年の選挙法改正が端的に物語っているように、中産階級が支配の座に着くことになった。ヴィクトリア女王でさえ、広い支持を得るためにはこれまでの無為と贅沢の貴族的な王の生き方ではなく、中産階級の勤勉・堅実・道徳重視の生活態度を取り入れたが、中産階級の人々のほうは上流階級の真似をしたがり、カントリー・ハウスを買い入れたり、子弟をパブリック・スクールに入学させたり、さらには貴族の余暇の過ごし方をも手に入れようとした。時は、まさに科学万能の時代、産業革命により科学技術が発達して、日常生活もその恩恵を受け、日々を追うごとに快適に改善されていったが、馬車にかわって鉄道が、帆船にかわって蒸気船が登場したのも、ヴィクトリア朝のことであった。これにより、旅に費やす時間とお金が大幅に節減され、Thomas Cook のパッケージ・ツアーの大成功でも判るように、旅をする階層の裾野が大幅に広がった。中産階級は上流階級を真似、労働者階級は中産階級を真似て、みな大挙して旅に出た。

もちろん、その背景には、イギリスではナポレオン戦争以降の19世紀に、クリミア戦争を除けば、殆んど戦争らしきものがなく、平和を謳歌したことと、1851年のロンドン万国博覧会が象徴しているように、大英帝国は世界の工場となり、七つの海を支配し、未曾有の経済繁栄を成し遂げたことがあるのは言うまでもない。さらにはヨーロッパ大陸における1848年の革命も、イギリス国内では大きな騒乱にはつながらなかったことも挙げられよう。余暇とお金とを手に入れたイギリスの人々はヨーロッパ大陸に旅をしたが、労働者階級がフランスやベルギーあたりが目的地としては限界だったのに対して、富裕な中産階級層は、南ヨーロッパへ足を伸ばす者も少なくなかったし、中にはアフリカや中近

東、東アジア、あるいは北極へと冒険の旅をする者も現れた。18世紀の "grand tour" が一生に一回きりの贅沢三昧の記念の旅であったとしたならば、19世紀の大陸旅行はしょっちゅう繰り返して訪問する身近な旅行へと変貌していた。けれども、最初の鉄道の敷設が1830年のマンチェスターとリヴァプールであったことを考えれば、ヴィクトリア朝の当時の時代では、まだ大陸では鉄道が敷かれる前か、敷かれたばかりか、あるいは敷かれた後でも私たちには想像もできないほど途方もない長時間にわたる苛酷な旅であっただろうし、アルプス越えなどは徒歩か、籠であったから、余暇の旅とはいっても、私たちがするヨーロッパ海外旅行のような快適な旅行とは大違いであり、当時の旅は、現代の人間なら十分骨折りの重労働の旅としか思えないものであっただろう。それではこれほど辛く大変な思いをしてまで、なぜ、ヴィクトリア朝の人々は一度ならず旅をし、とりわけ地中海へと出掛けていったのか、それを考えてみようというのが、本書の趣旨である。

　取り上げた作家、画家はそれぞれ地中海に惹かれ、それを作品に表現したヴィクトリア朝の文人であるが、本書は文人たちと地中海のかかわりを検討し、その作品を通して、何故地中海に魅惑されたのかを検証するものである。Gaskell はロマンスを、Disraeli はイギリス社会でのユダヤ人の異邦人性を、Dickens は人間の意識下を、George Eliot は歴史と女性の生き方を、Gissing は古代ギリシャ文学への憧れを、E.M.Forster はホモセクシュアリティを、Sargent はコスモポリタンとしての出生をそれぞれトピックスに選び、考察した。ここには、貴族やジェントリ出身の人間は見当たらない。19世紀ならではの人物たちが登場している。(Foster が作家として活躍したのは、エドワード朝であるが、生まれはヴィクトリア朝時代であり、作品にもその影響が色濃いことを根拠とし、さらに Holmes は地中海ものに入れるにはコンテクストからは無理があるが、ご勘弁願いたい。) ここから、ヴィクトリア朝の人々にとって地中海がどのような存在であり、どのような意味を持ち、またどのよ

うな役割を果たしていたのかが、みえてくることであろう。それは同時に、当時のヴィクトリア朝社会が抱えていた様々な弊害や問題点を浮き彫りにすることにもなるであろう。外国文化を旺盛に吸収し、作品にどんどん取り入れたタイプというよりは、むしろ伝統のイギリスらしさを代表し、あるいはまたその風俗・社会を冷徹に描く文人として、私たちが通常位置づけている人物たちばかりが、実は地中海に魅惑されたというところに、問題の根深さが窺えよう。

第1章

Gaskell のローマの休日

I

　19世紀の英国では中産階級以上の人は非常によく旅をした。George Eliot が手紙の中で、近頃珍しいことが唯一あるとすれば、人を訪ねてその人がたまたま家に居たことだ、と綴っているほど、人々は旅に出掛け、1年の大半を留守にしていた。英仏海峡の旅客運送は1816年にブライトンとル・アーブル間で開始され、1821年にはドーヴァーとカレー間を3時間余り8～10シリングの運賃による定期船ができているが、1840年までには年間10万人が英仏海峡を渡ったと推定されている。同年、Dickens がこれに乗って2年後アメリカに渡ることになる *Britania* 号が14日間で大西洋を横断することに成功し、1828年ライン川に蒸気船が運行し始めている。

　第一次世界大戦以前の大多数の旅行者は職業上ないしは商売目的で、余暇目的は少数だった。それでも英国が栄え富むにつれ、旅行費用も安価になり、旅行は下層階級にまで及び、1週間ケント州の保養地で過ごすより、大陸旅行を楽しむほうが安いという現象まで生じた。こういった人達の大多数の目的地は北ヨーロッパ、おもにパリ、ブリュッセル、ライン地方とスイスで、さらに南方の地中海地方へ足を伸ばすことのできた人達は実業家、弁護士、医者、聖職者、学者、資産家の未亡人かオールド・ミスといった、もっと時間と金と教育のある中流に属する人

達だった。ただ 18 世紀の "grand tour" が貴族の子弟の教育の完成のため、終始外国人の目で物珍しさを求めての物見遊山の旅であったのに対して 19 世紀の大陸旅行はしばしば通っていく別荘感覚であり、基本的には家族を単位としていた。

　18 世紀の特権階級の "grand tour" から 19 世紀の大陸旅行へと橋渡しをし、旅行システムに一大革命を引き起こした人物は、現在でも、その名が時刻表や両替でお馴染みの Thomas Cook である。非国教徒（Nonconformist）で信心深い Cook は 1841 年、ラフバラ（Loughborough）での禁酒大会に参加するため、汽車をチャーターすることに成功し、レスター（Leicester）から 1 人 1 シリングという格安料金で、570 人を率いて出掛けたが、これが団体旅行割引制度の基礎となった。労働者階級の深酒に頭を痛めていた Cook は、余暇を使って旅をすることでこの人たちの酒浸りを遠ざけられるかもしれないと、この時ひらめいたのだった。もちろん、時代の申し子である蒸気船と拡張を続ける鉄道という二つの追い風がなければ、Cook の成功はありえなかったであろう。Robinson Crusoe で Defoe が例証しているように、非国教徒（Nonconformist）の特徴に、人一倍深い信仰心と同時に人一倍強い経済観念が挙げられようが、Cook はまさにそれを地でいったような人物だった。パッケージ・ツアーを次々企画したが、旅行者はあれこれと面倒な手続きが省け、Cook のほうは手数料で儲け、ガイド・ブックも発行しと、人の役に立ちながら、自分もきちんと潤うことを計算に入れていたのであった。最初は国内だけであったが、1855 年 7 月 4 日に英仏海峡を初めて渡るパリ万博見学ツアーを企画している。その時はパリに直行する許可が下りず、ハリッジからアントワープ、ブリュッセル、ケルン、マインツ、フランクフル

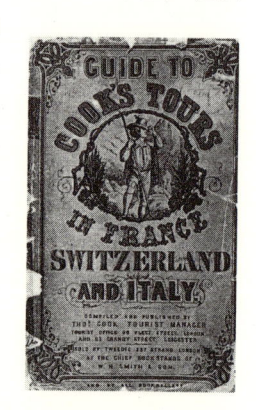

トマス・クックの
ガイド・ブック

ト、ハイデルベルグ、バーデン＝バーデン、ストラスブールを通ってとパリに入るという大変な遠回りであったが、なかなか人気を呼び、8月には二度目のツアーを行なったほどだが、結局 Cook の懐は赤字に終った。けれども、Cook 商会は、パスポート、税関、出入国手続きの世話から、旅行全部の切符、ホテル、両替、通訳を一手に引き受け、各地に散らばる代理店には制服着用のガイドを配置し、特に南方への旅行に対する抵抗感を無くしていくなど、幾多の企業努力のせいか、あるいは Cook 商会を使っている "royal and distinguished person" と銘打って、旅行者名簿を発表するなどして、中産階級のスノッブ心をそこはかとなく煽る企業戦略のせいか、1860 年代半ばに一流の国際的旅行業者としての地位を不動のものに築き上げていった。ちなみに 1878 年のパリ万国博覧会には 7 万 5 千人を送り込んでいる。

こういった空前の旅行ブームの中、大陸、特に地中海地方に出掛けて行かなかったヴィクトリア朝文人を捜すのは難しいくらいだ。Bernard Shaw は "Victorian cosmopolitan intellectualism"[1] と名づけているが、地中海がヴィクトリア朝作家に様々なインスピレーションを与えたのは間違いない。Dickens, Ruskin, Trollope, Thackeray, Gissing, G.Eliot, S.Butler, Bulwer-Lytton, Wilde, Pre-Raphaelite の文人たち、それ以降では E.M. Forster, D.H.Lawrence 等、その数に暇はないが、地中海に自らの "root, origin, essentials" を見い出し、そこの芸術、文学、風景画、宗教に魅了されている。そこで英国の作家たちをこれほどに地中海に駆り立てたものは何かを、本章では Gaskll を例にとって、その一端を探ってみたい。

そもそも英国人は基本的にピューリタンであるから当時は娯楽目的の旅というのは許されなかった。Pemble によれば、そこで大義名分に pilgrimage（巡礼）、culture（文化）、health（健康）を挙げていたという。Dickens や G. Eliot のように、家族を扶養するため、あるいは生活費の安い大陸の南方に移り住む、という経済的理由による動機もあった。例えば Dickens はロンドンのさほど大きくもない家の 1 年間の家賃にも

£300 支払っていたのに、それだけあれば 1850 年代以前のイタリアでは貴族のような暮らしができたという。英国は島国であるから、海の彼方のどこかに行ってみたいという潜在的理由はあるだろう。それに加えてヴィクトリア朝英国は階級社会であり、また英国人は本質的には厳格なピューリタンでもあるから、四方八方制限だらけで憂鬱で窮屈、排他的でペシミスティックな時代風潮に包まれ、気候も暗くじめじめし、特に冬は夜が長く太陽に見放されたような自国から、精神的にも物理的にも全ての束縛から解放されて、太陽の光溢れる開放的で陽気な地中海地方で自由を満喫し楽しみたいというのが本音であった。例えば Wilde や E. M. Forster といったホモセクシュアルの人達にとっては、18 世紀の "grand tour" の二番目の性的目的を（ややその形は歪められているものの）継承でき、なおかつ本国でのように後ろ指をさされることもなく、身分をひた隠しにして、秘密にする必要もなかったため、とりわけ居心地が良かったらしい。

アルプス越え

とはいっても百年以上昔の話、1840 年代でロンドンからローマまで、"diligence"[2] と呼ばれた急行の乗合馬車で 3 〜 4 週間は掛かり、ルートはフランス回りかスイスの峠越えかであった。（それでも 1840 年代で年間フィレンツェを訪れた外国人は約 1 万 1 千人、うち英国人は約 5 千人

というから驚きだ。）その後フランス回りはリヴィエラや他のフランスの港からイタリアの各港へ蒸気船を使うことで時間は短縮されるが（マルセーユとナポリ間が約60時間）、1850年代半ばにはパリとマルセーユ間を鉄道が18時間で走るようになり、さらに1870年には鉄道はイタリアまで通じ、1883年にはカレー＝地中海急行列車が登場し、55時間でロンドンとローマ間を行くことが可能になった。

II

Elizabeth Gaskell（1810-65）は1841年夫とともに初めてブリュッセル、アントワープ、そしてライン地方を訪れたのを皮切りに、数年の間をおいて1854年にフランスへ二番目の娘（長女は死亡）のMarrianneとともに出掛けると、その後はほぼ毎年のように大陸に行っている。イタリアへは完成した The Life of Charlotte Brontë（『シャーロット・ブロンテ伝』）に対する批評から逃げだすために、Marrianneと三番目の娘のMetaと1857年から58年にかけて、

エリザベス・ギャスケル

二度目は1863年に四女Florenceを含めて3人の娘たちと再訪している。ここではイタリアに言及している諸作品のうちGasklIが実際にイタリア旅行をした1857年以降の小説を対象とし、ほぼ年代順に My Lady Ludlow（1858）、Cousin Philis（1863）、A Dark Night's Work（1863）の3作品を取り挙げていく。

My Lady Ludlow はストーリーに最初も真中も最後もない作品で、Lady Ludlow を中心とした、上は貴族から下は召し使いや農民にいたるまで、一田園地方に住む人々の穏やかな日常生活をほほえましくユーモアたっぷりに描いた牧歌物語であるが、全体の3分の1近くがフランス革命を背景とした悲恋物語が挿入されているため、作品としてのバランスがくずれ、必ずしも成功した小説とは言い難いが、当時の様々な階級の人々の生活様式を知るのにはまたとない教科書となっている。

　この作品に現れるイタリアには二つの側面があり、一つは Lady Ludlow のイタリア体験であり、もう一つはこの奥様に仕える Miss Galindo にまつわる話に登場するイタリアである。前者は明らかに貴族にまだ力と富と誇りと威厳があった旧き良き18世紀の"grand tour"へのノスタルジーとして描かれている。作品の時代設定は19世紀初頭と思われるが、Lady Ludlow はかつて George III 世の王妃 Queen Charlotte の女官を務めたことをこの上もなく誇りにし、小柄だけれども背筋をぴんと伸ばし、杖は持っているものの、とても軽やかな足取りで歩くところからすれば、むしろ杖は"status"と"dignity"を示すためのアクセサリーであるかのようであり、つぶらな瞳をして若い頃はさぞ美しかったと思わせる。やや時代錯誤の水戸黄門的お裁きに、まわりのリベラルな世代の人々は面食らうが、あくまでも上から下へ情けをかけるという上下身分関係の形は死守するものの（身分制度を廃止したフランス革命を何よりも嫌うが）、実は人一倍人情家であり、人の話に耳を傾ける好人物であることが判る。"grand tour"でのエピソードは、気の毒な環境の少女たちを6人引き取って、夫人は身のまわりの世話をさせているが、その中の1人である語り手によって紹介される。

　　Yet I forgot my sad pain in silently wondering over the meaning of many of the things we turned out of those curious old drawers. I was puzzled to know why some were kept at all…and here and there a stone, of which I thought

第 1 章　Gaskell のローマの休日　　　　　　　　　　　　　　　7

I could have picked up twenty just as good in the first walk I took. But it seems that was just my ignorance: for my lady told me they were pieces of valuable marble, used to make the floors of the great Roman emperors' palaces long ago; and that when she had been a girl, and made the grand tour long ago, her cousin, Sir Horace Mann, the Ambassador or Envoy at Florence, had told her to be sure to go into the fields inside the walls of ancient Rome, when the farmers were preparing the ground for the onion-sowing, and had to make the soil fine, and pick up what bits of marble she could find. She had done so, and meant to have had them made into a table; but somehow that plan fell through, and there they were with all the dirt out of the oninon-field upon them; but once when I thought of cleaning them with soap and water, at any rate, she bade me not to do so, for it was Roman dirt—earth, I think, she called it—but it was dirt all the same.[3]

けれども、この風変わりな古い引出しから見つけた多くの物の意味を、押し黙ったまま、あれこれと思い巡らしていると、自分の辛い苦しみは忘れているのでした。なぜここにしまってあるのか、その理由を知って頭を捻った物もありました…あちこちに石がありましたが、私ならちょっと散歩に出れば、すぐに同じようなものを 20 個は拾えるのに、と思いました。ですが、これは私が何にも知らなかったからのようでした。と申しますのも、奥様がお話ししてくださったところによりますと、何でも大変貴重な大理石のかけらで、昔々の大昔、偉大なるローマ皇帝の宮殿の床になっていたものなのです。それと、ずっと昔、まだお嬢さまの頃にグランド・ツアーにお出かけになったとき、サー・ホーレス・マンというフィレンツェの大使だか公使だかをしておいでのお従兄さんに、古代ローマの城壁内にある畑へ、農民がその地面に玉葱の植付け準備をするのに、土を細かくしなければならない時を見計らって、必ず行って、見つけられる限りの大理石のかけらを拾い集めてきなさいと、教えられたのだそうです。奥様は実行なさって、それを集めてテーブルを作らせようとなさったのだそうです。ですけれども、どういうわけか、その計画はお流れになってしまい、それで玉葱畑の泥もろ共ここにあるというわけなのです。ともかく、私は一度、石鹸と

水で綺麗にしようと考えましたが、なりません、と奥様は命ぜられました。何しろ、ローマの泥ですから――いえ、たしか、土ですから、と奥様はおっしゃっていましたが――ですが、結局、どっちみち泥じゃありませんかねえ。

　他人にとってはただの石ころでも、夫人にとっては自分の手で拾った古代ローマ皇帝の宮殿の大理石の床の一部、"grand tour" の貴重な思い出の記念品であって、ついている土すらローマの土埃で、それはちょうど高校球児にとって甲子園の土のような価値があるのだった。テラスも手欄りも花瓶や石造りのステップにもイタリア様式が採用されていたり、あるいはほんの小さな姿見一つあるきりの応接間が "Mirror Room" と呼ばれていたりしたが、それは姿見がひい御祖父さんのヴェネツィアの大使だったころ、彼の地から持ち込まれたからだった。このように Lady Ludlow にとってのイタリアは、貴族の地位が健在で安定していた 18 世紀へのユーモアあふれるノスタルジーとして描かれている。

　それに対して、Galindo ストーリーは 19 世紀の現実だ。Miss Galindo の叔父は准男爵だったが、"grand tour" に出掛けたまま大陸で客死し、牧師だった父が俄かに准男爵の地位を継ぐことになる。ところで Miss Galindo には幼なじみで憎からず思っていた Gibson 青年がおり、周囲の者も当人たちもいずれ 2 人は結婚すると暗黙のうちに了解していた。けれども思いもよらぬ境遇の転変に見舞われ、欲深くなった父は娘により有利な結婚を望むようになり、2 人の仲を裂いてしまう。ところが、実は叔父 Sir Lawrence には生前ナポリの漁師の娘と結婚して設けた子供がいることが判明し、父は称号と身分とを返還せざるをえない羽目になり、ロンドンの貧しい牧師補に職を得、Miss Galindo は Lady Ludlow のお世話をして仕えることになる。捨てられた Gibson 青年はやがて死亡するが、死後、結婚せずに別の女性との間に子供が生まれていたことが分かると、Miss Galindo はその少女を引き取って共に暮らす。ナポリの

第 1 章　Gaskell のローマの休日

娘の方もささやかな家庭の幸せのみを願い、決して金目当てを目論んだのではなかったが、夫の死後、生活に貧窮し、頼ったまわりの欲得づくの家族に焚き付けられて、名乗り出たのだった。

> She and her husband had wandered about the shores of the Mediterranean for years, leading a happy, careless, irresponsible life, unencumbered by any duties except those connected with a rather numerous family. It was enough for her that they never wanted money, and that her husband's love was always continued to her. She hated the name of England—wicked, cold, heretic England—and avoided the mention of any subjects connected with her husband's early life. So that, when he died at Albano, she was almost roused out of her vehement grief to anger with the Italian doctor who declared that he must write to a certain address to announce the death of Lawrence Galindo. For some time, she feared lest English barbarians might come down upon her, making a claim to the children. She hid herself among them in the Abruzzi, living upon the sale of what furniture and jewels Sir Lawrence had died possessed of. When these failed, she returned to Naples, which she had not visited since her marriage. Her father was dead; but her brother inherited some of his keenness...[4]

何年にもわたって、その娘と良人とは、地中海の海岸を彷徨って、かなり大所帯の一族との縁戚関係がある以外は義務に縛られることのない、幸せで呑気な、責任を負うこともない生活をおくっていた。娘はお金なんか全然欲しくないし、良人の愛情がずっといつも自分に向けられているだけで十分だった。イギリスという名前を嫌悪し——あくどくて、冷淡で、異端者のイギリス——良人の若い頃と結びつく話題には触れまいとした。それで、良人がアルバノで亡くなったとき、悲嘆に暮れるあまり、ローレンス・ガリンドウの死亡を知らせる手紙をしかるべき宛先に出さなければならないと公言したイタリア人の医者に対し、むくむくと怒りが込み上げてくるのだった。しばらくの間、イギリスの野蛮人どもが、子供は自分たちのものだと主張して、厳しく追及してくるのでは

ないかと脅えていた。サー・ローレンス・ガリンドウが亡くなったときに所有していた、なけなしの家具や宝石を売って暮らしを立てながら、アブラッツイ地方で身を隠していた。これも底をつくと、結婚してから一度も足を踏み入れていないナポリに戻った。父はすでに亡くなっていたが、兄は父の抜け目ないところを受け継いでいた。

Miss Galindo とイタリアの娘は共に誠実で純愛を信じるタイプの人間であるのに対して、Miss Galindo の両親やナポリ娘の親族は私利私欲に毒されたタイプの人間として描かれている。つまりこの作品ではイギリス対地中海、例えば厳格対情熱、束縛対自由といったような図式は成立していない。G. Eliot の *Middlemarch*（1872）や Gissing の *The Emancipated*（1890）の女主人公たちの例に見られるような、英国の偏狭なピューリタンの教えで育った女性が地中海地方の陽気で開放的空気に触れることで、凍りつき麻痺した感性・感覚が解放され、幻想から解き放たれ本来の自由を取り戻すといった、エピファニー的要素をイタリアに見いだしているわけではない。つまり真面目で純真で情感あふれる人間はイギリスにもイタリアにもいるだろうし、欲得づくの拝金主義者も同じ様に何処にでもいるということになろうか。

さらに *Cousin Philis* の中ではどうであろうか。この作品では、美しい田園風景の四季の中で純粋無垢な少女 Philis が体験する初恋とその踏みにじられた悲恋を、従兄の Paul の目を通して語られているが、ここではイタリアは Holdsworth 氏に代表されよう。25、6歳で生まれも育ちも良く大陸旅行をしたことがあり、髭を蓄え、ハンサムで外国風の立派な見なりをし、かつて鉄道工事で北イタリアに滞在していた、いわば当時の洗練された新しいタイプのエリートだ。一方 Philis は田舎の牧歌的一地方に住み、ダンテやウェルギリウスを好む学問好きの聡明な少女である。青年は病気快復のため Hope Farm に滞在し、イタリア語のレッス

第 1 章　Gaskell のローマの休日

ンを通して 2 人は意気投合し、Philis は恋をするが、しかし Holdsworth は妹のようにしか思っていない。

　ただここで 2 人を結びつけているのはたとえイタリアではあっても、本質的にその質には違いがあった。つまり Philis にとってのイタリアはダンテやウェルギリウスといった過去の偉大な学問の源、言いかえれば文化遺産の地としての、精神的イタリアであった。それに対して Holdsworth 氏の捉えるイタリアは例えば、鉄道建設とか、洋行帰りの粋なダンディズムの象徴といった、19 世紀の現実の物質的イタリアなのだ。

　　'Yes! Fancy her trying at Dante for her first book in Italian! I had a capital novel by Manzoni, *I Promessi Sposi*, just the thing for a beginner; and if she must still puzzle out Dante, my dictionary is far better than hers.'
　　'Then she found out you had written those definitions on her list of words?'
　　'Oh! yes'—with a smile of amusement and pleasure. He was going to tell me what had taken place, but checked himself.
　　'But I don't think the minister will like your having given her a novel to read?' [5]

　「そうだ。イタリア語をダンテから始めるんだから。わたしはマンゾーニの『イル・プロメッシ・スポージ』を持っていた。すばらしい本だった。初心者向きなのだ。それにしても彼女がダンテを読むのなら、わたしの辞書のほうがずっとましなんだ」
　「それじゃあ、あなたが彼女の単語帳に意味を書いたことを彼女は知っているのですね」
　「ああ、そうだ」――可笑しいような嬉しいようなほほえみを浮かべながら。彼はどうなったのか言おうとしかけたが、押し黙ってしまった。
　「しかし、牧師さんはあの人に読書のために小説を読ませたくなかったとぼくは思います。」(p.221)

ダンテではなくマンゾーニを読めばいい、というMr Holdsworthの科白がこれを象徴的に物語っている。マンゾーニの『いいなづけ』（1827年作）は *The Betrothed* と翻訳され、ヴィクトリア朝の読者の間で人気が高かったが、2人の農民カップルが様々な社会的・宗教的嫌がらせや混乱・危機を乗り越え、最後にめでたく結婚するという *Tom Jones* のような物語だ（ちなみにPhilisが属する非国教徒（Nonconformist）にとっては、当時小説を読むことは罪深いことと考えられていた）。ダンテは黴の生えた小難しい過去の遺物であり、Mr Holdsworthにとって、『いいなづけ』がスマートな現代文学と映っていることに間違いはない。

 'You love Philis, then?' said I
 'Love her! —Yes, that I do. Who could help it, seeing her as I have done? Her character as unusual and rare as her beauty!....God keep her in her high tranquility, her pure innocence. —Two years! It is a long time.—But she lives in such seclusion, almost like the sleeping beauty, Paul,'—(he was smiling now, though a minute before I had thought him on the verge of tears,)—'but I shall come back like a prince from Canada, and waken her to my love. I can't help hoping that it won't be difficult, eh, Paul?'
 …. He went on, half apologetically,—
 'You see, the salary they offer me is large; and beside that, this experience will give me a name which entitle me to expect a still larger in any future undertaking.'[6]

 「それではフィリスを愛しておられるのですか？」と私は尋ねた。
 「愛しているだって、そうだ、愛している。あのような人と会って愛せずにいられるだろうか？あの人は非常に美しく人柄もとてもすばらしい。…神があの人に平静と純粋な無邪気さをなくさせないようにお守りくださいますように——二年だ。長い間だ。しかし、彼女はまるで眠れる美女のようにあんなに引

第 1 章　Gaskell のローマの休日

きこもって暮らしているのだ、ポール」──（彼はほほえみを浮かべていたが、ほんの少し前には彼が涙を流していると私は思っていたのだ）──「だが、カナダから王子のように帰ってきて愛で彼女を目覚めさせよう。むつかしいことではないと思っているんだが、ポール」

…彼は言い訳をするように話を続けた──

「きみ、わたしに多額の給料を出してくれるのだ。その上、この経緯で名前が知れると、将来の仕事ではもっと多額を期待できるだろう」(pp.230-31)

ここでも Mr Holdsworth は "sleeping beauty" と揶揄して、Philis が時間の止まった一種桃源郷の世界に閉じ込められているかのように感じている。Philis を好い子とは思っても、そして病気快復には Hope Farm の牧歌的エデンの園は心地よい休養の地ではあっても、元気を取り戻した青年が長居する場では所詮ないし、前途有望な若者がより大きな野心を抱き、次の仕事にいち早く向かったとしても無理からぬことだ。

もう一度要約するならば、Philis がイタリアに対して抱いているイメジというのが過去の文化遺産であったように、今暮らしている田園も日に日に消えつつある 18 世紀の牧歌的世界のノスタルジーにすぎない。一方 Holdsworth のイタリアに抱くイメジが、鉄道がどんどん敷設され、生身の人間が生きる現実のその姿であったように、19 世紀英国産業革命後、科学技術の進歩を基盤にしておもに新興中産階級層に見られた考え方の風潮、つまり立身出世を目指す典型的 "self-made" 型の若者像を Holdsworth 自身は背負っていた。2 人のイタリア認識のずれが過去対現実、ないしは精神主義対物質主義であったように、世界観認識にも同様のずれを指摘できるのだ。したがってこの作品においても、例えば G. Eliot の *Scenes of Clerical Life* に収められている中篇 *Mr. Grifil's Love Story* (1858) に見られるような、イタリア人の Caterina が情熱に生きる純愛を代表し、その娘を弄ぶ英国人 Captain Wybrow が冷酷な打算主義を表す、

といった単純明解なイタリア対英国、南方対北方の二律背反という図式は成立しえない。

III

　最後に *A Dark Night's Work* に描かれるイタリアはどうであろうか。これは1863年1月24日から3月21日まで *All the Year Round* 誌に掲載されたもので、例によってワンマンの Dickens 編集長によって、もともと Gaskell がつけたタイトル、*A Night's Work* を変更させられたいきさつがあるが、W. Collins の *No Name* が1月17日に終了し、その後を引き継いで冒頭を飾る作品となった。この作品も全体のバランスが悪いために成功した作品とは言い難いが、読者を先へ先へと引きこんでいくそのストーリー・テラーのお手並みはさすがだ。

　マイナーな作品でもあり、簡単にストーリーを紹介する。Mr Wilkins は財産移転業務を専門とする事務弁護士で知性と業績に優れ、仕事柄、上流階級との付き合いも多い。息子に、大学へは行かせないものの、良い教育を受けさせているし、大陸旅行も体験させ、そしてとても儲かるというので、自分の商売の跡を継がせる。しかし、品位と洗練と教養を兼ね備え、ハンサムな好青年に成長した息子の Edward の悲劇は身分以上の教育を受けたことだった。Edward の結婚相手自体は誠実でつつましやかな優しい女性だったが、その叔父が准男爵で、金はないのに Edward の生まれの卑しさをからかっては、Edward の馬を使う、お酒も飲むなど、要は相手の金にたかってくる。Edward は贅沢が高じ、わざわざコックをイタリアから呼び寄せて豪勢な晩餐会を開いたり、相手が望んでもいないのに、妻に高価な宝石やドレスを買い与えたりして、何とか高貴でない生まれの劣等感の埋め合わせをしようと躍起になる。果ては South Wales の de Winton なる称号まで買って、馬車にその紋章を

つけ、村人の笑い者になる。やがて妻は亡くなり、娘のEllinorとの2人きりの生活になるが、近くに住む気の合う牧師Ness氏の許に家柄のいい弁護士志望のRalph Corbetが弟子としてやってきて、月日の経つうち若い2人は結婚を約束する。ところがいざ結婚となると、Corbetの父は莫大な持参金を要求してくるが、派手な生活ぶり、例えば希少価値のあるワインなどの高級品への散財、仕事に対するおざなりで不熱心な姿勢等で、Wilkins氏の台所は火の車、気づいてみれば、雇い人の事務員Dunsterが何時しかパートナーに収まっている。こういう中でEllinorは少年のような善良で無垢な牧師Livingstoneと知り合い、2人はRuskinなどで妙に話が合い、若い牧師は一目でEllinorを好きになる。と、ここまではAusten流のノヴェル描写が延々60ページ余り続き、前置きが長すぎるとDickens編集長の叱責を買うわけだが、不意に物語の雰囲気は一変し、ミステリー心理小説に変貌していく。

　或る夜（これが小説のタイトルになっているのだが）、父のEdward Wilkinsはパートナーのdunsterを連れ帰って来るが、2人は酒に酔って口論している。かっとした父が一発殴りつけると、倒れるとき頭を打ち、脳の血管が破裂してDunsterはあっけなく死んでしまう。父を犯罪者にはできないというとっさの判断で、Ellinorと馬丁のDixonと3人でDunsterの死体を庭に埋める。けれども、死体を埋めたという拭いきれない罪悪感は、Macbethのように永遠に3人の安らかな眠りを奪い去ってしまう。Ralph Corbetもこの一家の暗く重苦しい空気やEllinorの妙な言動に僅かな疑惑を覚え、また婚約者の父にはもうお金は出せまいと察知すると、婚約を解消し去っていく。じきに父は亡くなり、文無しになったEllinorは家を貸し（Dixonだけは召し使いとして留まったが）、家庭牧師のMiss Monroの故郷に移り住み、大聖堂のある教会の境内の小さな家で隠遁生活を始める。或る時、大司教の姪がそこで結婚式を挙げるが、何とその相手がかつての婚約者Corbetだった。その後、老いた大聖堂参事会員が亡くなり、次にLivingstoneが赴任して来るけれど

も、Ellinor は心を開かない。そうこうするうち、隣人だった Ness 牧師が亡くなり、そのささやかな遺産を相続することになった Ellinor は 16 年ぶりに実家に数日間帰ることになる。そこで Ellinor は Dixon に再会し、近くに鉄道が敷設されることを耳にする。その後体調の思わしくない Ellinor は教区の裕福な Farbes 未亡人と令嬢とともに健康回復のためイタリアに出掛ける。(やっとここでイタリアが登場するわけだが、唯一この箇所のイタリア描写が実際に Gaskell が 1857 年イタリアに出掛けた時の体験に基づいて綴られたものだ。) ローマで、後から追いかけてきた Livingstone から Dixon 逮捕の知らせを聞かされる。鉄道路線計画の変更によって死体が掘り出され、Dixon の名が所持品から割れたという。Dixon の死刑宣告を聞かされた Ellinor は無実を晴らすため急遽帰国しようとするが、前述した当時の交通事情の困難・不便さから巡回裁判に間に合わない。(実際は、Gaskell はイタリア滞在中に『ブロンテ伝』の件で訴訟を起こされ、急遽帰国しようとして、やはり間に合わない、という体験をしているのだが)、死刑執行を阻止するためのたった一つ残された手段は Corbet 判事の自宅に直訴に行くことだった。2 人の面会により無事 Dixon は釈放され、そして Ellinor と Livingstone は結ばれ、なおかつ昔の不名誉な出来事は公にされることはなかった。

　以上があらすじであるけれども、まず Gaskell の個人的資料から始めることにしよう。

> We are really truly coming to Rome!!!!!! We are starting off on Friday next—the 13th....by the direct (Thursday 19th) boat for Civita Vecchia—arriving there according to *promise* on 7 o'clock on Saturday morning, in time for the 10 o'clock diligence to Rome.
>
> 　Will you really receive us for a few days? And are we really coming—and shall we truly see Rome? I don't believe it, It is a dream! I shall never believe it, and shall have to keep pinching myself! [7]

第1章　Gaskell のローマの休日

　私たちは本当に間違いなく、ローマへ行きますよ!!!!!! 今度の金曜日——13日に発ちますが...直行便の船で（19日木曜日）キヴィタ・ヴェッキアへ向かい、土曜日、約束では朝7時に到着し、10時発のローマ行きの乗合馬車に間に合うことになっています。

　本当に2、3日そちらに寄せていただけるんでしょうか。それにそもそも私たちが出掛けて行って——それからローマ見物をするって、本当に間違いのないことなのかしら。とても信じられません。これは夢だわ。絶対に信じていられることじゃありませんから、我と我が身をずっとつねってなくちゃいけませんね。

　Gaskell が友人 Story に宛てた手紙からの引用にあるように、感嘆符が沢山つけられ、とても嬉しそうなのが手に取るように察せられるが、Gaskell はローマが大好きで、亡くなる前に聞き取れた最期の言葉も「ローマ」だったという。[8] けれどもローマの実体験が語られているのは、妙なことに唯一 *A Dark Night's Work* 一作品だけで、そこはカーニバルの人混みと喧騒の中から Livingstone を見つけ出す場面だ。

> Mrs. Forbes had her own hired balcony, as became a wealthy and respectable English woman.... The crowd below was at its wildest pitch; the rows of stately *contadini* alone sitting immovable as their possible ancestors, the senators who received Brennus and his Gauls. Masks and white dominoes, foreign gentlemen, and the riff-raff of the city, slow-driving carriages, showers of flowers, most of them faded by this time, every one shouting and struggling at that wild pitch of excitement which may so soon turn into fury. The Forbes girls had given place at the window to their mother and Ellinor, who were gazing, half-amused, half-terrified, at the mad particoloured movement below; when a familiar face looked up, smiling a recognition; and

"How shall I get to you?" was asked, in English, by the well-known voice of Canon Livingstone. They saw him disappear under the balcony on which they were standing, but it was some time before he made his appearance in their room.[9]

ミセス・フォーブスは、裕福で身分卑しからぬイギリス女性に相応しく、自分用にバルコニーを貸切にしていた。…下の方の群衆は熱狂の極みに達していた。堂々とした小作農の列だけが、その祖先とおぼしき、首領ブレヌスとガリア人たちを歓待する元老院議員のように、無表情に坐っていた。仮面、ドミノ仮装衣、異国の紳士、街の与太者、ゆっくり進む馬車、花吹雪、こういったものは今では殆んど姿を消しており、興奮つのり極度の熱狂振りに、叫び、もがく者達はすぐにでも、烈火のごとく怒り出すかもしれない。フォーブス家の娘たちは窓際の席を母親とエリノアに譲っていたが、楽しさと怖さとが相半ばした気持ちで2人は、狂気じみ波乱に富んだ下の成り行きをじっと見守っていた。と、その時、懐かしい顔が見上げ、微笑んで会釈した。それから、「そちらへはどう行けばいいのでしょうか」と、聞きなれたキャノン・リヴィングストンの声が英語で尋ねたのだった。2人が佇むバルコニーの下でその姿は消えたが、まもなく経って、部屋の方に姿を見せた。

これは Gaskell が Charles Norton を見つけた時の体験を再現したものと言われている。次に挙げる娘 Meta の回想の引用からも、これは十分裏付けられよう。

The narrow street was filled with a boisterous crowd of Romans, half mad with excitement at the confetti-throwing and horse-racing. Suddenly against this turbulent background there stood out the figure of a young man just below the balcony, smiling up at my mother, whom he knew he was to see there and whom he easily distinguished from the others. It is fifty-three years since that day, and yet even now I can vividly recall the sweet, welcoming expression on the radiant face. He was brought on to the balcony, but how little he and my mother thought, as they greeted one another, that until her death they were to be most true and intimate friends....[10]

狭い通りは、紙吹雪投げや競馬で興奮のあまり半ば狂乱状態にあるローマ人の騒々しい群衆で溢れかえっていました。この騒乱の中を、突然、バルコニーの真下から若い男性が姿を現わし、母に微笑みかけました。もちろん、ここで逢えると判っていたらしく、容易く見つけ出すこともできたのでした。あの日から53年の月日が過ぎましたけれども、今でもなお、晴れやかな顔に浮かぶあの優しくて、また喜び迎え入れるような表情が生き生きと蘇ってきます。もちろん、バルコニーに上がってきました。でも、2人が挨拶を交わし合ったときには、母もノートンさんも、母が亡くなるまで真の親しい友人であり続けることになろうとは考えもしなかったでしょう。

Charles Norton はアメリカからヨーロッパ旅行に来ていた青年で、ハーヴァード大学を出て、ボストンの貿易会社に勤務していた。当時はイギリス人が自分たちの宗教や文化の "root" や "origin" を求めて大陸旅行に盛んに出掛けていた時代だが、それと同じようにアメリカの知的青年たち、例えば Howells とか Henry James らもアメリカの "root" を探究するため、ヨーロッパの旅に出掛けていた時代でもあった。Charles Norton も後にハーヴァード大学の美術史の教授になるが、Charles の父は聖書学を講じるやはりハーヴァードの教授で、Gaskell の、とりわけ *Cranford* の大ファンであったという。とすれば Charles Norton が自分たちのある意味での文化の "root" で、しかも当時すでに有名作家であった Gaskell との出合いを嬉しく思わないわけはなかった。その時 Charles は 30 才、Gaskll は 46 才でもちろん娘同伴のイタリア滞在ではあったけれども、Charles は毎日のように Gaskell に花束を贈り、2 人は日が暮れるまで文

学・美術のことを語り合ったという。Charles はフィレンツェに同行し、ヴェネツィアで Gaskell 一行と別れたが、その間イタリアの美術案内をかってでた。Charles によれば、Gaskell は芸術作品よりも自然とか道端の草花にむしろ興味を示した。そして「もし孤島とか牢獄に 1 冊だけ本を持って行くとしたら何を持って行きますか」と尋ねた時、Gaskell は Ruskin の *Modern Painters* と答えたというが、そう言えば Livingstone と Ellinor が意気投合したのも Ruskin だった。Charles は Gaskell の印象を Lowell に宛てて、次のように語っている。

> I learned every day to feel towards her a deeper affection and respect. She is like the best things in her books; full of generous and tender sympathies, of thoughtful kindness, of pleasant humour, of quick appreciation, of utmost simplicity and truthfulness, and uniting with peculiar delicacy and retirement, a strength of principle and purpose and straightforwardness, such as few women possess.

> 私は日毎に彼女に向かってより深い愛情と尊敬とを感じています。彼女は彼女の小説の中の一番善良な人たちのようです。寛大でやさしく、同情心に満ち、思慮深い親切心とたのしいユーモア、すばやい理解力、極端な単純さと真実さなどにあふれ、また並々でない微妙さと控え目とに加えて、強固な主義と、目的と率直さを持っていますが、少数の女性にしか見られない性質と思います。[11]

Gaskell と Charles は生涯文通を続け、家族ぐるみの付き合いでもあったし、特にアメリカでの本の出版に関しては、Gaskell は積極的に Charles のアドヴァイスを受けている。時は 19 世紀、Gaskell は有名作家で良妻賢母の誉高い Nonconformist の牧師の妻。そして Charles がずいぶん年下の青年であってみれば、表面的にも物理的にも 2 人の間には友情という関係しかありえない。けれども Gaskell の胸の内、心の内面がどんな

第 1 章　Gaskell のローマの休日

ものであったかには、誰にも踏み込めないのではないだろうか。「Norton を含めたイタリアでの経験全体の雰囲気を Gaskell は愛した」と分析する研究家もいるし、[12] "Her exceptional vitality compensated for his youth" と、「2 人はプラトニック・ラブだった」とする学者もいる。[13]「友情」と断定する研究家は [14] 根拠として、1862 年 4 月 Susan Sedgwick と Charles が結婚した時、Gaskell は何のためらいもなく Charles に祝福の手紙を送っていることを挙げている。けれども、人が結婚すると聞けば、たとえ心のうちにどんな感情を抱いていたとしても「おめでとう」と祝福するのが常識ある大人としての礼儀であり、余り説得力のある根拠には思えない。それなら Norton が自分の第二子に Elizabeth Gaskell と名づけていることや、Norton に送った手紙に Gaskell が "To think you will really touch this bit of paper"[15] という表現をしていることにむしろ注目したい気がする。

　作品中ではハッピー・エンドで結ばれる Ellinor と Livingstone のカップルの描き方が紋切り型のロマンスであるのに対して、むしろ去って行った Corbet にその後皮肉な巡り合わせから何度か遭遇せざるを得ない Ellinor の描き方に、Gaskell の心の奥にある思いが、より感情移入されているように思えてならない。

　　She was looking at a letter just brought in and requiring an immediate answer. It was from Mr. Brown. Notes from him were of daily occurrence, but this contained an open letter, the writing of which was strangely familiar to her— it did not need the signature "Ralph Corbet," to tell her whom the letter came from. For some moments she could not read the word....
　　Again alone, and Mr. Corbet's open letter on the table! She took it up and looked at it, till the letters dazzled crimson on the white paper. Her life rolled backwards, and she was a girl again. [16]

　たった今届き、すぐに返事の要る手紙をエリノアは眺めていた。ミスタ・ブラ

ウンからのものだった。この人からの手紙は毎日のことといっていいほどだったが、今回は開封済みの手紙が同封してあった。その筆跡は不思議と見慣れたものだった——差出人が誰かを伝える署名「ラルフ・コーベット」は必要なかった。しばらくの間、…言葉が読めなかった。

再び独りきりになり、机の上にはミスタ・コーベットからの手紙があった。手にとっては眺め、とうとう白い便箋の上の文字がぼんやり翳み翳紅になった。人生が逆戻りし、エリノアは再び若い娘になっていた。

この引用は、思いがけないNess氏からの遺産の中にはウェルギリウスの希少価値の珍本があり、Ellinorが遺産相続人になったとは露知らぬCorbetからの、「言い値をつけるから、オークションにかける前に譲ってほしい」という趣旨の手紙をEllinorが受け取ることになった場面だ。署名を見なくても、10数年ぶりのなつかしい書き手が誰か忽ちのうちに蘇ってくるが、そのときのEllinorの感慨無量の想いがここに読み取れよう。

> She resolved to be present at the wedding; numbers were going; she would be unseen, unnoticed in the crowd; but, whatever befell, go she would, and neither the tears nor the prayers of Miss Monro could keep her back. She gave no reason for this determination; indeed, in all probability she had none to give; so there was no arguing the point….But all went on as quietly as though the fullest sympathy pervaded every individual of the great numbers assembled. No one guessed that the muffled, veiled figure, sitting in the shadow behind one of the great pillars, was that of one who had once hoped to stand at the altar with the same bridegroom, whom now cast tender looks at the beautiful bride; her veil white and fairy-like, Ellinor's black and shrouding as that of any nun.[17]

エリノアは結婚式に出席することに決めた。大勢の人が参列することになって

いるから、群衆の中で人目につくことも、気づかれることもないであろう。たとえ何が降りかかってこようとも、行ってみよう。ミス・モンローが泣こうが、拝もうが、引き止めることはできないのだ。この決意の訳をあげることはできなかった。実際のところ、まず間違いなく、訳なんか一つもなかった。だから議論しても無駄なことだった。…けれども、列席した大勢の人たちの個々人に共感の気持ちがみなぎっているかのように、すべてが厳かに執り行われた。大きな柱の陰に隠れて坐り、身体をすっぽり覆い隠し、顔もヴェールで被った人影が、実は同じ花婿とともに祭壇に並んで立つことをかつて思い描いていた者であり、それが今は、片や白くて妖精のようなヴェールを被っているというのに、エリノアのほうは黒尽くめの尼のように覆い隠すヴェールを被って、美しい花嫁を優しく眺めていようとは、まさか誰も考えつかなかった。

よりにもよってEllinorが隠遁生活を送っているその教会で、Corbetが結婚式を挙行することを知らされ、一時はうろたえたものの、誰にも知られず黒衣に身を纏って式の一部始終を陰から見守るEllinorがここに描写されており、花嫁の妖精のような白いヴェールと自分の尼のような黒いヴェールをくっきりと対照させることで、天と地ほども今は立場が違うことを強調しているが、あんな事件がなければ、今花婿の隣にいるのは自分なのだ、という思いを抱いてじっと堪えている姿が痛々しく読者の心に伝わってくる。

 As they drove out of the King's Cross station, they passed a gentleman's carriage entering. Ellinor saw a bright, handsome lady and a nurse and baby inside, and a gentleman sitting by them whose face she could never forget. It was Mr. Corbet taking his wife and child to the railway. They were going on a Christmas visit to East Chester deanery. He had been leaning back, not noticing the passers-by, not attending to the other inmates of the carriage, probably absorbed in the consideration of some law-case. Such were the casual glimpses Ellinor had of one with whose life she had once thought herself bound up. [18]

　キングス・クロス駅から出てくるときに、独りの男性の乗った馬車が中へ入っていくのとすれ違った。エリノアは、その中に快活で端正な女性と、子守と、赤ん坊と、それからその傍らに、決してその顔を忘れることのできない男性が坐っているのを見た。夫人と子供を鉄道まで送ってきたミスタ・コーベットだった。クリスマスにイースト・チェスターの大聖堂参事会員の屋敷を訪問するところだったのだ。コーベットは後ろにもたれ、通りすがりにも気づかず、また馬車に乗り合わせた者たちにも気を配ることもなく、恐らくは何か訴訟事件のことを考えて、そちらに気をとられていたのだ。これがその人生と深く関わっていくだろうとエリノアが思い描いていた人を、何気なく垣間見た時だった。

　これはEllinorらがイタリアに旅立つとき、鉄道の駅で仕合わせそうなCorbet一家を偶然見かける場面である。ここでも今ごろは子供を抱いた自分が寄添って馬車の中に居られたかも知れないのに、という思いをちらりとEllinorは脳裡に掠めているが、見かけること自体が十分辛い体験であったことだろう。もっと相克を極める場面は、召し使いのDixonを死刑から助ける直訴のため、Corbet一家の仕合わせな朝のひとときに踏み込まざるを得ない状況で用意されている。

　　"Ellinor!" said the judge, after a moment's pause, "we are friends, I hope?"
　　"Yes; friends," said she, quietly and sadly.
　　He felt a little chagrined at her answer. Why, he could hardly tell. To cover any sign of his feeling, he went on talking.
　　"Where are you living now?"
　　"At East Chester."

"But you come sometimes to town, don't you? Let us know always–whenever you come; and Lady Corbet shall call on you. Indeed, I wish you'd let me bring her to see you to-day?"

"Thank you. I am going straight back to Hellingford; at least, as soon as you can get me the pardon for Dixon."

He half-smiled at her ignorance.

"The pardon must be sent to the sheriff, who holds the warrant for his execution. But, of course, you may have every assurance that it shall be sent as soon as possible. It is just the same as if he had it now."

"Thank you very much," said Ellinor, rising.

"Pray don't go without breakfast! If you would rather not see Lady Corbet just now, it shall be sent into you in this room, unless you have already breakfasted."

"No, thank you; I would rather not."[19]

「エリノア」一瞬の間があってから、裁判官は言った。「僕たちはまだお友だちでいいんですよねえ」

「ええ、もちろん、お友だちだわ」エリノアはもの静かに、悲しそうに言った。

裁判官はその返事にちょっとばかり悔しさを覚えた。どうしてなのかは自分でも解らなかった。その気持ちを悟られないようにするため、話を先に続けた。

「今、どこに住んでいるの」

「イースト・チェスターなの」

「でも、ロンドンには時々は来るんでしょう。連絡してくださいよ——上京するときにはいつでもね。家内に訪ねさせますよ。いや、本当のところ、今日だってここに連れて来て、君に引き合わせたいんだが」

「ご親切に。でも、ヘリングフォードにすぐ帰るつもりなの。すくなくとも、ディクソンの赦免がいただけたら、直ちにね」

相手が物を知らないことに、裁判官はほくそえんだ。

「死刑執行の令状を握っているのは州執政長官だから、赦免はそちらへ差し向けなくてはいけないんだよ。だが、もちろん、すぐにでも差し向けられる確信が君にはすっかりあるってわけだろうけど。長官が今ここで手にしたような

ものだね」

「まあ、本当にどうもありがとう」立ち上がりながら、エリノアは言った。

「お願いだから、朝御飯も食べずに、帰らないでよ。今すぐは、家内に会うのがいやだというのなら、朝食はこの部屋に持って来させるから。もう、済ませたというのなら別だけど」

「ええ、ご親切にどうも。でもご遠慮させて」

美しく自信にあふれた Corbet 夫人の、朝食のため階下に降りて来る姿に少なからぬ動揺を覚えつつも、Ellinor は 10 数年前の忌まわしい出来事の真実の全貌を Corbet に語り終える。この引用はその直後の 2 人の会話の一部である。Corbet は無神経にも、"we are friends, I hope" という残酷な科白で口火を切る。いや、自分が無神経だとか残酷だという意識も恐らくはないのだ。男は過去は過去、現在は現在と割り切っていて、今は気持ちよく Ellinor の友達になりたいので、相手の心の機微など意に介してはいない。"Lady Corbet" という言葉だけで、Ellinor の心が気絶するほどぐさりと傷ついていることなど、またあの事件がなければ、今頃は自分が "Lady Corbet" と呼ばれていただろう、と Ellinor が密かに考えていることなど思いもよらないで、男は自分の妻に会って欲しいと語る。果ては、さすがにこちらは慌てて、妻とは別に、とつけ加えるものの、朝食を一緒に、と誘う。遭わずに済むものなら生涯遭いたくなかった相手に、友人だの、妻だの、朝御飯だのとさりげなく言われる元婚約者の打ち砕かれたプライドは如何ばかりだろうか。もちろん Ellinor が帰った後で、今の妻よりも、やつれ年齢取ってはいても Ellinor のほうが魅力的だ、婚約者を犠牲にすることで今の地位と名誉を獲得したと自分に言い聞かせている、と Corbet に語らせることで、Gaskell は少しばかりやりきれなさを救っている。

ともかくこういった Gaskell の筆使いに、ユニテリアン派の指導者的

第 1 章　Gaskell のローマの休日　　　27

有力な牧師の良き妻であり、子供に囲まれた幸せ一杯の母とは別の一面、何か報われることのない恋愛感情を体験した一女性像が浮かび上がってくるような気がしてならない。『異邦人』でムルソーが理由もなく殺人を犯すのも地中海の強い太陽のまぶしさのせいだったし、映画『太陽がいっぱい』でアラン・ドロンが友人を刺し殺してしまうのも、照りつける地中海のぎらぎらする太陽のせいだったように、地中海の風土は不思議に人を情熱的にもし、理性の鎧を脱がせ、裸にもし、本能的にも変えてしまう。Gaskell がほんのひととき少女のようにはしゃぎ興じ、恋をしたかも知れないイタリア、それはすべて地中海の、人を魅惑してやまない魔術のせいだったのかも知れないが、『ローマの休日』の王女さまのように、Ellinor はその想い出を大切な宝物として、生涯心の中にそっと持ち続けたのではないだろうか。

　さてイタリアで経験した Gaskll の密かな個人的・内面的 "passion" はこれくらいにして、作品の中での描かれ方がどのようであったかを検討してみたい。やはり G. Eliot の Dorothea Brooke や Gissing の Miriam Baske とは違って、Ellinor のイタリア体験は、その芸術・風物・人間と肌で接したために、初めて人生の美に目醒め、精神の自由を獲得する、ということにはならない。

　　　Meanwhile, the entire change of scene brought on the exquisite refreshment of entire change of thought. Ellinor had not been able so completely to forget her past life for many years; it was like a renewing of her youth, cut so suddenly short by the shears of Fate....
　　　She forgot her despondency, her ill-health disappeared as if by magic... [20]

　一方で、場所がすっかり変ったことが、考え方をすっかり変えるのにも大いに糧になった。エリノアはずっと何年間も、これまでの人生を完全には忘れることができないできた。それは運命の大ばさみによって突然遮られてしまった

若さをもう一度取り戻しているかのようであった。ふさぎこむことも忘れ、病気がちだったのも、魔法に掛かったかのように消えた。

あの忌まわしい事件によって負の人生を背負い込むことになってからというもの、心地よい目醒めを二度と迎えられなくなった Ellinor が、イタリアの風土が持つ摩訶不思議な魔法の力によって、少女の頃のようにぐっすりと眠り、失意からも解放される。けれどもそれもつかの間、すぐに Dixon 逮捕の知らせを受けることになるから、イタリアに決定的な意味がこめられているわけではなく、むしろこの作品でイタリアが占める位置は、重苦しくやりきれない雰囲気が続いた小説の色調を明るく変える、いわば一服の清涼剤のような役割を担っているし、あるいはまたどんな結末を迎えるにせよ、クライマックスが近いことを告げる先触れにもなっていよう。

IV

Uglow は Gaskell の小説には金銭にまつわる話題やトラブルが実に数多く取り上げられていることを指摘しているけれども、[21] たしかに *Cranford* のような、時代から隔絶された、善良な老婦人たちの一種桃源郷の世界にも、倒産話が登場している。*A Dark Night's Work* を取ってみても、① Edward Wilkins は生まれの卑しさを贅沢三昧や金で上流階級を買おうとして身を滅ぼすし、② Corbet の父親は Ellinor に巨額の持参金を要求してくるし、③ Corbet 自身も婚約者に足を掬われまいとして、弁護士としての出世を選択する、と物質的には豊かであっても、精神の内面のお寒い限りの人々が何と多いことだろう。

これら三つの小説を総合して、Gaskll 作品にみられるイタリア観とは

第1章　Gaskellのローマの休日　　29

どのようなものであったかという問題が残っているが、前述したように、イギリス対イタリア＝冷酷な合理主義対純粋な情熱、束縛対自由といった想定しやすい二律背反の図式は成立しない。なぜならGaskellは、国による区別ではなくて、個人差による区別をしているからだ。またその焦点は、第一に18世紀の牧歌的過去のノスタルジーか、19世紀の進歩・物質的繁栄の現実か、という時代の捕らえ方の認識の違いであり、第二はそれと密接に絡んで、誠実で純粋な精神主義者か、拝金主義に毒された物質主義者かということになろうか。

　けれども、例えば18世紀のノスタルジーにどっぷり浸っているかのように一見思えるLady Ludlowにしても、スコットランドにある地所を改良するため今の住まいは抵当に入っていて、小作人の陳情を受けていたり、後継ぎの息子に死なれたり、などなど実はひたひたと押し寄せる現実の波に絶えず頭を悩ましているし、Cousin Philisをとっても、エデンの園であるHope Farmにやって来るのは鉄道技師見習いのPaulだが、それも科学進歩の象徴である鉄道が近くに敷設されるためだ。A Dark Night's Workでは言うまでもなく事件解決のかぎに鉄道建設が使われているわけだし、前述のように、金に毒された人間が何人も描かれている。しかも拝金主義や立身出世など物質主義やそれに伴う様々なひずみをもたらしたのは、ほかならぬ19世紀の科学の進歩ではなかったのか。そしてそれは何もイギリスだけに限ったことではないのではないか。

　実はGaskellにはもう一つ、やはりDickens主宰のAll the Year Round誌に掲載されたAn Italian Institution (1863) というルポルタージュ風の短い作品があるが、これはシシリー島のマフィアと並んで、当時ナポリにはびこっていたカモラという暴力的秘密結社のヤクザ的行為を伝えたものである。この小品には、偉大な文化遺産を有するイタリアと現実の卑近なイタリアとのギャップを垣間見させられる思いがするが、ヴィクトリア朝の時代はまた金持ちのイギリス人旅行者が、ちょうど現代の、金を持った日本人観光客が現地でさかんにスリに悩まされているのと同じ

ように、道中追いはぎに遭わずに済むことはまれだったともいう。

 And now, fragments of ruinous enclosure, yawning window gap and crazy wall, deserted houses, leaking wells, broken water-tanks, spectral cypress-trees, patches of tangled vine, and the changing of the track to a long, irregular, disordered lane, where everything was crumbling away, from the unsightly buildings to the jolting road—now, these objects showed that they were nearing Rome. [22]

 そしていまや、荒れ果てた囲い地、口を開けている窓の隙間や倒れかかった壁、空き家、水の洩れている井戸、こわれた水槽、幽霊のような糸杉の木、もつれた葡萄蔓、街道が長い不規則な迷路に変って、不恰好な建物からでこぼこ道に至るまで、すべてが崩れかかっている光景――いまや、こうした風景がローマが近いことを教えてくれた。(p.208)

引用は Dickens の Little Dorrit からのものであるが、Mr Dorrit は馬車の窓から廃墟、雑然とした町や通りの汚れや穢なさを見てローマが近づいていることを認識している。Gissing もイタリアで熱病に倒れているし、より顕著な例はトマス・マンの『ヴェニスに死す』を思い出してみれば十分であろう。そこには疫病に侵された死の島が描かれている。過去の立派な文化財産とは対照的に、社会面のみならず、公衆衛生面でも現実のイタリアはことごとく後進国だった。Gaskell の作品には金にまつわる話が非常に多いことは前述したが、実は Gaskell 自身、その生活の場であった、産業革命の弊害と喧騒と悲惨さをもっとも著しく体現している町マンチェスターと、そこのじめじめした憂鬱な気候から逃れるため、毎年のように大陸に出掛けていたわけだけれども、My Lady Ludlow も A Dark Night's Work も An Italian Institution もすべて大陸旅行の費用を捻出するため、頭に来る Dickens の雑誌に泣く泣く寄稿したものだ。さ

第 1 章　Gaskell のローマの休日

らに Gaskell の未完の最後の小説 *Wives and Daughters* にいたっては、気候の良いイングランド南部に大きな家を建てるために無理を押して書き、そしてみすみす命を縮めたようなものだった。Gaskell にかぎらず、G. Eliot や Dickens をとってみても、文章を書くことで大家族のための生活費を稼ぎ、休養のための大陸での息抜きすら、実は文章を売って得られた金で初めて実現できたという、いわば、みんなお金に首根っこをぎゅっと縛られていたわけで、何とも皮肉な気がしてならない。

　最後に Gaskell の次の言葉で締めくくることにしよう。

It was in those charming Roman days that my life, at any rate, culminated. I shall never be so happy again. I don't think I was ever so happy before. My eyes fill with tears when I think of those days.... They were the tip-top point of our lives. The girls may see happier ones—I never shall. [23]

　ともかく、私の人生が頂点に達したのは、あのローマでの素晴らしい日々のことでした。これから先、もう二度とあんなに幸せにはなれないでしょう。それからまた、以前にあの時ほど幸せだったためしはなかったように思います。あの日々のことを想いうかべると、眼に涙が溢れてきます...。私たちの人生の絶頂点でした。娘たちにはもっと幸せな日々が待っているかもしれません...私にはもう二度と来ないでしょう。

註

1. John Pemble, *The Mediterranean Passion*, (Oxford: Oxford Univ. Press, 1987), p.4. Shaw の引用の出典は不詳。なお、歴史学の立場から論ぜられ、賞も受けているこの作品からは 19 世紀の大陸旅行の形態や情報等多くの有形・無形の知識を得た。なお、James Buzard, *The Beaten Track: European Tourism, Literature, and the Ways to Culture 1800-1918*, (Oxford: Oxford Univ.

Press, 1993）からも多くの情報を得たが、この作品も Pemble の影響を大きく受けているように思われる。Thomas Cook についてはさらに Piers Brendon, *Thomas Cook: 150 Years of Popular Tourism,*（London: Secker & Warburg, 1991）、小池滋『島国の世紀』（文芸春秋社、1987 年）参照。
2. diligence に関しては本城靖久『馬車の文化史』（講談社、1993 年）参照。
3. Gaskell, *My Lady Ludlow*, the Knutsford edition of *The Works of Mrs Gaskell*, vol.5, ed. A. W. Ward,(London, 1906), p.44. 邦文は拙訳による。なお以降の Gaskell 作品の引用はすべて Knutsford 版による。
4. *My Lady Ludlow*, p.190.
5. Gaskell, *Cousin Philis*, vol.7 of *the Works*, p.51. 邦文は『従妹フィリス』、『ギャスケル全集Ⅰ』（大阪教育図書、2000 年）松原恭子訳による。引用はすべてページ数を引用箇所の後に括弧で示す。
6. *Cousin Philis*, p.6.
7. Winifred Gerin, *Elizabeth: A Biography*, (Oxford: Oxford University Press, 1976), p.176. *The Letters of E. Gaskell,* eds. J. Chapple & A. Pollard, (Manchester: Mandolin, 1997, 1st ed., 1966), p.445. から採られたもの。邦文は拙訳による。
8. Jenny Uglow, *Elizabeth Gaskell: A Habit of Stories*, (London: Faber&Faber, 1993), p.610.
9. Gaskell, *A Dark Night's Work*, vol. 7 of *the Works*, p. 549. 邦文は拙訳による。
10. Gerin, pp.180-81. *Letters of Charles E. Norton* から採られたもの。邦文は拙訳による。
11. A. Stanton Whitfield, *Mrs. Gaskell* (London: Routledge, 1929), p.59. 邦文は山脇百合子『ギャスケル研究』（北星堂、1982 年）p.36 による。
12. Uglow, p.418. F.Bonaparte は *The Gypsy-Bachelor of Manchester: The Life of Mrs. Gaskell's Demon,* (Charlottesville: Univ. Press of Virginia, 1992) pp.260-64 で 2 人の関係は "yes" であり "no" としているが、結論は Uglow とほぼ同じであろう。
13. E.Wright, *Mrs. Gaskell: the Basis for Reassessment*, (London: Oxford Univ. Press, 1965), pp.174-75.
14. A.E.Hopkins, *Elizabeth Gaskell: Her Life and Work,* (N.Y.: Octagon Books, 1971, 1st ed.,1952), pp.225-244.
15. Uglow, p.606.
16. *A Dark Night's Work*, pp.540-41.
17. *Ibid.*, p.531.
18. *Ibid.*, p.546.

19. *Ibid.*, p.584.
20. *Ibid.*, p.548.
21. Uglow, pp.586-88.
22. C.Dickens, *Little Dorrit*, ed. Harvey Peter, (Oxford: Oxford Univ. Press, 1979), p.617. 邦文は『リトル・ドリッド』Ⅱ 小池滋訳（集英社、1980年）による。p.208。
23. Uglow, p.435. 邦文は拙訳による。

第 2 章

Disraeli の地中海再発見

　William IV 世が亡くなったのは 6 月 20 日早朝、18 歳の Victoria は数時間後にはケンジントン宮殿で枢密院と対面するが、Lyndhurst に伴われた Disraeli(1804-81)がここに同席していた。女王即位による議会解散、総選挙で、1837 年 Disraeli はすでに四度の落選の後、五度目にして初めて下院に念願の当選がかなった。そして Victoria 女王即位と共に開幕した政治家の、最終的には総理大臣の座を射止めた人生も、常にその親しい友としてまた一番の相談相手として、70 歳を過ぎるまで永らく女王と歩み続けることになる。
　初当選した Maidstone 選挙区は 2 人区だった。筆頭は共同経営で鉄工場を営む Wyndham Lewis というトーリー党の年配の金持ちだった。ところが第二位にいたホイッグ党の Robarts は総選挙での立候補の意志がなかった、ということは 2 人目もトーリー党の占める可能性が十分にあるということだった。当時 Maidstone 選挙区は金で票が買える悪名高い腐敗選挙区であったから、したがってホイッグ党より多く金をばらまけば、トーリーは議席を占めることができるということであり、しかも Wyndham Lewis にはそれができる充分な財力があった。さらに 1834 年のホイッグ党による新救貧法は Dickens の *Oliver Twist*（1838）で痛快に批判されているように、新興の商工業資本家を擁護し、弱肉強食つまり貧者・弱者切り捨ての性格が強くて、選挙区の貧民層に大きな重圧を

与えていたから、これはトーリー党には恰好のホイッグ攻撃材料になっていた。Wyndham Lewis の妻 Mary Ann のほうにはすでに 1832 年に面識があった Disraeli は Mary Ann の強い推薦を得て、ここから立候補するチャンスを摑む。結果は Lewis 782 票、Disraeli 668 票、急進派で Westminster Review のオーナー Thompson 559 票、その他少数票というものだった。

ところで Mary Ann の夫 Lewis はじきに突然亡くなり、その喪が明けるとすぐ 1839 年 8 月 23 日、12 歳年上で当時 47 歳の Mary Ann と Disraeli は結婚する。Lewis の死後 2 週間で 2 人は急接近し親密になる。Disraeli に恋愛感情はなく、独身生活にうんざりもしていたし、金持ちで陽気な教養のない気さくな未亡人との結婚を望ましく思った。パトロンも金もない Disraeli には、自分がユダヤ人であることや、これまでの幾多のスキャンダルを打ち消してくれる恰好の結婚相手が、Disraeli の政治家としての経歴にはぜひとも必要だったからだ。

　1837 年はまた Venetia という余り知られていない小説を書いた年でもあるが、これは Disraeli が最初で最後に挑んだ文芸作品のしかも失敗作といっていいだろう。初期の Vivian Grey（1827）等にみられる社交界小説、Contarini Fleming（1832）や Henrietta Temple（1836）にみられる自伝的要素の強い小説、Coningsby（1844）等に見られる政治小説、Sybil（1845）が描く社会小説と多方面にわたって数多くの小説に手を染めているものの、Disraeli の作品に常に首尾一貫しているのは、自分の政治思想を小説の形にして、（ないしは小説の中の一部で）説いてみせてく

ディズレーリ

れる、いわば政治的プロパガンタが必ず顔を覗かせることであろう。Disraeli 作品の中でも、英国には "the rich and the poor" の "two nations" が存在するという余りに有名なフレーズだけがひとり歩きし、チャーティスト暴動や、労働組合の原形とされる "Torch-light meeting" を描いた Sybil が今日では 19 世紀英国小説を専門とする研究家にせいぜい読まれる程度だが、例えば Sybil では貴族 Egremont と労働者 Gerard の娘 Sybil との結婚で、貴族と労働者が団結して中産階級に対抗するとか、Coningsby ではマンチェスターの工場主 Millbank の娘 Edith と貴族 Coningsby の結婚が貴族と資本家の連帯を意味している、といったような調子の政治思想のプロパガンダだ。だからあまりの馬鹿ばかしさに例えば W.M.Thackeray は Codlingsby (1847) を書いて Coningsby をパロディ化し揶揄している。まるでお伽噺の、あるべき理想の空論の世界を描き、あるいは突如登場人物が政治演説をはじめてしまう Disraeli の作品は、理想ではなくて 19 世紀英国の現実を、労働者の生活の悲惨な現状を、その作品の中で（ラヴ・ロマンス仕立てのストーリーは共通するものの）、訴え告発した Dickens や Gaskll の前には、たとえ小説家としての歴然とした素質の差を棚に上げたとしても、一溜まりもなく文学史からは殆んど姿を消し去られてしまうことになった。1837 年を境に大きく変化していく Disraeli の人生を、地中海をキー・ワードにその生い立ちから辿ってみたい。

I

　Benjamin Disraeli は 1804 年 12 月 21 日ロンドンに生まれた。父の Issac は文芸評論家で比較的成功したユダヤ人だった。父 Issac の主要著書である *Curiosities of Literature* の第 14 版に Benjamin が序文によせた Memoir によれば、1492 年のスペインの異端審問（Inquisition）によって

追放され、イタリアに逃れたユダヤ人の出身で、1748年祖父の代に英国に移り住んだ。D'Israeli (=イスラエル出身) という名前はイタリアのヴェネツィアに逃れ移ったとき、自らの出生を公にするため意図的に選んだものだったと主張しているが、学者はD'Israeli家が異端審問で追放された証拠はないし、スペインやレヴァント地方ではD'Israeliという名もありふれたものだと言う。むしろ自らの祖先がそういう劇的な運命を辿ったのだと想像するのが好きで、そう自分に信じ込ませていったのだろうと分析を加えている。Disraeliの祖父は、現実にはCentoというFerrara近くの町の出身で、これもまたヴェネツィアとは縁もゆかりもないのだが、Ridleyは[1] Benjamin がヴェネツィアを精神的故郷と信じていたことが重要なのだと述べている。そこは西洋と東洋が、キリスト教とユダヤ教が、新約聖書と旧約聖書が出合う自分の運命が結びつけられた場所に他ならなかったからだ。

　祖父のBenjamin D'Israeliが英国に来たのは18歳のとき、イタリアとの貿易を専門とする会計士事務所の薄給の事務員としてだったが、当時イタリアの麦わら帽子が英国で流行したためだった。1756年、Benjaminはスペイン系ユダヤ人Rebecca Mendes Furtadoと良縁を得て、麦わら帽子輸入業に乗り出す。夫人はやがて亡くなり、D'Israeliは金持ちのユダヤ商人の娘Sarahと再婚し、手広く商売をして財産を残す。息子IssacはSarahとの間に生まれた子で、親は家業を継いでもらいたかったが、何より本を愛する青白く孤独癖の強い沈思黙考型の少年だった。祖父Benjaminはセファーディンのスペイン・ポルトガル系シナゴーグに気安く通う会員であったし、たっぷり多額の寄付もしたが、Sarahは社会的野心家で、ユダヤ教を宗教ではなく不運と見なし、息子にユダヤ教もヘブライ語も教育しなかった。したがって息子のIssacはシナゴーグの会員ではありながら、正統派の儀式重視、社会的排他性の強いユダヤ教には懐疑的だった。ユダヤ商人という暗黒から純粋な理性の光の世界に抜けだしたかったのだ。当時のイギリスのユダヤ人、特にセファー

ディンは社会的容認や好感を得るためにキリスト教に改宗したが、Issac がユダヤ教を疎んじたのは、純粋に自己の思想的な理由によるものだった。まわりも驚いたが、36 歳のとき Issac はイタリア系ユダヤ人名家であり、花嫁の父はヴェローナ出身の、Maria と結婚するが、こちらは紛れもなく Benjamin Disraeli が憧れていた、1492 年にスペインを追放されたユダヤ人の系譜を持っていた。この結婚によって Issac は多くの有力な英国ユダヤ人と知り合うことになる。

　Issac は殆んどシナゴーグへは行かず、ユダヤ教もその食事の戒律も無視したが、年会費は出したし、子供たちにもユダヤ教を信奉させた。私営学校の小学生の頃、Benjamin はキリスト教の祈りの時、クラスの一番後ろに立たされ、土曜日に Disraeli と他のユダヤ生徒はヘブライ人のラビから特別の教えを受けた。1813 年 Issac はシナゴーグの長に選出されたが、これを拒否すると罰金 £40 が課せられ、これもまた拒否する。1817 年 3 月シナゴーグは再び罰金の支払いを要求してくる。祖父 Benjamin D'Israeli が前年亡くなっていたから、父は晴れてシナゴーグを脱会する。けれども友人 Sharon Turner の忠告を受け入れ、子供たちには、無宗教になることを避けて 1817 年 7 月に英国国教会の洗礼を受けさせている。

　2 人の弟はパブリック・スクールのウィンチェスター校に行くが、Issac はイートン校にやりたかったものの、Benjamin だけはユニテリアン派の小さな私営の学校に預けられた。当時から政治家をめざしていたわけでもないし、パブリック・スクールがエスタブリッシュメントになるのはもうこの少し後の時代、それに母は Benjamin の身体を心配した。もっとも 19 世紀の政治家にとってパブリック・スクールで学ぶギリシャ・ローマ古典語の教養は必須といってよく（政敵 Gladstone は、政権のあい間に、多くのホメーロスに関する本を出版している。）これは Disraeli の苦手とするところだった。当時の学校では生徒たちの間で反ユダヤ論議が活発で、ユダヤ人であるために、Vivian Grey や Contarini

（ユダヤ人として描いてはいないものの）が受けたと同じような数々のいじめを受け、Ben が 16 歳の時、父 Issac はその教育方針を 1 年間自宅で厖大な蔵書を自由に読むということに決めた。この 1 年間の読書体験が Disraeli の知識と想像力を育むことになったが、その中に Byron の作品があった。1816 年 Byron は、イギリス国内での醜聞、不評を買ってイタリアへ逃れているが、Issac は Byron とすでに 1812 年に面識があり、きらきら輝き若さあふれる反逆児の崇拝者になっていた。そして息子の Ben は Byron に心酔する。母との遠い距離、学校時代のいじめと、Byron と自分の少年時代が似ていたからだ。最初はユダヤ人であるために、みんなとの違いや疎外感を感じていたけれども、Byron を知って自分が天才に生まれているがために、他の子と違うのだと考えるようになった。差別にはかならず畏れを伴う。

　1821 年、Benjamin は事務弁護士事務所に見習いとして入り、ゆくゆくはそこの共同経営者となって経営者の一人娘と結婚する、と親たちは目論んでいたが、法律書はそっちのけで仕事が済むと本を読みふけり、Byron 狂いの黒の出立ちで芝居通いに熱中、友人の William Meredith と戯曲を書いた。実は Ben より 2 歳年上の Meredith と仲良しの姉の Sarah とは内々で婚約していた。

　この頃弁護士事務所の仕事に耐えられず、外国旅行がしたくてたまらなくなり、1824 年 Ben は父と Meredith の 3 人で大陸の Low Countries を旅する。それは Byron の葬式の列がロンドンの街を通りすぎていった 2、3 日後のことだった。この旅の体験は *Vivian Grey* のあちこちにちりばめられているが、帰路、Ben は弁護士事務所をやめたいと父を説得する。すでに Lincoln's Inn に入ることが許されていたし、12 歳年上の Ben の従兄が英国法曹界で最初のユダヤ人法廷弁護士であったから、父は息子にその後を追ってもらいたかった。さらにオックスフォード大学へ進学して欲しかったが、Benjamin はこの旅を契機として、名声と権力と冒険に憧れるようになり、しかもそれは遠い未来ではなくて今すぐでな

第 2 章　Disraeli の地中海再発見

ければならなかった。

　当時イギリスでは空前の投機ブームに沸き立っていたが、中でも南アメリカの金・銀鉱山を開発する株式会社への一大投機ブームに騒めきたっていた。それに目をつけた Ben は株の怖さを知らずに手を出してしまう。Ben は政界への野望を抱き始め、父の仕事上で知っていた出版業者の John Murray の協力で The Times に対抗できる日刊新聞を発刊しようと計画を企て、それには南アメリカの投機で儲けてそれを資本にしようと考えたのだった。結局バブルに舞いバブルに萎んだ 20 歳の若者は Murray や高利貸し等から以降 20 年以上にわたる歳月、途方もない額の借金を背負い込むことになる。

　借金返済の一環として Ben は処女作、Vivian Grey を 'Don Juan in prose' と、明らかに Byron を意識した匿名で書くが、これは父の新しい友人 Sara Austen をつてに Colburn に出版してもらうことになった。ところがこの作品が良く売れ評判をとると、作家の名も世間の知るところとなり、登場人物が自分のカリカチュアと気づいた Murray は激怒し、てんやわんやの大騒ぎとなる。病気になった Disraeli は、優しい看護をし、エネルギッシュによくしゃべり、Ben の作品を賛美してくれた 8 歳年上の Sara Austen に惹かれ、その夫は金を出してくれるかもしれないとも考え、2 人は不倫関係になる。

　医者は休養を言い渡し、Sara はイタリアへの旅を申し出る。Disraeli はうつ病だった。1826 年 8 月 Austen 夫妻と Ben とはパリを経てアルプスの山越えをし、イタリアに入り、ミラノ、そして 9 月 8 日ヴェネツィアに到着しているが、そこでの滞在は 5 日間だけだった。Contarini Fleming では高貴なヴェネツィアの祖先を夢見て、そこを祖先の宮殿と考えているが、父がまだ仕送りしていたかもしれない年老いた大叔母が住むゲットーには訪れようとはしなかった。現実は残酷で、Ben はロマンティックな世界に逃げ込み、自分の家系ではなくて Byron の歴史を夢想したかったのだろう。その後向かったフィレンツェでは祖先の幻影に

悩ませられることもなく、芸術と観光を 10 月末まで心置きなく楽しむことができた。父に「イタリアに来るまで芸術が本当には何かが分からない」と語っているが、旅は Disraeli の病気を快復させた。

　帰国後、*Vivian Grey* の Part 2 を完成させ、次いで *Popanilla* と *The Young Duke* を書き続け、1830 年 5 月 28 日やはり Austen に金を借りて、Meredith と共に、さらには別の友人 Clay も加わって太陽、健康、冒険を求めて地中海と中近東の旅に出掛ける。これには借金取りも驚いて、出発前に死亡保険にいれさせた。また反対が解けて、Meredith も Ben の姉 Sarah と公に婚約しての旅立ちとなった。コースはスペイン、マルタ島、ギリシャ、トルコ、パレスティナ地方、エジプト、これはまさに Disraeli のルーツを求めての自己発見の旅となった。イタリア移住の前に自分の祖先が住んでいたと、Ben が信じ込んでいたスペインには、かつて自らのユダヤの祖先が築いた王国の地に足を踏み入れたという思い、いわば Disraeli の民族の誇りとその歴史と美意識とを満足させた。

　マルタ島では、Byron の召し使いであり主人の死後、最終的には貧しさのうちにマルタ島に流れ着いた Tita というニック・ネームを持つ Giovanni を雇い、Tita はギリシャでは通訳を務めることになるが、最後には英国に連れてこられて Issac の召し使いとして人生を全うしている。またどんなに Byron を崇拝している Ben であっても、政治的にはギリシャではなくてトルコ贔屓であった。Ben のおざなりの褒め言葉の手紙はあるものの、1831 年のイエルサレムはオスマン帝国の支配下にあって遠方の汚い崩れかけた前哨地になっており、むしろ想像力の中で徐々に育まれていったのかもしれないが、その印象はゆっくりと生涯にわたって脳裡に収められていったもののようだ。後に *Tancred* (1847) を書いて、ここを歴史の要と位置付け、強烈なユダヤ民族の主張と宿命を弁明してくるからだ。アレキサンドリアからカイロに向かい英国に帰国するが、カイロで選挙法改正が第二読会を通過したというニュースを耳にし、すっかり健康が回復したこととも一致しているが、居ても立って

もいられず、議会に打って出たいという思いが高まるものの、検疫停泊（quarantine）のため1か月以上足止めされ、結局、帰国できたのは9月になってからのことだった。しかもMeredithはカイロで天然痘にかかって亡くなり、姉のSarahは後の人生をほぼ毎日のように弟Benと文通を続けながら、生涯独身を通すことになる。

II

　うつ病の気分転換という病気快復のため、ユダヤ人として自己のアイデンティティを捜し求めるため、小説を書くため、北方の重苦しい天候を避けて南方の明るい陽光を浴びるため、Byronのように冒険を求めるため、さらにはもっと差し迫った理由で、Disraeliは大陸へ逃れた。つまり借金取りから逃げるためだった。議会開期中は議員資格に免責という特権が与えられるからよいが、一旦閉会になれば、借金の催促、逮捕の手をかわさねばならなかった。*Henrietta Temple* は、前半は実生活のHenrietta Sykesとの情事に刺激されて描いた恋愛小説に仕上がっているのに、2人の仲が終わった3年後、再びこの作品の後半に着手したときには借金ストーリーに変化し、作品が前後で分裂している。この頃Disraeliは盛んに借金取りに追いまくられ、"stagecoach"に乗って毎日ロンドンを出たり入ったりしていた。麻薬常習者のように金を友人から引き出し、寄生虫のように友人の金を借りた。そしてその友人を情け容赦なく扱い、まことしやかに嘘をつくという、まるで政治教育さながらであった。*Henrietta Temple* はDisraeliの関心が愛から金に移っていることを明確に示している。

　　Mr.Bond Sharpe had unbounded confidence in the power of capital.

Capital was his deity. He was confident that it could always produce alike genius and triumph. Mr.Bond Sharpe was right: capital is a wonderful thing, but we are scarecely aware of this fact until we are past thirty; and then, by some singular process, which we will not now stop to analyse, one's capital is in general sensibly diminished. As men advance in life, all passions resolve themselves into money. Love, ambition, even poetry, end in this. [2]

ミスタ・ボンド・シャープは資本の力に限りない信頼を寄せていた。資本は神だった。資本は常に天才と勝利とを等しく生み出せると信じていた。ミスタ・ボンド・シャープは正しかった。資本は素晴らしいものだが、この事実に気づくのは30歳過ぎになってようやくのことだ。そのときには、今ここでわざわざ分析したりはしないが、ともかくある奇妙な経過で、一般に、資本は著しく減っている。人間は年齢を取るにつれ、あらゆる情熱は、つまるところ、金に帰結する。愛も、野心も、詩歌でさえも、結局はこれになるのだ。

債務者拘置所（sponging house）とは債務未済で逮捕された人を入獄前に一時監禁して債務弁済の猶予を与えるところだったが、債務を払ってくれる人が見つからなければ債務者監獄（debtor's prison）行きとなった。主人公 Ferdinand Armine は議会を天職としてばかりでなく避難所とも考えているが、そしてとうとう引っ張られて行った債務者拘置所の体験を実に生き生きと描いてもいる。

Ferdinand was once more alone with the mirror, the loo-table, the hard sofa, the caricatures which he hated even worse than his host's portrait, the Hebrew Bible, and the Racing Calendar. It seemed a year that he had been shut up in this apartment, instead of a day, he had grown so familiar with every object.... A spunging-house seemed such a strange, such an unnatural scene, for such a character. Ferdinand recalled to his memory the tower

第 2 章　Disraeli の地中海再発見　　　　　　　　　　　　　45

at Armine, and all its glades and groves, shining in the summer sun, and freshened by the summer breeze. What a contrast to this dingy, confined, close dungeon！ [3]

　ファーディナンドは再び独りきり、鏡と、賭けゲーム用の円卓と、堅いソァと、拘置所の主人の肖像画よりもずっと嫌な諷刺画と、ヘブライ語の聖書と、競馬レースの日程表とだけになった。…もうすっかり何にでも馴染んだこの部屋に閉じ込められてから、1日ではなくて、1年になるように思えた。債務者拘置所などこのような人物には、とても勝手の違う異常な場所に思えた。ファーディナンドはアーミンの搭や、夏の陽に照らされ、夏の微風を受けて生き生きとなる草地や木立のことなどを何もかも思い出していた。この薄汚い、狭くて窮屈な独房とは何たる違いだ。

　実際に、株で大穴を空けた Disraeli を借金取りが "spunging-house"（旧綴り）に送ったという有名な話もあるし、1835 年 O'Connell と喧嘩して逮捕されたときの経験を書いたともいう。かつて急進派だった頃に推薦状を書いてもらった O'Connell とは、トーリー党員になったことで敵となった。Disraeli が「O'Connell は煽動者だ」と言ったと間違えて伝えられたのがきっかけとなって、「1832 年に Wycombe 選挙区では急進派で出馬した Disraeli が、トーリー党となったのは卑劣で嘘つきで道徳的に賤しいユダヤ人だからだ」と、O'Connell が *The Times* に悪口を書いたため、決闘をするしないで揉め事になっていた結果だった。
　結婚当初 Disraeli は膨大な借金を妻 Mary Ann に匿していた。けれども借金取りの度重なる催促やビラによって Mary Ann の知るところとなるが、所詮資産を投げ出しても支払いきれる額ではないと分かると、Mary Ann は徹底的な家計切り詰め策を計り、召し使いたちにとっては情け容赦のないしみったれた家政であったばかりか、議会開期中だけロンドンの Grosvenor Gate の屋敷を開け、閉会するとすぐ Disraeli たち

は生活費の安いフランスやイタリアへあるいは生活費の掛からない父 Issac の邸宅 Bradenham に脱出した。

III

　　Disraeli の旅の即物的側面は手短に切り上げて、旅の精神的側面を考えてみたい。ロンドンには Dickens、パリには Balzac、ペテルブルグには Dostoevsky、ダブリンには Joyce がいるが、ヴェネツィアにはそれに匹敵する作家がいない。小説が隆盛を極める前に、つまり Napoleon がヴェネツィア共和国を倒した 1797 年、ヴェネツィアは歴史から消えていってしまったからだと Tony Tanner は指摘する。4 この都市はかつて巡礼や十字軍の中心地であり、地中海貿易や商業で巨大な富を蓄積していた。「Shakespeare はヴェネツィアを舞台に選んだとき、なぜ Othello と Shylock というムーア人とユダヤ人の異文化に属する 2 人の異邦人を描いたのだろうか。Venus のように海から神秘的に生まれ、その美しい石材の建築物はまるで奇跡のようにありえなく海に浮かぶヴェネツィアが歴史から置き去りにされ、孤島となったとき、歴史上この上もなく壮麗で輝かしく富裕であった共和国が退廃し朽ちたとき、ヨーロッパの想像力にとってもっとも重要な中心地になった」、と Tanner は続ける。

ヴェネツィアの観光客

第 2 章　Disraeli の地中海再発見　　47

Pemble は「ヴェネツィアを描く作家は花瓶の花のようなものだ。一連のヴェネツィアものを書いた Henry James も決してヴェネツィアを故郷にすることはできなかった。余りに重厚で圧倒するばかりの芸術と歴史は、"small doses" のヴェネツィアならば結構なことだが、"couldn't bear too much of it"」と指摘しているが、[5] 芸術家にはどんなに刺激的であってもそこは同時に芸術家を押し潰す魔力をも合わせ持っていた。*Cotarini Fleming* で Disraeli もヴェネツィアでめぐり逢う Contarini の従妹 Alcesté の言葉を借りて、次のように述べている。

> In the north, you are a man; your career may be active, intelligent, and useful; but the life of a Venetian is a dream, and you must pass your days like a ghost, gliding about a city fading in a vision.[6]

> 北方では、あなたは人間になれるわ。仕事は多忙で、知的で、有益でもあるでしょう。けれども、ヴェネツィア人の生活は夢なの、幻想の中に翳む街をそっと動きまわる幽霊みたいに、あなたは日々を過ごさなくちゃならないのよ。

19 世紀英文学でヴェネツィアに惹かれた文学者と言えばまず Byron や Ruskin の名が挙げられようが、共に小説家ではない。それでは小説家では Disraeli かと言えば、やはり一介の旅行者に過ぎなかったし、ヴェネツィアの魅力を引き出した作家だったとも言いかねる。大体、小説家としては小粒で文学史上殆んど忘れられた存在だ。ただし Disraeli にとってヴェネツィアが重要であったことは否定できない。そこで二つのヴェネツィアを扱った作品を検討してみたい。

　Venetia は Lyndhurst 卿に捧げられているが、その娘がこの小説出版の 2 日前パリで亡くなっていたからだ。Lyndhurst 卿は大法官で、Disraeli が Maidstone から出馬できるよう計らってくれたトーリー党の大立て者

だ。*Venetia* と共に女性の名をタイトルにしたもう一つの小説 *Henrietta Temple* のモデルになった女性 Henrietta と Lyndhurst 卿と Disraeli とは三角関係にあった。もっとも Henrietta は Sir Francis Sykes 准男爵のれっきとした人妻で 4 人の子持ち、やはり Disraeli より年上だった。もともと Disraeli は急進派だったが、それでは政治家としての将来がない。そこで Henrietta に力添えになってもらい、トーリー党の影響力のある実力者、Disraeli の政治教育の後見人となる Lyndhurst に取り入ってもらおうという計算があった。Disraeli と Henrietta の関係は 1836 年に終わっている。

　Venetia は、自伝でも社交界小説でも政治小説でもない、真摯で哀感に満ちた、Byron と Shelley の生涯をフィクションに仕上げた作品だ。Herbert 家の古い屋敷 Cherbury には、ひとりは "starry night" で、もうひとりは "sunny day"[7] と別のタイプの美しさを持つ、まだ若い未亡人 Lady Annabel と娘の Venetia がひっそりと住んでいる。近くに当主不在の Cadurcis Abbey 屋敷があったが、当主の死によって未亡人 Cadurcis 夫人と息子 Plantagenet が移り住んでくる。Plantagenet は粗野な母と仲が悪く、独り想像の世界に生きる毎日で、Lady Annabel が母で Venetia と兄妹ならば良いのにと願う。母子はとうとう大喧嘩し、Plantagenet は家出し、ジプシーのキャンプに拾われるが、そのアト・ホームな食事の雰囲気に感動しそのままジプシーに加わることを決意する。結局見つけ出され家に戻されるが、その時は母が心労の余り亡くなった後だった。Plantagenet はイートン校へ進み、Herbert 母娘とは疎遠になっていく。或る日母が不在のとき、Venetia は開かずの部屋に忍び込み、実際は死んではいない父の存在を知る。父 Marmion Herbert は有数の良家の出、並みはずれた想像力と探求心を生まれながらに持ち、詩人であり、学者であった。早くから宗教に疑いを覚え、自由思想家の本を読み無神論者となる。そして下らない体制から離れ自分の世界に生きるが、世間から嫌われ、狂人と考えられた。19 歳でオックスフォード大を出てか

らは屋敷に閉じこもって学問に熱中する。美しい Annabel Sydney と結婚するものの、じきに2人の仲は破綻し、夫人は子供と実家に帰ってしまう。世間から変人の最低の男と非難され、ジュネーヴへ逃れる。そこで本を出版するが、殆んど読まれもせず、また読まれても酷評され、さらに旅先で出来た愛人も本国では噂の種となり、いわばこの天才は世間というものの生殺しのめにあう。こんな最中、アメリカ独立戦争に己の自由を見いだし参加するが、するとイギリスでも父 Marmion の思想が見直されもてはやされだしたのだった。

　一方 Plantagenet Cadurcis はオックスフォード大学で人気者になり、流行っていたアメリカ独立戦争に関する文章で Herbert の存在を知りつつ、自作の詩で社交界の寵児となり有名な詩人として、みだらな生活に耽る日々が続く。Venetia と Cadurcis は再会するが、Lady Annabel は夫と Cadurcis の生き方に強い共通点を見い出し、Venetia が不幸になるだけだからと Cadurcis に近づかないよう諭す。その頃 Cadurcis は Monteagle 夫人との恋愛沙汰と、その夫との決闘で世評芳しからぬ状況に陥り、イギリスを離れイタリアへ逃れて行った。Venetia は体の具合が悪くなり健康回復のため、南方の温かいイタリアへの旅行を決めるが、途中アルプス山麓の町で体調が悪化、数か月そこに滞在する羽目になり、そこでペトラルカの家を見に行った帰り、雨に降られ泊まった宿で偶然父に遭遇する。母娘はパドアに向かうが、Venetia の病は重くなり、ヴェネツィアへ転地する。そこは何もかもが素晴らしく陽気で、その名前をこの地に由来した Venetia は生命力を再び与えられ、元気を取り戻すことが出来た。そのとき、夫から匿ってくれとの懇願の手紙が舞い込み、その手紙にますます元気が出る娘を見て、父が Venetia にとっての命であることを悟り、Lady Annabel は匿うことにする。アペニン山脈の山麓で3人は静かで幸せな暮らしを営むようになるが、そこへ Cadurcis といとこの George がやってきて楽しい時を過ごす。或る日 Marmion と Cadurcis は船出し、スコールに遭って後を追った George Cadurcis だけが帰宅し、

難破して2人とも死亡したことを知らせる。残された者たちは英国に戻り、やがてVenetiaとGeorgeは結婚する。

　Disraeliは、疎んじられた妻に育てられ、父親を知らずに育ったByronの娘Adaの話を計画する。近くに住む少年CadurcisはByronの幼少期で、ShelleyないしShelleyのイメジはVenetiaの不在の父Marmion Herbertだ。この時はByronが死んでからほんの13年後のことで、登場人物の多くはまだ生存していた。Disraeliの解決策は物語を50年遡らせてアメリカ独立戦争とし、2人の詩人の生涯を合成することだった。つまりShelleyをByronよりも一世代上の人物に想定し、1年間だけのByronの妻と娘AdaをHerbert/Shellyに与えた。Disraeliは小説の題材にShelleyとByronという二大詩人を選択するには2人の素顔の魅力を引き出すことが肝心と、イタリアでByronを知っており、*Journal of the Conversations of Lord Byron*（1834）を出版しているLady Blessingtonに近づいて私生活のByronを知ろうとしたり、Shelleyの死に立ち合ったTrelawneyの話を聞いたりと数々の労力を惜しまなかった。あるいはDisraeliの子供時代の実体験や母との疎遠・喧嘩がCadurcisの心理的感情移入に巧く活かされてもいるが、小説の出来栄えとしては今一つ冴えなかった。Disraeliの10年前のByron崇拝に関してもすっかり変質が見られ、Byronの詩は"exaggerated passion, bombastic language, egotism to excess...."[8]だと批判的で、むしろShellyに真の天才と理想家と哲学者と詩人を見い出しているのだ。もう一つの地中海もの*Contarini Fleming*で主人公は「政治に生きるか文学に生きるか」を悩み、結局政治を取るが、この作品ではByron的青春に決別を告げ、Disraeliは若さ溢れる放蕩者としてのShelleyではなくて、Disraeliの想像力の中にのみ存在する、老いて円熟し、柔和になった家庭人であり、聖人のような父親像、賢者としてのShelleyを容認してきている。

　*Contarini Fleming*は北方の男爵とヴェネツィアという南方の血を引く息子との自叙伝的要素の濃い作品だ。この小説は1830〜31年の旅行中

第 2 章　Disraeli の地中海再発見

にエジプトで書き始め、マルタ島での検疫停泊の際、その多くを書き溜めたものだ。Contarini のヴェネツィア貴族の母が亡くなったが、北方の王宮で重職に就く父は多忙で息子に構ったり、注意を払ったりする暇がない。Contarini は美しい北方の女性の継母に育てられるが、子供の頃は不幸だった。というのも、半分しか血の繋がらない 2 人の弟がいて、母は弟 2 人を愛し、Contarini を疎んじたからだった。或る時、弟をひっぱたいて母に部屋に閉じ込められるという出来事があったが、すると Contarini は中からかんぬきを掛けて外に出ることも食べることもしゃべることも一切拒否する。これは Disraeli 自身が母に疎んじられたことや、また弟 Ralph と Jem との関係とも符合していた。弟たちばかり可愛がり、自分の天才に気づいてくれないどころか、むしろ愚かだとも判断している母に苛立ちを覚えていたのだった。北方のしっくりこない異民族・異家族の中で疎外感を絶えず感じていた Contarini はとうとう母の祖国を訪れるという、いわば自己発見・ルーツ探求の旅に出る。

…and bound me to a country which I detested, covered me with a climate which killed me, surrounded me with manners with which I could not sympathise, and duties which Nature impelled me not to fulfil; I felt that, to ensure my emancipation, it was necessary at once to dissolve all ties of blood and affection, and to break away from those links which chained me as a citizen to a country which I abhorred. I resolved, therefore, immediately to set out for Venice. [9]

そして大嫌いな国に縛られ、つらくてしょうがない気候に包まれ、共感できない因襲や、本性のほうは果たすなと言っている義務に雁字搦めにされ…確実に解放を手に入れるには、たった今のうちに血筋と愛情の絆を解消し、嫌悪してやまない国の市民としてぼくを縛り付けているこういった結びつきから手を切ることが肝心だと感じた。それゆえ、すぐにヴェネツィアへ旅立とうと決めた。

ContariniとFlemingとの名が各々南方と北方を暗示しているように、北方は政治と権力、南方は文学とロマンスを象徴している。Contariniは政治を採るか文学を採るかで、揺れ動くが、父の死を契機として、政治という自らの天職に目醒めることになる。父である男爵はDisraeliの政治的野心を理想化した肖像（Fleming）で、それに対してContariniはその文学的野心を具体化したものであった。

　このようにDisraeliにとってのヴェネツィアとは若き日に心酔したByronとの決別、言わば文学から政治への方向転換を図ってくる自身の意識変化と密接に関係していた地と言えよう。また19世紀のイギリスは、共に一つの黄金時代を築いたヴェネツィア共和国と自国を重ね合わせ盛んに比較をしたが、そしてDisraeliも *Coningsby* において、あるいはその他にも政治演説の中で、イギリスとヴェネツィア共和国の対比を行っているが、その問題に関してはむしろ政治学者の手に委ねたい。ヴェネツィアはロマンティックに夢想したにすぎないDisraeliの虚構の祖国だったとしても、ユダヤ人としてのルーツは紛れもない真実であり、1837年下院議員に当選してからの政治家Disraeliは、むしろユダヤ人としてのアイデンティティにこだわり、それに意識的になっていく。

IV

　イギリスでは1290年Edward I世の時代に「ユダヤ人永久追放令」が出されているが、「再入国」が認められたのは1642〜49年のピューリタン革命によってであった。もっとも「永久追放」最中のはずであっても、例えばShakespeareはユダヤ人を描いているし、Elizabeth女王もユダヤ人を取り巻きに置き、こっそりと擁護していたから、イギリスには

隠れユダヤ教徒が半ば公然と存在していた。17世紀前半の当時のピューリタンは「預言者の解釈の結果、ユダヤ人の『離散の成就』とキリスト教への『集団改宗』こそが、千年王国到来の前提条件であると確信していた。そのため1656年が近づくにつれて、英国ピューリタンの間では地の果て（=英国）へのユダヤ人の公式な入国を許して、ユダヤ人の『離散』を成就させ、また受け入れたユダヤ人を寛大に処遇して、その結果、ユダヤ人のキリスト教への『集団改宗』を実現することが、救世主の王国としての英国に課せられた国家的使命であるという主張が急速に昂まっていた。」と、[10] このようにユダヤ人「再入国」にはピューリタンの宗教思想がその根底にあったことは疑いもないが、実は、Oliver Cromwellが何より狙ったものはユダヤ・マネーだったという、もう一つの理由も見逃せない。むしろ自らの政治的画策のために、この思想を積極的に大いに利用したと言っても間違いではないだろう。つまりポルトガル・スペインにとって代わって、オランダとの海上貿易の覇権を争っていた最中の当時のイギリスは、軍事費を増大させ、年々巨額の赤字を累積していた。政府は収支調整のため貿易商人層からの借入に大きく依存せざるをえなかったが、佐藤唯行氏によれば[11]ロンドンにアムステルダムのユダヤ商人を受け入れて彼らを政府の御用商人として財源を潤滑化する狙いがあったという。またCromwellは一介のピューリタン将軍から海上制覇を窺う帝国主義者に変貌を遂げたが、その野望達成のためには世界を股にかけて商売をしていたセファーディン系のユダヤ商人の金と貿易力とは、ぜひとも必要なものであった。その結果「英国に見られる反ユダヤ主義はヨーロッパ大陸の多くの国に発生した政府主導型の法的措置に基づいた反ユダヤ主義ではなく、私的生活領域における反ユダヤ主義」で、「他のヨーロッパ諸国と比べれば、最も寛容な態度で彼らを迎えた」[12] ということになる。つまりユダヤ人は、英国国教徒に対してカトリックや非国教徒とほぼ同じようなレヴェルでの法的無資格状態に過ぎなかったという。

ヴィクトリア朝期のれっきとした英国国教徒であった Disraeli も選挙演説では「ユダヤ人！」とか「シャイロック！」と盛んに野次を飛ばされてはいるものの、18 世紀にすでに事実上、上層ユダヤ人の投票権は黙認され、1858 年の「ユダヤ人解放法」によってユダヤ人の公官職への就任が認められ、同年、ユダヤ教徒として初めて Lionel de Rothschild は下院議員として承認された。

Coningsby には Sidonia という極めて印象深い人物が登場する。Sidonia は作品のストーリーに直接関与してくるわけではないが、嵐を避けた宿で主人公 Coningsby が偶然この得体の知れない男性に遭遇し、そこから Coningsby の精神教育に一役買うことになる。Sidonia は半ば Disraeli の理想化された自画像であり、半ば Lionel de Rothschild がそのモデルにもなっている。ユダヤ人 Sidonia 家はアラゴンの旧家で貴族の出身、Disraeli 憧れの異端審問によって、迫害され、その一族の殆んどは死刑に処され、生き延びた残党の末裔が一財産を抱えて、その後英国への移住を決意した。Sidonia の父は "Staked all that he was worth on the Waterloo loan; and the event made him one of the greatest capitalists in Europe." [13] とユダヤ・マネーの中心人物 Rothschild をいかにも彷彿とさせる。その父は人生の絶頂に突然亡くなり、莫大な遺産を相続した独り息子 Sidonia もまた大物となって Coningsby の前に現れたのだった。

> The only human quality that interested Sidonia was Intellect. He cared not whence it came; where it was to be found: creed, country, class, character, in this respect, were alike indifferent to him. The author, the artist, the man of science, never appealed to him in vain. Often he anticipated their wants and wishes. He encouraged their society; was as frank in his conversation as he was generous in his contributions....[14]

> サイドーニアの興味をそそるたった 1 つの人間の特性は知性だった。知性が

第 2 章　Disraeli の地中海再発見　　　　　　　　　　　　55

どこから出てきて、どこに見出されるべきか、には関心がなかった。この点に関しては、教義、国、階級、性格にも等しく無関心だった。著述家、芸術家、科学者は、援助を求めて徒労に終わるという事はなかった。しばしばサイドーニアの方が相手の必要なものと望むものとを予想していた。しかも、こういう人たちとの付き合いにも力を注いだ。献金の気前もよかったが、またその話しぶりも率直なものだった。

No Minister of State had such communication with secret agents and political spies as Sidonia. He held relations with all the clever outcasts of the world. The catalogue of his acquaintance in the shape of Greeks, Armenians, Moors, secret Jews, Tartars, Gipsies, wandering Poles and Carbonari, would throw a curious light on those subterranean agencies of which the world in general knows so little, but which exercise so great an influence on public events. His extensive travels, his knowledge of languages, his daring and adventurous disposition, and his unlimited means, had given him opportunities of becoming acquainted with these characters, in general so difficult to trace, and of gaining their devotion. To these sources he owed that knowledge of strange and hidden things which often startled those who listened to him. Nor was it easy, scarcely possible, to deceive him. Information reached him from so many, and such contrary quarters, that with his discrimination and experience, he could almost instantly distinguish the truth. The secret history of the world was his pastime. His great pleasure was to contrast the hidden motive, with the public pretext, of transactions. [15]

どんな副大臣でも、サイドーニアほどは密偵や政府の諜報部員と通じてはいなかった。世界中のありとあらゆる賢い追放者とつながりを持っていた。ギリシャ人、アルメニア人、ムーア人、隠れユダヤ人、タタール人、ジプシー、さまよえるポーランド人そしてカルボナリ党といった姿をした知人たちの目録は、概して、世間は殆んど知るよしもないが、国家的大事件にきわめて重要な影響を及ぼす、こういった秘密のスパイに興味深い解明の光を投げかけることになる

だろう。その多方面にわたる旅や、操る多くの言語、大胆にして勇気のある性格、無尽蔵の財力などによって、一般に、突き止めるのが非常に難しいこういった連中と知り合え、また手懐けられる機会も出来たのだ。さらにはサイドーニアの言うことを聞く人たちをしばしばあっと驚かせた未知の隠れた物事を知りえたのも、こういう情報源のお蔭だった。それに、サイドーニアを欺くことなど簡単ではないし、殆んど不可能だ。実に多くの、しかも正反対の方面から情報が集まってくるので、その肥えた目と経験をもってすれば、たちどころに真実を見極められるのだ。世界の秘密の歴史は気晴らしだった。また、この上もない喜びは、事件の隠れた真意を公けの口実と較べることだった。

このように宗教、人種、階級、国を問わず知性や才能を持った人間を擁護する一方で、決して表舞台には登場することなく政財界の闇世界を仕切る Sidonia は、その人柄のほうも地域や国家の災難や不幸に対して深い同情を惜しまないものの、個人に対する愛情は持ち合わせていない冷酷な人間と描かれている。

> He was a man without affections. It would be harsh to say he had no heart, for he was susceptible of deep emotions, but not for individuals. He was capable of rebuilding a town that was burned down; of restoring a colony that had been destroyed by some awful visitation of Nature; of redeeming to liberty a horde of captives; and of doing these great acts in secret; for, void of all self-love, public approbation was worthless to him; but the individual never touched him. Woman was to him a toy, man a machine.[16]

サイドーニアは愛情というもののない人間だった。感情がないと言えば酷になろう。なぜなら、この男には深情けをかけやすいところがあったからだが、それは個人に対してではなかった。焼き払われた町を再建したり、恐ろしい自然

第 2 章　Disraeli の地中海再発見　　57

の災害で破壊された居留地を復興したり、捕虜の一群を救い出して自由にしてやったり、それも、こういう偉大な行為を秘密裏にすることができたからだ。それというのも、サイドーニアは自己愛をことごとく欠き、一般大衆の賞賛など取るに足らないことだったからだが、この男の心を個人に動かすことなど決してできなかったのだ。女は玩具であり、男は機械だった。

　ここで一貫して Disraeli が述べているのは、ユダヤ人の優位性だ。したがって Coningsby はメイン・ストーリーである、Disraeli の英国社会・政治体制のあり方に関する考え方を物語にして見せてくれたプロパガンダ小説であるばかりではなくて、実は Sidonia に込められたユダヤ人選民思想も見受けられる。改宗者としてのユダヤ人 Disraeli は、英国人の中にあって決して安らぐということはなかったであろう。Ridley は「英国人と対等であると感じるためには、英国人のリーダーになる必要性があった」と分析した Andrè Maurois 説を引用している。[17]

　Disraeli 率いるトーリー党の急進派 'Young England' の政治プロパガンダ小説としての三部作 *Coningsby or The New Generation, Sybil or the Two Nations, Tancred or the New Crusade*（1847）のうち、Sidonia は三番目の宗教をテーマにした *Tancred* において主人公を激励し、旅の経済的援助をする人物として再び登場しているが、前作ほど魅力的でも印象的な人物にも仕上がってはいない。若いイギリスの貴族 Tancred は議会入りする前、イギリスの信仰心の欠如に対する解決策を探り求めるために聖地巡礼の旅に出る。

'When I remember that the Creator, since light sprang out of darkness, has deigned to reveal Himself to His creature only in one land, that in that land He assumed a manly form, and met a human death, I feel persuaded that the country sanctified by such intercourse and such events must be endowed with marvellous and peculiar qualities, which man may not in all ages be competent to penetrate, but which, nevertheless, at all times exercise an irresistible influence upon his destiny. It is these qualities that many times drew Europe to Asia during the middle centuries.... It is time to restore and renovate our communications with the Most High. I, too, would kneel at that tomb; I, too, surrounded by the holy hills and sacred groves of Jerusalem, would relieve my spirit from the bale that bows it down; would lift up my voice to heaven, and ask, What is DUTY, and what is FAITH? What ought I to DO, and what ought I to BELIEVE? [18]

「暗闇からにわかに光が出現して以来、創造主は、たった一つの地で、その創造物のもとに現れて下さり、しかもその地で人間の姿を取られ、人間として亡くなられたのだと思い出すとき、このような神との交わりとこのような出来事とによって神聖化された国というのは、驚異的で固有の特質に恵まれているに違いないのだ。今も昔も、人には必ずしもそれを浸透させる能力はないかもしれないが、にもかかわらず、いつの時代も、抵抗できない影響力を人の運命に及ぼしてくるのだ。…中世紀に、何度もヨーロッパをアジアへと引きつけたのは、まさにこの特質だった。私たちが上帝との交流を修復し、刷新するときが来たのだ。その墓に私もまたひざまずくことにしよう。イエルサレムの聖なる丘と神聖な木立に囲まれ、不幸にあって挫かれたやる気を私もまた取り戻すことにしよう。天に向かって声を張り上げ、尋ねることにしよう。義務とは何ですか、信仰とは何ですか、私は何をすべきですか、そして何を信じるべきですか、と。」

そしてユダヤ擁護に終始するこの作品では、とうとう主人公はイギリスを永久に去って聖地に住みついてしまう。アジア対ヨーロッパという図式の中で、神が訪れることを決めた唯一の地はアジアであるから、アジアの優位性を再び主張すべきだ、そしてその地に立ってこそイギリス貴族は真の高貴さを見いだせるのだ、というのがDisraeliの言い分だ。言いかえれば、キリスト教徒たるイギリス人は東方を旅して、イギリス・

第 2 章 Disraeli の地中海再発見

プロテスタンティズムの、ヘブライのそのルーツを発見すべきだ、というものである。

> The world, that, since its creation, has owned the spiritual supremacy of Asia, which is but natural, since Asia is the only portion of the world which the Creator of that world has deigned to visit, and in which he has ever conferred with man, is unhappily losing its faith in those ideas and convictions that hitherto have governed the human race. We think, therefore, the time has arrived when Asia should make one of its periodical and appointed efforts to reassert that supremacy. [19]

> 世界は創世以来、アジアの精神的絶対優位を認めてきたが、それも当然のことだった。なぜならアジアは、この世界の創造主がありがたくもお訪ねくださり、人間と話し合ったことのある唯一の地域だからだが、不幸にして、世界はこれまで人類を支配してきた考え方や信念に信を置かなくなってきているのだ。それゆえ、アジアはふたたびその絶対優位性をくり返し主張するという定められた努力を今すべき時が到来したと私たちは考えるのである。

熱心な巡礼者 Tancred はついにキリストの墓にたどり着き跪くが、その地で、エデンの園にでもいそうな完全な東洋の美を表す Eva が天啓のように現れる。そこで Disraeli は、異民族が愛によって結ばれることで、具体的にはイギリス貴族の Tancred とユダヤ人の娘 Eva を結婚させることで、キリスト教のユダヤ教への回帰を実現しようと意図する。前作 *Coningsby* や *Sybil* を政治的プロパガンダ小説と見ることは容易だが、東洋の神秘に充ちユダヤ賛歌で貫かれた *Tancred* に、アジア対ヨーロッパという世界観は披露されているものの、(ユダヤ人擁護以外には、)きわめて現世的レヴェルでの社会改革といった発想を見つけることは難しい。

Tancred が出版されたのと同年の 1847 年 12 月、下院のユダヤ教の無資格状態に関する演説で、"All the early Christians were Jews…. Yes, it is as a Christian that I will not take upon me the awful responsibility of excluding from the legislation those who are of the religion in the bosom of which my Lord and Saviour was born."[20] と、キリスト教はユダヤ教の派生したものに過ぎないと Disraeli はユダヤ教擁護の立場で弁明しているが、これはユダヤ教徒 Lionel de Rothschild がシティからすでに議会に選出されていたものの、法律では真のキリスト教の誓いが要求されるために議席を占められなかった。それでこの規則を廃止しようとの演説だった。*Tancred* は風変わりで不気味な本であり、人々を驚かせはしたけれども、政界では日頃から殆んど本を読まない議員が多かった。その中で Gladstone は Disraeli 攻撃の拠り所にしようと *Tancred* を丹念に読んだという。

ディズレーリとグラッドストン

　「実際に移住した土地に決定的に、経済的に繁栄をもたらしたのもユダヤ人であれば、退去した土地に、経済的な衰退をもたらしたのもユダヤ人であったという認識が生まれた」と[21]、ゾンバルトは 15～17 世紀にいたる経済の重心が南ヨーロッパから北西ヨーロッパの諸国へと移行したヨーロッパ経済の理由付けにユダヤ人を挙げている。ゾンバルト批評や学術的位置付けをする資格も学識も私にはないが、Disraeli を考える時ゾンバルト説はとても刺激的に思える。

第 2 章　Disraeli の地中海再発見

　　——国家の必要をまかなうために用いられる金銭だ。換言すれば、私はとりわけ十六、十七、十八の三世紀に、ユダヤ人がもっとも影響力の大きい軍隊の御用商人であり、またもっとも能力のある王公への資金供給者であったと思っており、さらに、この状況は近代国家発達の動きにとって重大な意味があると見なすべきだと信じている。これについてはなんらの特別の論拠を必要としないであろう。[22]

これの好例として思い出すのは、ただし、時は 19 世紀、つまり 1875 年のことだが、金に困ったエジプトの副王からスエズ運河の株を手に入れるため、Disraeli は Rothschild にその資金を一夜にして調達させていることだ。(もっとも同じユダヤ人といっても Disraeli 自身は若い時の投機失敗で、人生の 4 半世紀は優に借金まみれだったから、商売のほうの才覚はないのかもしれないが。)

　　公共生活から排除されたことは、その埋め合わせとして経済生活面でのユダヤ人の地位を向上させたに違いない。…とりわけ彼らは、政治的に無色（ノンポリ）といわれている態度をつくりあげた。これは彼らが生活している国に対するある種の無関心、さらにこの国の中で、そのつど権力を握っている政府に対する一層無関心な態度である。[23]

これは経済人としてのユダヤ人を論じたものであるから、政治家 Disraeli に当てはめるのは乱暴なこととは承知しつつも、例えば当初急進派だった Disraeli が政治家として芽が出るようにトーリー党に鞍替えし、やっと当選を果たしたものの、Peel に嫌われ、1841 年 Peel の内閣に入閣できないと分かると、今度は 'Young England' なる党派を結成し

て、トーリー党に反旗を翻し、故意に反対票を投じて急進派トーリー路線を切り開き、その後にはハイ・トーリーに収まることになるのだが、一例として1846年1月、「穀物法」問題でPeelに仕返しの辛辣な大演説を行って、とうとうPeel内閣を倒してしまった。けれどもDisraeliは「穀物法」にはもともと殆ど関心はなかったという。ここ数年の日本の目まぐるしい政界再編の模様をリアル・タイムで目撃している私たちに、Disraeliを槍玉に上げる資格が果たしてあるのかどうか疑問だし、19世紀のイギリスにおいても、トーリー党とホイッグ党間の鞍替えというのは、他の政治家でも見られる現象であるし、それに国の東西を問わず、政治家というのは現実主義者なのかもしれないけれども、少なくともDisraeliが自分の主義・主張をひたむきに生涯信じ、あくまで貫徹するというタイプの人間ではなかったということは確かだ。自分が属している党が組織する政府を、しかもさして関心を寄せていない問題をとりあげて、倒すというのは、たとえ個人的恨みがあったにせよ、なにかしらの忠誠心というものに対する無関心さも、同時にDisraeliの中には存在していたのではないだろうか。こと、女性に関しても、政治的野心のためにその過程、過程で、様々な女性を踏み台にし、利用し、有力者に取り入ってもらうという、いわばジゴロの生き方をしている。こうして見てくると、Disraeliには一貫して対象に対する"attachment"のなさという共通項があるように思われてくる。Sidoniaとは、とりもなおさずPeelに拒絶されてからのDisraeliでもある。神秘に充ち、秘密を抱え、陰謀に長け、海外問題に精通し、行動力があり、自分だけを頼みとし、ロマンティックなダンディで、たたきあげ("self-made")の政治家にして、そうしてユダヤ人だ。もちろん機会を改めて、1850年以降の小説や政策等を新たに検討しなければ、全体像としてのDisraeliを語ることは無謀ではあるけれども、それでも七つの海を支配し、一大黄金時代を迎えた19世紀ヴィクトリア朝大英帝国が、「英国人のリーダーになってはじめて英国人と対等に感じる」この所詮精神的根無し草の、Disraeli

第2章 Disraeli の地中海再発見　　　　　　　63

というコスモポリタンの一ユダヤ人の手によって半ば築かれ、大きな飛躍・発展も成し遂げえたのだ考えると、何かしら皮肉でもあり、また妙に納得できる気がしないでもない。

註

1. Jane Ridley, *The Young Disraeli 1804-1846*, (London: Sinclair-Stevenson, 1995), p.10. 以降, 本章では Disraeli に関してこの本及び、以下の本を参照した。Paul Smith, *Disraeli: A Brief Life*, (Cambridge: Cambridge University, Press, 1996); Donald Sultana, *Benjamin Disraeli in Spain, Malta and Albania,1830-32* (London: Tamesis Books,1976); Tom Braun, *Disraeli the Novelist*, (London: George Allen & Unwin, 1981); Ian Machin, *Disraeli*, (London: Longman, 1995).
2. Benjamin Disraeli, *Henrietta Temple*, (London: Longmans Green,1904), p.377. 邦文は拙訳による。
3. *Ibid.*, p.431.
4. Tony Tanner, *Venice Desired*, (Cambridge: Harvard University Press, 1992), pp.4-5.
5. John Pemble, *Venice Rediscovered*, (Oxford: Oxford Univ. Press, 1995), p.33.
6. Benjamin Disraeli, *Contarini Fleming, A Psychological Romance*, (London: Peter Davies, 1927), p.218. 邦文は拙訳による。
7. Benjamin Disraeli, *Venetia* (N.Y.: AMS Press, 1976), p. 4.
8. *Ibid.*, p. 278.
9. *Contarini Fleming*, p. 59.
10. 佐藤唯行、『英国ユダヤ人』(講談社、1995 年)、p.125. ユダヤ人問題に関してはその他に次の本を参照した。小岸昭、『スペインを追われたユダヤ人』(人文書院、1992 年); Frank Felsenstein, *Anti-Semitic Stereotypes*, (Baltimore: The Johns Hopkins University Press, 1995); Michael Ragussis, *Figures of Conversion: "The Jewish Question" & English Nationality*, (Durham: Duke University Press, 1995).
11. 佐藤唯行、p.134。
12. 前掲書、p.145。
13. Benjamin Disraeli, *Coningsby or The New Generation*, (Oxford: Oxford Univ. Press, 1982), p.187.
14. *Ibid.*, p.191. 邦文は拙訳による。

15. *Ibid.*, pp.191-2.
16. *Ibid.*, p.190.
17. Ridley, p.282.
18. Benjamin Disraeli, *Tancred or The New Crusade*, (London: Peter Davies, 1927), p.56. 邦文は拙訳による。
19. *Ibid.*, p.434.
20. Ragussis, p.197.
21. ヴェルナー・ゾンバルト、『ユダヤ人と経済生活』金森誠也訳（荒地出版社、1994年）p.10。
22. 前掲書、p.86。
23. 前掲書、p.275。

第 3 章

Dickens のイタリア

ディケンズ

Charles Dickens（1812-70）もイタリアに魅せられた作家の 1 人ではあるけれども、書いた小説から窺うイタリアに対する反応には、どうも素直でなかったり、解せなかったり、あるいは妙なところが見受けられる。もちろん Dickens のイタリアに対する一番率直な反応は、毎週手紙にしてイタリアの風物詩の断片断片を書き送ったもので、後に 1846 年にまとめられ出版されたイタリアの印象を表現した作品 *Pictures from Italy* で読み取れよう。この作品は、こと Dickens のものなら何でも、という愛好家団体のディケンジアン達にとっては傑作の一つに挙げられようが、19 世紀の英国から大挙して出掛けていったごく平均的な "grand tour" 観光客が抱く圧倒的に多数派のイタリアの印象と大きく違ったところは見あたらず、当時の英国人による旅行記の中にあっても、むしろ常識的な紀行文の範疇の 1 冊に思える。すなわち、陽気なイタリア人の生活に共感や驚きを覚え、様々な文化遺産に感動するといった風だ。しかし、Dickens はなぜかその後

8年間もイタリア滞在の体験を小説に著すことはしなかった。それはどうしてなのだろうか。つまり、イタリアに旅立つ前に、Dickens はアメリカを旅しているが、そちらのほうは矢継ぎ早に 1842 年に出版された旅行記 American Notes と、1843-4 年に発表された不評の小説 Martin Chuzzlewit との 2 作品の中に、抜かりなくアメリカ体験を織り込んだ形で発表しているからであり、アメリカ旅行とイタリア旅行とでは、その後の扱い方にくっきりと違いがみられるからだ。8 年後、Augustus Egg と Wilkie Collins とともに 1855 年にもう一度短いイタリア旅行を試みてから、Dickens は Little Dorrit を作品にし、そこでイタリアを登場させているのだ。しかも、この小説でのイタリアの描き方にはどうも素直な印象とか感動とか驚きがない。8 年前、旅行者として純粋にイタリアに感動した描き方とは明らかに変化している。なぜそうなってしまったのだろうか、その辺の事情を考えてみたいと思うが、その前にイタリアで 1 年間 Dickens はいったい何をしていたものか、そしてその後、この体験が作品にどう影響を与えていくことになるのか、そのあたりを探ってみたい。

　1844 年 7 月、大家族を引き連れて、Dickens はパリ、マルセーユを経て、海路にてイタリアへと赴いた。目的はいたって即物的なものであり、厖大に膨らむ一方の生活費を、物価の安いイタリアで暮らすことで、なんとか切り詰めようとしたのだった。一族から有名人が踊り出れば、寄らば大樹の影とばかり、貧乏な親類縁者がすがってくるのは世の常であるし、おまけに Dickens 自身にしても、名を上げれば上げるほど、交際費も生活費も派手になっていくのも仕方ないことだった。あらかじめイタリア語を Dickens は周到にイギリスで勉強してもいた。当初はジェノヴァ郊外のアルバロに借りた別荘に落ち着いた。本音を言えば Byron の別荘だったところを借り受けたかったものの、そこには人が居住していたし、手入れもまともにされてはいなかった。夏はアルバロで過ごしたが、ただし、そこはつまらない家を馬鹿ばかしいほど高い家

第 3 章　イタリアの Dickens　　　　　　　　67

賃で借りていることが後で判った。イタリア語をものにした Dickens は生活に不便はなく、足繁くジェノヴァの町を出歩き、とりわけ芝居、人形劇に夢中になって、オペラも堪能した。10 月 1 日からペスキエーレ館 (Palazzo Peschiere) に居を移しているが、ここは貸し別荘であっても、ジェノヴァで一番豪華な大邸宅であり、地中海を見下ろす高台に建ち、彫像や噴水のある広い庭に囲まれていた。

> Within, it is painted: walls and ceilings, every inch in the most gorgeous manner. There are ten rooms on one floor: few smaller than the largest habitable rooms in Hampton Court Palace: and one quite as long and wide as the Saloon of Drury Lane Theatre; with a great vaulted roof higher than that of the Waterloo Gallery in Windsor Castle—I think again, and can safely add very much higher.[1]

> 内部には絵が、豪華絢爛の極みに、壁も天井もどこもかしこにも描かれていた。一つの階に十部屋あったが、ハンプトン・コート宮殿で居住できる一番大きな部屋よりも小さな部屋は殆んどなかった。一部屋などはまったくドゥルーリー・レイン劇場の大広間ぐらい長くて広かったし、巨大なアーチ型の屋根はウィンザー城のワーテルロー・ギャラリーの屋根よりも高かった——考え直してみると、間違いなく、こっちの方がはるかにずっと丈が高いと言える。

Dickens はこのお屋敷で一体何をして過ごしていたのだろうか。最初はロンドンの雑踏が恋しくてたまらなかった。しかも、新しいクリスマスものは主題だけは決まっていたものの、話の内容はこれからだった。だからイタリアを楽しむことより、作品を書くことがまず念頭にあった。そんな或る朝のこと、町から風に乗って凄まじい、身の毛もよだつような不協和音の鐘の音が響いてきて、思わず想像力をかきたてられ、こう

して次作は The Chimes とタイトルが決まるのだった。しかし、このクリスマス物語にはこの事以外にイタリアの影響を受けたものは一つとしてなく、依然として舞台はロンドンのままであった。

The Chimes の朗読会

I

　さて、毎日朝の7時に起きて、朝食前に水風呂を浴び，それから午後の3時くらいまで一気に、頭痛の種だったクリスマスものの執筆に励んだ結果、Dickens は11月上旬には書き終え、その後イタリアを各地に旅行してまわり、書き上げたばかりのクリスマスものを引っさげて、公開朗読会に一旦12月にイギリスに戻ることになる．その間にも9月の初旬に、弟の Frederick を出迎えにマルセーユへ行き、海路の場合には羊毛の積荷があればニース沖で検疫停泊（quarantine）により4日間足止めされるため、コーニス道路をとおってイタリアに入るという陸のルートを取るのだが、ここで Dickens はアルプス山脈の一夜を過ごす。そこの宿は虱や蚤、蚊に占拠され、ティー・ポットも碌になく、殆んど一睡もできず仕舞いで朝になってみれば、2人の手も腕もおよそ人間のものと

第 3 章　イタリアの Dickens　　69

は思えなかった。それでも、Dickens はアルプスが非常に気に入り、その年の 12 月に一時帰国したときにも大雪の中を橇に乗ってシンプルトン峠を越えたし、また翌年イギリスに一家が引き揚げるときも、海路ではなく、サン・ゴダール峠を選び、さらに 1853 年に再度イタリアに友人達と行ったときにも、行きはシンプルトン峠、帰りはモン・スニー峠のルートを選んでいる。アルプス越えがなぜこんなにも Dickens は好きだったのか、という問題もぜひ考えてみなければいけない。なにしろ、現代と違ってアルプスに汽車が走っているわけでもなく、人の足でアルプス越えをしなければならなかった時代のことだから、まさに苦行以外の何ものでもなく、だとすれば、ひとえに敵を脅かすために、ハンニバルが象を引き連れてアルプス越えをして以来、今からすれば、よりによって、としか言いようがないが、驚異だとか、健康回復のためだと、あるいは「ピクチュアレスク」だとか、「サブライム」だと流行に浮かされてのことだけで、これほどの苦難を、しかもそう何度にもわたって、わざわざ好んで選ぶものだのだろうか、という素朴な疑問が湧いてもくる。

　ところで、ジェノヴァで Dickens は、旅行以外に、観劇やパーティーや町へと出歩く以外に、いったい何をして過ごしていたのだろうか。問題の人物が初めて登場するのは、11 月 17 日付の John Forster 宛ての手紙の中だ。"I didn't tell you that I left Genoa, we had a dinner-party—our English consul and his wife; the banker, Sir George Crawford and his wife; the De la Rues; Mr. Curry; and some others, fourteen in all" [2] De la Rue 夫妻というのは、ジェノヴァ永住を決め、そこに夫妻と妻の母と、後には子供とが住み、ビジネスでは語学堪能にして有能でやり手というスイス人銀行家と、イギリス生まれのその妻のことだが、Dickens がジェノヴァに家を借りる相談をしている際、ジェノヴァ在住のへまな彫刻家で、Dickens の友人スコットランド人の Agnus Fletcher を通して知り合いになったのだった。Dickens 夫妻と De la Rue 夫妻はごく近所に住ま

い、頻繁に出入りするようになっていくにしたがい、親しく付き合うようになった。そこで Dickens は de la Rue 夫人に直ぐに関心を抱くようになった。夫人は髪の長い綺麗な小柄の女性で、神経症からくる痙攣を患っていた。当時ロンドンで大流行していたメスメリズムに共鳴し、その実演に何度も通って効果を見てきていた Dickens は、自分がそこで数多く見てきた患者と夫人の症状がよく似ていることに気づき、催眠術治療を申し出るのだった。幸いイタリアで作品を書く必要はなかったから、エネルギーも時間も暇もたっぷりあった。夫のほうの Emile と長い散歩をしたが、Dickens にはこれは強い煙草を吸う程度のエネルギーの消耗だったし、それに亡くなった義理の妹 Mary のことを夢の中でも想い、仕事など到底手につく状態でもなかった。12月にロンドンから戻ると、Dickens は夫の Emile の同意と協力とを得て、早速催眠治療にとりかかるのだった。夫人は手足の引き攣り、痙攣、頭痛、不眠症、神経衰弱、強硬症を重く患っていたが、ロンドンで Elliotson や Dupotet や Townshend らが催眠治療でこういう病気に対して効果をあげていたのを目の当りにしていたので、Dickens は夫人の治癒を確信した。

II

さて、当時ロンドンで、イギリス全土で流行していた催眠治療、つまりメスメリズムとはどのようなものだったのだろうか。もちろん Franz Anton Mesmer (1734-1815) というウィーン大学で医学博士の学位を授与されたオーストリアの開業医にこの言葉は起源を発し、自身はこれを動物磁気（animal magnetism）と名づけていた。Mesmer によれば、「病というものは磁石に似た身体を貫通する流体の流れが『阻碍』されることに起因する。したがって、個々の人間は、自分の身体の磁極を摩擦したり、それらの磁極を「メスマー化」すなわち動物磁気化することによっ

第 3 章　イタリアの Dickens　　71

て、この流体の活動を制御したり、強化することができるうえ、それによって障碍を克服したり、しばしば痙攣のかたちであらわれる「発作」を誘発させたり、健康、あるいは人間と自然との間の「調和」を回復させたりすることが可能になるのである。」[3] Mesmer は自分の学説を実際に運用することを考え、患者達を催眠術がかけられた昏睡状態に陥らせ、様々な神経症、ノイローゼなど各種疾患の治療にあたった。Mesmer と弟子達は、患者に膝を閉じたまま坐らせ、そこに自分達の両膝で挟んで固定し、小さな磁石の磁極を探すという名目で、患者の全身に指を走らせた。小さな磁気群が集まって、身体全体に一つの大きな磁石が形成されていると考えたからだ。

　これは革命前のフランスでは大歓迎を持って受け入れられた。1780 年代の知識人は、科学によって目には見えないまわりの不可思議なものが解明されていくことに熱狂した。科学と神学が徐々に分離していく時代であっても、虚構から解放されたわけではなかったから、Mesmer らが治療に用いた、流体をたくわえる桶とか、磁気化されるロープ、鎖といった道具にも、インチキと真実の区別がつきにくかったのだ。不可視の流体が虚空でぶつかり合うというアイディアはパリのサロンやアカデミーで話題に上り、反響も大きかった。さらにはブームになった、例えば、チェス・ロボットとか、物言う頭とかのアマチュア科学はまず娯楽を提供したため、一般大衆も科学に熱狂した。けれども、科学と擬似科学の境界が難しく、オカルティズムに近いものもあり、専門医にかかれない貧乏な病人は祈祷師やインチキ治療師に依存するしかなかった。そうしてメスメリズムもこうした科学とオカルティズムのまさに境界にあったようだ。

　1778 年 2 月に Mesmer はパリに到着し、最初の桶をアパルトマンに設置し、自信ある態度で次々治療を施していくと、これが瞬く間に注目を集め、科学アカデミーにも招待された。もっとも学界からはことごとく拒否されたものの、着実に患者数を増やし、アマチュア科学者の間では

透視能力

評判をとっていった。すると、専門家達が雑誌を通じて痛烈に Mesmer 非難をはじめ、それに応じて Mesmer 派も反論したが、そこには既成の科学の体制というものに純真に傷ついた態度が隅々に窺える。結局 Mesmer は金でパリに引き止められ、大金を摑み、1789 年にはパリの協会本部には 430 人もの会員があり、10 以上の支部が各地にできていた。メスメリズムの影響は治療のほうはともかく、人を楽しませるという点においては絶大であったし、しかも一過性の流行を超えた。革命が近づくころにはメスメリズムは心霊主義者たちに占拠され、心霊主義的なものがヨーロッパ中に広まり、もはや Mesmer の思想は当人のコントロールの及ばない、手の届かぬ遠いものとなってしまった。しかし Mesmer はフランスを離れ、オーストリア、イタリア、スイス、ドイツ、イギリスへと旅立った。

III

19 世紀を迎え、メスメリズムはフランスでは不運な道を辿ったものの、ドイツでは病気治療に動物磁気療法を採用し、芸術家は催眠を創作

の原動力に、心霊術者はあの世との交流にと、見直されていき、やがてはフロイトへの道に繋がっていく。そうして、Dickens も夢中になったほどのメスメリズムはヴィクトリア朝のイギリスではどのように受け入れられていったのであろうか。工場労働者から貴族、司祭にいたるまでありとあらゆる社会階層に属する人たちがメスメリズム交霊会の虜になった。客間で数人の集まりから、混雑したホールで何千人もの人を前に実演されるものまで、様々な規模のものが行なわれ、患者がまずコインかボタンかろうそくの炎をじっと見つめるところから始まって、2～3分から小1時間くらいで "trance" とか "coma" と言われる状態に陥り、ちょっとの間目は開いているけれども、眠っている様子だ。催眠術師は *Macbeth* からの台詞の言い換え "her eyes are open but their sense is shut"[4] を好んで使い、じきに2人の間に霊的交感がなされる。患者は催眠術師の考えを話し、手足も言われるがまま、要するに自覚のある個人から、生きた操り人形に変えられてしまうのだった。しかも一旦深い催眠状態に入ると、患者は特別な能力さえ授けられた。未来を予知するとか、あの世に行って人に会ってくるとかいったものだ。そして最後に数時間

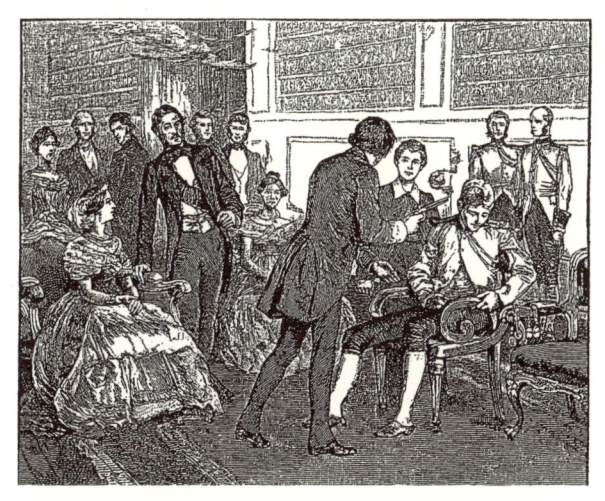

アルバート公の誕生日に行われたメスメリズムの実験のもよう

経ってから、正気に戻るのだった。20世紀の人間には魔法のトリックとしか映らないが、ヴィクトリア朝の人々には催眠交霊会はほぼ毎日の出来事と言っていいほど、頻繁に行なわれ、しかも出席した人たちは魅惑されるか、混乱するか、それとも人生が一変するような事件であったという。多くの人たちはそこに精神の潜在能力が発揮されるのを見たのだった。人々は実演のあと、本当に催眠にかかっているのか、インチキかと話し合うことになり、そこで催眠術師は患者の耳そばでピストルを撃ってみたり、針で肌を刺してみたり、電気ショックとか、強烈な臭いを嗅がせるとか、口に酢やアンモニアを塗る、あるいは身体をあちこち触って、反応がないかということを調べたという。つまり、果たして人がまったく別の精神状態になっているのかどうか、しかもどうしてなのかということが絶対の関心事であったからだ。メスメリズムはロンドンばかりか、イングランド全土、それにアイルランド、スコットランド、カルカッタに広まり、場所も大学、治療院、領主の館、牧師館、市民会館、パブ、寝室、街の通りと、いたる所で行なわれた。

　なぜ1830年代から1860年代へとこんなにも広く長きにわたってイギリスではメスメリズムが持てはやされたのであろうか。社会学的、医学的、科学的理由がそこには見出されよう。なるほど1830年代以前からメスメリズムは英国に紹介されてはいたものの、あくまで娯楽としてであり、真摯に受け止められるようになったのは1840年代になってからのことであった。まず1838年春にロンドンで一連の実演が行なわれたものの、これは信用を得ることなく終わったが、エリートの科学者や読書好きの大多数の人々の注目を集め、じきに巡回してまわる催眠術の講義実演が全土に及ぶほど人気を博するようになっていく。様々な人たちがこれに夢中になったが、その中には　Charles Dickens, George Eliot, Wilkie Collins, Elizabeth Gaskell, William Gladstone, Charles Darwin, Michael Farady などもいた。

　その背景には社会の変革期にあったイギリスの特殊事情も見え隠れし

第3章　イタリアのDickens　　75

ているようであった。科学技術、例えば蒸気、電報、鉄道といったような伝達分野での科学の進歩によって人々はますますスピーディーに旅をし、より早く手紙を受け取り、より広範囲な社会の人たちとの出合いが可能になっていった。しかし、変化する社会の中で人々にはこの文化的変化を表現する言語が必要であり、したがってあれこれと、そういう心を探る科学的な実験的学問を模索していったのだ。孫引きになるが、John Stuart Millは1831年に政治的な問題の話の中で、以下のように語っている。

> there had been a "change in the human mind as profound as it was slow and insensible". When people finally became aware of it—as they were now—they woke confused and uncertain "as from a dream", not knowing "what processes had been going on in the minds of others, or even in their own." [5]

> 『人間の心には、甚大というばかりでなく、ゆっくりとしかも気づかないほど僅かずつ変化を』来たしていた。とうとうそれに——現状のように——気がついたとき人々は混乱し、はっきりしない状態で、『まるで夢からみたいに』目を醒ましたが、他の人たちの心の中、いや自分たち自身の心の中でさえ、一体どんな変化作用が起こっていたのかも解らなかったのだ。

この「夢から醒めた時みたいに、混乱して、はっきりしない」という言い回しが、当時の人々の心情を表現していよう。"trance"とか"dream"という言葉の持つ力が人々の心を巧みに捉えた。あるいはショッピングの文化史でもよく引き合いに出される箇所だが、1851年にロンドンで開催されたThe Great Exhibition（万国博覧会）見物に出掛けて行ったCharlotte Brontëの、父宛ての手紙からも同様の表現が見受けられる。ディスプレイの壮大さに圧倒されて、"Only magic"とか"superhuman hands"[6]

と、科学技術の力を人間技ではないと考えているのだ。ヴィクトリア朝期、人々が科学を大切に思ったのは、科学が新しいことを教えてくれるばかりでなく、自然の法則というものが社会の法則を支えている、あるいはこれとつながりがあるもの、そして科学はこれを解明してくれると考えたからだ。科学と心のぼんやりとした関係に気がつき出した当時の人々は、メスメリズムこそ精神の科学学問であろうとして、その意義を見出そうとした。さらに劇的にまた摩訶不思議に変化を遂げる世界に生きていると自覚していた人々は、自分達の文化の新たな状況を表現しようとするとき、まったく普段とは別の精神状態になることが相応しく、だからこそこれに惹きつけられたともいう。

　メスメリズムは伝統的医学界では擁護されることなく、当然、オックスフォード大からもケンブリッジ大からも門前払いにされた。けれども、学問の府は拒否したものの、その構成員達は、とりわけ若手の人たちはこれに興味を抱いた。自ら進歩的だと考え、政治的にもリベラルで急進派の医師を自負する人たち、さらには哲学者、文人にも受けた。古くからある大学は駄目でも、University College London は進歩的で、1834 年に The Anatomy Act が通過すると、救貧院から死体を運んできて解剖し、人間を機械のように扱うことを当然と考えていたから Jeremy Bentham の亡骸も解剖し、メイン・ギャラリーに飾っていたが、そこの若手でカリスマ的実務医師 John Elliotson はフランスやドイツから新しい薬や診察技術を取り入れていて、他の医師仲間とともに動物磁気の実験を開始し、後に大学を追われることにはなるが、果敢にチャレンジした。

　イギリスではどう動物磁気を受け入れたらよいのか考え込んでいる医師のために、1837 年フェリーに乗ってやってきた最初の、高名な医師は、フランス人 Baron Charles Dupotet de Sennevoy で、Elliotson にも実演して見せたが、ハノーヴァー・スクエアーに居を構え、看板を出したものの、上流階級はなかなか寄り付かなかった。1 人の知り合いもない

見知らぬ外国人の上、言葉の障害や費用も高かったためだったが、辛抱強く新聞広告に載せたり、医学雑誌に投稿したりして徐々に名を上げていった。

　Elliotson が実演の際、患者としてよく起用したのが姉 Elizabeth16 歳、妹 Jane15 歳の、一躍有名人となった癲癇もちの O'Key 姉妹であった。そもそも、患者には概して、イースト・エンドの貧民屈に住むどん底の労働者が選ばれ、中でも貧乏の中でも一番貧乏なアイルランド人が使われたが、この姉妹もまたアイルランド人の下女であった。そういう立場の人間を使えば慈善行為になるから便利だったし、それに政府の健康委員会にでも指名されなければ、労働者はとりわけこういう種類の医師とは元来無縁なはずだが、労働者の健康状態とか工場の劣悪な環境を示す証人として、社会問題のお決まりの診断がしやすかったのだ。つまるところ、社会の最下層の人たちは、要は物、あるいは動物として扱いやすかった。さらには患者が男性なら、かなりの数で催眠術にはかからず、かかるのは女性が圧倒的であったともいう。催眠術師は男性で、患者が女性であれば、心理的に性的関係のようなものが成立し、そこで強いカリスマの男性にコントロールされる受身の女性という図式は否めない。

IV

　1838 年 1 月、*Pickwick Papers* を書き終えたばかりで、次の *Oliver Twist* を執筆中の当時 26 歳の Charles Dickens は Elliotson の催眠術の実演を見て、すっかりこの虜になったらしく、以来 2 人は親交を深め、小説家はこれに通いつめることになっ

た。小説 *Oliver Twist* においても、早速その影響が窺われる。或る日の夕方、Oliver は窓辺で本を読んでいたら、うとうとしてきた。

> there is a kind of sleep that steals upon us sometimes, which, while it holds the body prisoner, does not free the mind from a sense of things about it, and enable it to ramble at its pleasure. So far as an overpowering heaviness, a prostration of strength, and an utter inability to control our thoughts or power of motion, can be called sleep, this is it; and yet we have a consciousness of all that is going on about us, and, if we dream at such a time, words which are really spoken, or sounds which really exist at the moment, accommodate themselves with surprising readiness to our visions, until reality and imagination become so strangely blended that it is afterwards almost matter of impossibility to separate the two.... It is an undoubted fact, that although our senses of touch and sight be for the time dead, yet our sleeping thoughts, and the visionary scenes that pass before us, will be influenced and materially influenced, by the *mere silent presence* of some external object; which may not have been near us when we closed our eyes: and of whose vicinity we have had no waking consciousness. [7]

時々起こることなのだが、眠りが我々にしのび寄って来て、身体の方はそのとりこになりながら、知覚の方は外界のものを受け入れて、勝手気儘に動きまわることがある。身体中にけだるさが籠もったり、力が抜けてしまったり、自分の考えや行動力を自由にできなくなってしまう状態を、眠りと呼ぶことができるとするならば、かの状態は眠りである。とは言うものの、我々は周囲の出来事をすべて意識しているのだから、夢を見ているとしても、そのとき現実に話されている言葉や現実に聞こえているもの音が、驚くほどやすやすと我々の幻覚の中に入り込んでしまって、遂には現実と想像がごっちゃになり、後にはその二つを分けることがほとんど不可能になってしまう。またこのような状態に付随する異常な現象は、これだけに留まらない。我々の感触や視覚がその間は死んでいても、眠りながら考えていることや目前に浮かぶ幻の風景が、外界に

第 3 章　イタリアの Dickens　　　　　　　　　　　　　　　79

存在して何の物音も出さない何かあるものによって、影響、しかも具体的な影響を受けるということは、確固たる事実なのだ。この外界のあるものというのは、我々が目を閉じた時に我々の近くにあるものとは限らないし、また近くにいることを目を覚ましてはっきり意識しないこともある。(p.416)

そうして、こういう状態で眠り込んでいくと、不意に夢の中の情景が変わってしまうのだ。"suddenly, the scene changed; the air became closer and confined; and he thought, with a glow of terror, that he was in the Jew's house again".[8] そこで怖さで思わず はっと目を醒ましたとき、現になっても Oliver は夢と現実がごちゃごちゃになってしまい、窓の外に "There—there at the window—close before him…with his eyes peering into the room, and meeting his: there stood the Jew!"[9] とユダヤ人を見るのだった。

1839 年頃、Dickens と Elliotson とは一番友情の絆が堅い時期だったようで、ついには一家のファミリー・ドクターになっている。さらに Facts in Mesmerism を出版した Townshend は Dickens よりも 14 歳年上で、ケンブリッジ大のトリニティにとどまって、学者であり、ジェントルマンであり、おまけに売れない詩人であり、大陸でメスメリズムに関心を持ち、実験を始めるようになっていたが、知り合った Dickens のことが大変気に入って、"Man of the genital mind" なるソネットを献呈してもいる。そうして Dickens と妻が 1842 年にアメリカに旅立ったときには、Dickens 自身もかなり催眠術がかけられるようになっており、催眠術師としてのデビューは 3 月末、ピッツバーグでのこと、患者は妻の Catherine だった。気を好くした Dickens は帰国してからも、妻やヒステリーにかかっていた Miss Hogarth や、友人達に催眠術を次々とかけていった。

催眠術師としての Dickens にその人生においても、創作においてももっとも影響を与えたのはイタリアだった。Kaplan[10] によれば、なにも

催眠術師ばかりでなく、Dickens という人間は、何事においても人を操り、支配するタイプ、二番は大嫌いで、自分が正しいと信じていることでは絶対に人に屈することはないし、そもそも自己過信の人間であるから自分が間違っているなどとめったに思わないのだ。小説で登場人物を生みだしては意のままに操るように、人をコントロールし、操縦するのだった。Dickens は活動するのが好きな人間で、そこには力が当然伴う。作家のほかに、家族の長であり、大変な社交好き、さらに世事評論家、社会改良家、管理者、俳優、編集者などいくつもの顔も持つ。こうして催眠術を Dickens は正しいと信じていること、治療可能と考えることに生かそうとした。あるいは、仕事に、幻覚に、財政問題にと疲れ、意識と無意識、夢と現、目に見るものと目に見えないもの、機械科学と超自然の力との関係といったような問題を考えるようになっていった時にこれは新たな経験であった。

　ジェノヴァで会った de la Rue 夫人の症状を見て、Dickens は Elliotson が O'Key 姉妹を相手に施していた治療が夫人にも有効だと見て取ったのだった。Dickens は標準的な催眠術の技を使い、すなわち "sleep-waking" では患者の苦しみや疲労困憊を和らげ、"mesmeric trance" では医者に促されて、自由に会話することで患者の中に潜む恐怖や幻覚や夢を探っていくもので、そこから根底にある病気や身体の不調の原因を見つけ出せるのだが、これらを試していくうちに、Dickens は、夫人には疎遠になった弟と悪霊とがとりついていることを突き止めるのだった。催眠術自体は最初から大成功で、御しやすく容易に治療の手に委ねられはしたものの、翌 1 月には、今度は 2 人の関係は医師と患者として互いに深く相手を必要とする濃密なものになっていった。朝から次の夜明けの時間までのいつ何時でも Dickens は必要があれば、夫人の寝室に赴き、そして献身的に付きっきりで治療にあたったので、そうなると夫人の夫と、Dickens の妻とはこの 2 人を斜に眺めているしかなかったのだった。

　1 月末には、妻の Catherine が不快感を露わにしてきた。夫が別の女

性のために使う時間に対する嫉妬だったのか、もはや自分には催眠術をかけてくれなくなった妻の寂しさだったのかもしれない。あるいは自分の夫と夫人の間に潜在的にある、根底に男の催眠術師と女の患者という性的力関係を有するヴィクトリア朝メスメリズムの特質に感づいていたのかも知れない。事実 2 人はテレパシーのようなものを互いに感じ合う仲になっていく。例えばシエナに行っていたときも、夫人の具合が悪いのではないかと 1 日中 Dickens は不安で胸騒ぎがしていたし、心配で心配でたまらなく、現実の距離よりも二倍遠くに離れているように思えたという。イタリア国内を旅行中、2 人はあらかじめ、毎日朝の 11 時からの 1 時間、Dickens が催眠術を遠方から夫人にかけることに取り決めてあった。或る時、Dickens が馬車の中にいて催眠術をかけることに集中し、妻のことなどお構いなしになっていた時のこと、一方妻の Catherine は屋外席に坐っていたのだが、すると不意にポロリと妻のマフが上から落ちてきて、Dickens は妻が催眠状態になってしまったことに気づいたのだった。De la Rue 夫人のほうはどうだったのか。最初はきわめて有効だったものの、旅が長くなればなるほど、残念ながら、催眠術効果は薄れていったという。そこで Dickens は病状が悪化してきていた夫人をローマに呼び寄せ、治療を施したが、Dickens のほうが自信に溢れ、エネルギッシュな上、患者にしても医師を絶えず必要としたため、2 人はとても離れられず、だから幻覚の消えた夫人と夫、Dickens と妻の 2 組の夫婦はジェノヴァへの帰路の旅をともにすることになった。さらには Dickens がイタリアのどこを旅しようと、de la Rue 夫人と夫が同行し、Dickens は、あるいはオリーブの木の下で、あるいは馬車の中で、あるいは道端の居酒屋で夫人に催眠術をかけたのだった。そこで妻 Catherine の、Dickens と de la Rue 夫人に対する嫉妬の炎は激しさを増し、敵意を募らせていった。夫の愛情を失ったと自覚したのだろうし、患者の夫 Emile の暗黙の了解のもと、Dickens と de la Rue 夫人の間には性的関係があると、おそらく想像していたのだった。後年になっ

て、Dickens 夫妻の結婚生活が危機的になったとき、Emile de la Rue に宛てて、こう Dickens は書いている。

> She has been excruciatingly jealous of, and has obtained positive proof of my being on the most confidential terms with, at least fifteen thousand women of various conditions in life, every condition in life, since we left Genoa.[11]
>
> ジェノヴァを離れてからというもの、家内は痛々しいほど焼きもちを焼き出し、この僕が少なくとも 15,000 人のありとあらゆる社会的身分にある様々な境遇の女性たちと、きわめて親密な関係にあるとの動かぬ証拠を握っているんです。

後の離婚に結びつく最初の火種は、ジェノヴァでの de la Rue 夫人との出合いにあったといっても間違いではなかろう。1 年のイタリア滞在を終え、Dickens はイギリスに戻り、双方の文通は続いた。1851 年のロンドン万博の際に夫妻はイギリスを訪れるが、Dickens は当時超多忙で、またこの夫妻に対する切迫した関心も薄れていた。1853 年に Dickens が友人達と 2 ヵ月にわたってイタリアを再訪したとき、夫人と再び会い、あいかわらず、夫人はかつての病を患っていた。そこで Dickens は治療を申し出るが、"She replied that she felt the relief would be immediate; but that the agony of leaving it off so soon, would be so great, that she would rather suffer on" [12] と、夫人は断るのだった。

V

Dickens は身に付けたこの催眠術をどのように利用していったのだろうか。一つは公開朗読会であろう。Dickens の公開朗読会に出席した聴

第3章　イタリアの Dickens

最後の公開朗読会

衆の異常な態度や反応はよく記憶されているところである。聴いた後には人々が笑い、叫び声をあげ、涙に駆られ、家具は壊され、衣服も引きちぎられ、時に人はふらつき、あるいは狂気に駆られたようでもあったという。けれども、人々が暴徒になることはなかったし、Dickens にはそうはならない自信もあったようだ。公開朗読会を聴いた人たちは "magnetic" とか "contagious" という表現をしているが、これはまさに年季の入った催眠術師の技にほかならない。Dickens の場合、むしろ指揮者のようであって、自分の意志とか声とか目つきの力で患者の女性を抑えるのではなく、半ば問いかけ、命じるように従わせるのだった。公開朗読会でも、演壇に立ち鉛筆で身振りをいれながら、話し掛け、力強く物語に生命を吹き込み、イントネーションや効果的な身振りで聴衆に理解させていった。公開朗読会で鉛筆を必要としたのは、権威者の役割を強調し、伝えようとすることをリズミカルに聴衆に注目させること以外には何もなかったのだ。Dickens はまさにカリスマであり、指図するも

の、"Master of Art"[13] であった。

　もう 1 点は、催眠術がつかさどる、夢と現、意識と無意識、目に見えるものと目に見えないもの、科学と超自然、それらの関係をどう考えていくのかということであろうか。De la Rue 夫人との濃密な体験はこれまでにない自己発見を Dickens にさせたのは確かなことだ。社会的自分自身と真の自分自身という二つの存在、そういうものを意識的に織り込もうとした作品が 8 年後に書き上げた *Little Dorrit* であろう。そうしてこの作品の第二部ではイタリアを舞台に描いているが、*Pictures from Italy* に見られるような、北方の観光客による南方とのただの文化比較に終わらせず、内なるイタリア体験の成果も同時に盛り込まれているように思われる。だから *Little Dorrit* における内なるイタリア体験とは一体どういうものであったのかを、次に探っていきたいと思う。

VI

　1844 から 45 年にかけて、イタリア旅行をした Dickens は、エッセイ集 *Pictures from Italy* のほうはすかさず出版したものの、決してイタリアが嫌いではなかったはずなのに、なぜかその経験を小説に描くことを 8 年間も先延ばしし、確かめるかのように 1855 年にもう一度短いイタリア旅行をしてから、作風における中期から後期の移行をくっきりと示してみせてくることになる傑作 *Little Dorrit* に念入りに着手した。

　物語は、40 歳の主人公 Arthur Clennam がシナで父と協力して築いてきた事業を、父の死を機に切り上げ、約 20 年ぶりに故国イギリスに帰国する途上の、検疫停泊中の船上から始まるが、人生も半ばにして、生きる目的もなく、意志薄弱、活気も、積極性もなく絶望の日々を送っている。ここ船上で、物語にかかわる人物たちの多くと出合う設定になっている。実際にこの作品を描いたのは 1855 年であるが、舞台設定

第 3 章　イタリアの Dickens　　　　　　　　　　　　　85

は 1826 年、やはり他の作品同様、鉄道が敷設される前の、牧歌的時代背景を選んではいるけれども、ひょいと顔をのぞかせてしまう時代錯誤の汽車の描写、また 1857 年の序文で明らかなように、[14] 直接この作品を Dickens が描くことになった 1854 から 56 年のクリミア戦争での政府の無策無能 "in the days of a Russian War"、1840 年代後半の鉄道株の投機熱とその大暴落 "after the Railroad-share epoch"、あるいは銀行の公金横領 "in the times of a certain Irish Bank, and of one or two other equally laudable enterprises" や身内への巨額融資が焦げ付いた結果の経営破綻 "in the days of the public examination of late Directors of a Royal British Bank" などきな臭い世相のために、とても牧歌的な時代背景とは言いがたい色調の暗い仕上がりになっている。テーマもはっきりしており、牢獄 "prison"、つまり物理的に、また精神的に牢獄に閉じ込められた人々の物語である。

　ナポレオン戦争の頃は海外旅行が出来なかったが、これも終結すると、ロマン派以降に流行した「ピクチュアレスク（"picturesque"）」を求め、あるいは「サブライム（"sublime"）」を求め、にわかに新興の中産階級を中心として、18 世紀の貴族階級の "grand tour" を真似た大陸旅行熱が高まるが、その典型とも言うべき、海外旅行を年中している Meagles 一家と知り合い、若く美しい娘 Pet に恋をするものの、Arthur は相手が自分の年齢の半分であり、望みはないと決め、自分を抑え込んで思いとどまる。夫妻は孤児の Tattycoram を娘の女中とし、亡くなったもう 1 人の娘 Lillie の面影を偲んでいる。ロンドンの自宅に向かうが、長年、病床の身にある義母 Mrs Clennam は福音主義の厳格なピューリタンで、強い意志と窮屈なほど堅い道徳心の持ち主であったから、Arthur はここには暗い陰鬱な、全然楽しくもない少年時代の思い出しかない。しぶしぶ足を向けた母の家でお針子として雇われている Little Dorrit を見かけるが、この子供のような少女 Amy がマーシャルシーの父と呼ばれる William Dorrit の末娘で、債務者監獄に家族ごと暮らし、その一家の生活費を稼いでいることを知る。Amy に対する好意からこの一家を

救い出そうと、Arthur としては珍しく奔走し、役所による仕事のたらい回しを Dickens が皮肉って当時は有名になった、かの Circumlocution Office へ調査にも行く。そこではやはり埒があかないものの、一方で発明家の Doyce に遭って、Arthur はのちに共同経営をはじめることになるし、また一家のほうも監獄から出られるどころか、実は莫大な遺産の相続人で大富豪の身であることが判明するのだった。さらには、Arthur はかつての恋人 Flora Finching に逢うが、おしゃべりでデブの中年女への変貌ぶりに幻滅し、密かに恋した Pet のほうは画家の Henry Gowan と結婚する。Amy の姉 Fanny はと言えば、当初は反対されるものの、大企業家 Mr Merdle の義理の息子 Edmund Sparkler と、やがて結婚する。ちなみに Mr Merdle は、当時の鉄道王で、たたき上げだったが、投機によって巨万の富を築き、次々に鉄道会社を買収し、一大鉄道王国をつくり上げ、一時は名だたる著名人にまで上り詰めはしたものの、公金を私物化したことが発覚、失脚し、後に自殺した George Hudson がそのモデルと言われている。

　第二部では、いまや金持の Dorrit 一家はまずは上流階級の証とも言うべき、"grand tour" と洒落込んで、娘たちの家庭教師（governess）の Mrs General を同行し、大陸旅行に出掛ける。ここで社交界に出入りするようになり、華やかな生活が始まるが、Amy だけが新しい生活になじめず、とりわけヴェネツィアに違和感を覚える。ローマで父 William は思考力が衰え、まだマーシャルシーにいると錯覚し、Mrs Merdle のパーティで客を前に奇妙なスピーチをしてしまい、その数日後には亡くなるが、弟 Frederick も傍らで亡くなる。さらに Merdle は事業の行き詰まりから自殺し、これを機に大恐慌となり、ここに投資していた Arthur も破産し、マーシャルシーに投獄される。Amy は病身となった Arthur を献身的に看護するが、その一方で Mrs Clennam の家は腐り、朽ち、崩れ落ちるのだった。そして Amy も、Merdle のために今は一文無しになった Arthur と晴れて結婚する。まだまだ脇を固める重要人物が多数登場

するが、煩雑でまた複雑にもなり、判りづらくなろうから、ここでは省略する。

VII

　この小説は、第一部のタイトルが "Poverty"、第二部が "Riches" と言わんとする内容が実にはっきり打ち出されている。これは、1845 年に Disraeli がその小説 Sybil の中で示してくれたイギリスを 2 分する、相互に同情も対話もなく、お互いに相入れない、つまり食べ物も、習慣も、考え方も、法律も、作法も言葉も違う二つの国民 "two nations" のことだ。ただし、Dickens はなにもこれを社会告発の寓話として、それぞれのパートを描写しているだけというのではない。ヴィクトリア朝のイギリスでは貧と富とにそれぞれ属する人間たちの生態は別世界のものだとして、それではもしもこの両者の間を移行できたとしたら、一体どんな事態が生じてくるか、そこに関心がある。それはつまり、かつて、官吏の子として生まれながら、人が好いだけで、不甲斐ない父のために一家は債務者監獄に投げ込まれて、自らは靴墨工場に働きに出され、そこで必死で社会の底辺から這い上がり、頂点にまで登りつめた Dickens 自身が、文字どおり、貧から富の世界への移行することによって味わった内なる苦悩の吐露でもあるわけだ。あるいはまた同時に、鉄道株の投機熱と大暴落による恐慌が示すように、バブルに酔い、バブルにはじけた当時の人々の体験でもあり、さらには 1980 年代後半から 1990 年代の日本のバブルとその後に、人々が踊らされ、また嘗めもした天国と地獄の図とも重なってこよう。このように、経済だけが突出して、人々の関心がそれに集中してしまうと、結果、それに翻弄された人々は、いや、個人ばかりでなく、それを形成する社会、そして国家諸とも崩壊、悲劇の目に遭うということなのだ。

第二部では、にわかに巨万の富が転がり込んだ Dorrit 一家は、特権階級として他の階級を差別化する証とも言うべき大陸旅行にとりあえず出発する。時代設定の 1826 年にはまだ Thomas Cook のパッケージ・ツアーは登場していないから、旅が大衆化される前ということになる。娘 2 人のお付きに、"I could only accept it on terms of perfect quality, as a companion, protector, Mentor, and friend" と、自らを決して "governess" とは呼ばせず、にわか成金の William の足許を見透かしてか、通常の "governess" の年収の六倍にも相当するという £300 が自分の場合は相場であり、娘が 2 人なら £400 になると、そこは品良く吹っかける Mrs General を、見栄と世間体が優先するために William はすごすごと雇い入れてしまう。その名前がすべてを物語っているように、Mrs General は得意芸が "varnish" と、これがまた世間体のまさに典型とも言うべき女性である。そのほかにも新しい境遇にあって、一家は心から身についた貧乏を拭いきれず、どうも金持の生活が板につかない。

　さて、第二部の冒頭はスイスのアルプス越えから始まる。今居るところは、一歩奥へ踏み込めば生と死が背中合わせの危険な山岳地帯でありながら、ひとたびそこを下ってしまえば、先にはどこまでも広がる青い空と海、明るく開放感に溢れ、人々をやさしく包み込む地中海が待ち受けているという、アルプスと地中海とは強烈な明と暗との対照をなしているのだ。ここでまず出合うのは Pet と Henry の Gowan 夫妻だが、夫が絵画の勉強にイタリアへ向かう途中だった。この作品では肖像画や鏡の描写が多いことを Rosenberg は指摘しているが、[15] たしかに Gowan が画家であってみれば、絵画への言及が多いのは当然としても、それにしても 40 箇所近くにのぼる絵画の描写はかなり意識的なものであると言わざるをえないし、また冒頭から画家に出合うという設定も意味を持つであろう。例えば、肖像画を描かせるということも、特権階級にとっては他の階級を差別化する象徴の一つである。事実、初代 Royal Academy の会長 Joshua Reynolds（1723–92）の後任に抜擢された早熟の肖像画家

第3章　イタリアの Dickens　　　89

Sir Thomas Lawrence（1769-1830）への言及がこの小説では二回ある。そ
れは Circumlocution Office をいわば統轄する Mr. Barnacle の描写に見ら
れるものであり、"He was altogether splendid, massive, overpowering, and
impracticable. He seemed to have been sitting for his portrait to Sir Thomas
Lawrence all the days of his life." (p. 106)、と Lawrence に肖像画を描い
てもらうことが、特権階級の標ででもあるかのようだ。また上流階級
の Gowan 家にあって、はみ出しものの、いわば黒い子羊とも言うべき
Henry と、中産階級に属する Meagles 家の娘 Pet との階級差のある結婚
式に出席した際にも、"Then Mr. Tite Barnacle could not but feel that there
was a person in company, who would have disturbed his life-long sitting to
Sir Thomas Lawrence in full official character, if such disturbance had been
possible" (p.397)、と巨匠 Lawrence の手で、やはり己の姿の肖像画を描い
てもらって、その足跡を記録し、末代まで人々の記憶に留めることを
野心としていることが窺えよう。もっぱら絵のモデルのターゲットを中
産階級に置いた W. Hogarth（1697–1764）と違い、Lawrence は王族、貴
族の肖像画を数多く描き、しかも実物以上に優美に洗練させ、良く見せ
るテクニックに長けていたので、（例えばデブの摂政殿下（後の George
IV 世）は、ほっそりとした青年に変貌している自分の姿にえらくご満
悦だった）、死後その評価は下がったものの、Lawrence は生前、師匠の
Reynolds を上回るほどの人気を博していた。ただし、Dickens がこの小
説を描いた時点では、Lawrence はもう亡くなっており、世紀末まで肖
像画の大家は現れず仕舞いだったが、代わって写真がこの分野にじわ
じわと侵食してきていたはずである。結果として、肖像画は、従来から
ある伝統、つまり特権階級たる貴族や地主階級が、代々の当主の肖像画
を自宅の城の壁に掛け、子孫への記念とするためか、それとも役職を務
めた役所の壁に己の威光と栄華を誇るべく、そこに自らの姿を留めるた
めといった、極めて限られた用途へ狭められていった。あるいは、実際
にこの作品でも、William が Gowan に自分の肖像画を注文しているよう

に、William Dorrit のようなにわか成金が、箔をつけ、己の財産を誇るための手段として肖像画を描かせてもいる。それはちょうど、18世紀の "grand tour" で貴族階級が自分たちの肖像画をイタリアで描かせ、それを誇らしげに本国に持ち帰ったのを、中産階級はわきで指をくわえ、ただ羨やむばかりだったのが、19世紀に入り、金の力でそれが自分達にも手が届くようになると、早速、こういう特権意識をいわば猿真似してくることと重なる。言うなれば、上流階級の専売特許だった満ち足りた思いと社会的優越性とは、つまるところは無益な生活やすさんだ精神なのだが、今や中流階級にまで裾野を広げ、そこで Dickens はこういった軽薄な思い込みとナルシシズムの人一倍強い、華やかなうわべにばかり気をとられる中産階級をも、その笑いものに巻き込んでいくのだ。

さらには、上流気取りや特権階級、権力者の愚行をただ皮肉るだけで終わらず、肖像画の持つ意味を巧みに作中に取り込んでくるところが、Dickens の Dickens たる所以だ。この小説ではダブル・イメージがいくつか使われていることを、これまで数多くの批評家が指摘しているが、一番有名なところでは、Arthur とその影になっている nobody の存在だ。当初この作品のタイトルを Nobody's Fault としようとしたところからも、この意図は明らかだ。

> Little more than a week ago, at Marseilles, the face of the pretty girl from whom he had parted with regret, had had an unusual interest for him, and a tender hold upon him, because of some resemblance, real or imagined, to this first face that had soared out of his gloomy life into the bright glories of fancy. He leaned upon the sill of the long low window…began to dream. For it had been the uniform tendency of this man's life—so much was wanting in it to think about, so much that might have been better directed and happier to speculate upon—to make him a dreamer, after all. (p.40)

つい一週間前に、マルセイユで会った可愛い少女に異常なほど関心と愛情を寄

第3章　イタリアの Dickens

せ、別離の辛さを味わったのも、彼女の顔が、彼の暗黒の人生に明るい幻の輝きをもたらしてくれた初恋の人の顔に、本当にか気のせいかは知らぬが、どこか似ているように思えたからだ。長い低い窓の敷居に寄りかかり...彼は夢みはじめた。なぜならば、結局のところ彼の人生は——考える材料にこと欠き、もっとましな、もっと楽しい思考の材料が完全に欠けていたために——ともすれば彼を夢想家にするしかなかったからである。(I, p.46)

Pet に恋しながらも、その感情をぐっと抑え込み、ただ夢想家に甘んじる道を結局は選ぶ Arthur の生き方がここにはある。作品を通して、行動とは別の動きを見せる Arthur の心理が絶えず描かれているが、一個の人間の中には、必ずしも表面に出てきているところばかりではなく、つまり意識とは別に無意識の部分があり、その両方の面が合わさって人間が成り立っていることを表現しようとして、さらに Dickens は肖像画や鏡のイメジを駆使しているのである。これを一個の人間の両面としてばかりではなく、むしろ、2人、いや、3人の人間に分裂させて描く例もいくつか見られる。まず、Clennam 家で働く Jeremiah Flintwinch と双子の兄弟 Ephrraim の関係が挙げられよう。ここでも "glass" が道具として使われている。

Mr. Flintwinch awake, was watching Mr. Flintwinch asleep. He sat on one side of a small able, looking keenly at himself on the other side with his chin sunk on his breast, snoring. The waking Flintwinch had his full front face presented to his wife; the sleeping Flintwinch was in profile. The waking Flintwinch was the original; the sleeping Flintwinch was the double. Just as she might have distinguished between a tangible object and its reflection in a glass, Affery made out this difference with her head going round and round. (pp. 41-2)

目を覚ましているフリントウィンチ氏が、眠っているフリントウィンチ氏をじっと見つめていたからである。彼は小さなテーブルの片側に坐り、向かい側に坐って胸に顎を埋め、鼾をかいている自分自身を鋭い目つきで見つめている。目覚めているフリントウィンチは顔を正面から妻に見せている。眠っているフリントウィンチは横顔しか見えない。目覚めているフリントウィンチはおなじみの老人で、眠っている方はその分身だ。実際の物体と鏡に映った姿の区別がつくように、アフェリーは自分の頭をぐるぐる回してこの区別をつけることができた。(pp.47-8)

ちなみに妻の Affery Flintwinch は、ほんの夢だと夫にいなされながらも、予兆や幻覚を抱いている。これに関して Engel は、Affery が見まいとして絶えずエプロンで顔を隠しているのは、それが夢幻だからではなく、見えてくるのが恐ろしい現実だからだ、と指摘している。[16] 鏡や肖像画は、いわばもう１人の自分と対面する格好の道具立てであろう。作品で本格的に自我の分裂の問題に向き合っているのは William と兄弟の Frederick の対ではないか。出獄まではたいして目立った人物にも思われないが、その後の Frederick は人が変り、William とはいわばネガとポジの関係になっている。William はマーシャルシーの父として君臨し、25 年も入っていると、返済しようと努力し、何とか出て行こうという意欲もなくなり、皆から心付けを頂戴して、ぬるま湯の生活をし、それでいて、プライドだけがすこぶる高い。意志は弱く、見栄っ張りの偽善者で、文字どおり、身も心も牢獄に蝕まれた人物だ。一方、クラリネット奏者の Frederick は貧しいが、良心的な正義感あふれる人物として描かれている。ところが、マーシャルシーを出獄して、大陸旅行に出てからは、２人の態度はそれぞれ一変する。William はますます誇り高くなり、怒りっぽく、体面を保つのに躍起になって、さらにまた堂々として恩人ぶりたがっていく一方で、Frederick のほうは、金持になってから

第3章　イタリアのDickens

のWilliamの高慢ちきさや感謝を忘れたその態度を抗議するものの、それでいて自らは生活のために働かなくてもよくなった境遇の変化に生きがいを無くし、廃人のようになる。もともとFrederickは牢獄にはいってはいなかったのだが、思わぬ大金が転がりこんだために、かえって精神的な牢獄に閉じ込められていく結果になってしまうのだ。WilliamとFrederick兄弟には、一方が元気になれば、もう一方は元気を無くし、一方が消沈すると、今度はもう一方が元気を回復するというお互いに陰と陽、二つで一つ、つまりどちらか一つ欠けても成り立たないという密接な関係が成立している。これはまたDickens自身が成功の階段を登りつめる一方で、実はそれに伴ってついていくことのできないもう1人のDickensの内面照射でもあるわけだ。William-Dickensは念願の富や名声、地位を手に、虚栄、欺瞞の上流社会に喰い込みながら、依然として心は、Frederick-Dickensが示すように、貧乏で社会の底辺にいた頃に留まったままであり、こういう浮っついた生活に浸っていることに、善良なる良心が罪悪感を覚え、心の廃人を自覚しているのだ。ただ、以下のように肖像画を眺めるときだけ再び元気が出て、生き生きとしてくるのだった。

> He had insensibly acquired a new habit of shuffling into the picture-galleries …and of passing hours and hours before the portraits of renowned Venetians. It was never made out what his dazed eyes saw in them: whether he had an interest in them merely as pictures, or whether he confusedly identified them with a glory that was departed, like the strength of his own mind. But he paid his court to them with great exactness, and clearly derived pleasure from the pursuit. After the first few days, Little Dorrit happened one morning to assist at these attentions. It so evidently heightened his gratification that she often accompanied him afterwards, and the greatest delight of which the old man had shown himself susceptible since his ruin, arose out of these excursions, when he would carry a chair about for her from picture to picture, and stand

behind it, in spite of all her remonstrances, silently presenting her to the noble Venetians. (pp.466-67)

叔父さんは…画廊へ行き、ヴェネチアの大立者の肖像画の前で何時間も過ごす習慣がついてしまった。彼のしょぼしょぼ目がそこに何を見出したのか誰にも分からなかった。はたして絵画としての興味だけによるのか、それとも、描かれている人たちと失われた過去の栄光とをごっちゃにして、自分自身の頭のぼけ具合にひき比べているのか。ともかく彼はきちんきちんと肖像画に敬意を表しに出かけ、いかにもそれで楽しそうだった。最初の二、三日がたった後、たまたまある午前中にリトル・ドリットが彼のお供をしたことがあった。叔父さんが見るからに喜んでくれたので、彼女はその後幾度もお供することになった。老人が姪のために椅子を持って絵から絵へと案内してまわり、彼女がいくら遠慮しても彼自身は椅子のうしろに立って、ヴェネチアの貴族たちに姪を引き合わせているときが、彼が廃人同然になってしまって以来最高の喜びを感ずる時であった。(II, p.54)

ここでは、肖像画は実在感を確かめる役割を果たしていよう。突然、富も名誉も身分も降って湧いたように、手に入ってきたものの、果たしてこれが一時の夢なのか、本当に現実なのか Dorrit 一家の人々は把握できずにいる。そこで肖像画という確かに存在した過去の人間を記録した証が自分たちの実在感をも確認する手がかりになるのではないか。かりにヴェネツィアが水の中から浮かびあがった幻のような都市であったとしても、絵画に留められたかの地の傑出した人物はいわば永遠の存在であると言わんばかりに、己のアイデンティテイ探しに、とりわけ、今ではもう過去のものになってしまった自分自身の心の強さ "the strength of mind" を確かめるために、一役買っているのではないか。その他にも例えば、姉妹の Pet と、Lillie の身代わりに引き取られ女中にされた

Tattycoramと、Lillieの肖像画とで、死んだLillieがたしかに存在していたことを絶えず確認して暮らしているMeagles夫妻など、いくつかこうした例は見られる。これが形を変え、裏目に出れば、こちらは陰湿で冷酷、執念深く嫉妬からと、まったくもって負のイメージだが、例えば、Mrs Clennamのモットーである "Do not forget" などを取っても、夫のかつての不実は現実に刻まれたものであるから、これを忘れて水に流すどころか、自分を侮辱し、深く傷つけた記念碑として、なんとしても永久に、しかも確実に記憶に留めておこうとする作業でもあろうか。とまれ、一旦イギリスに帰国してから、ふたたびイタリアへ戻ったWilliamは自分がまだかつてのマーシャルシーにいるのではないかという、つまり過去の長い監獄生活を精神からますます払拭できない。Mrs Merdleのパーティにおいて、口をついて出るあの妄想のスピーチが端的に表しているように、意識と無意識が錯綜し、とうとう気が触れ、亡くなるが、対のFrederickも悲嘆に暮れ、その傍らで亡くなり、こうして分裂した自我が最後にまた一つに結び付けられていくのである。

　これはほんの一例にすぎないが、1844年から45年にかけてのイタリア滞在で、DickensがDe la Rue夫人を患者とし、自らは文字どおりといっていいほど24時間毎日毎日、それが妻の嫉妬にあうほど親身に、これまでに習得していたメスメリズムを医師の立場で治療し、その実践をしていたけれども、このように8年という長い期間あたためた後になって、Little Dorritという小説の中に実際にこの体験から、"sleep-waking" や "mesmeric trance" などの状態を昇華させた形で構築し、しかも人物描写に無理がなく、それもかなり広範囲にわたって作品中に散りばめて、分裂した自我を様々な形で繰り広げてくれて見せ、人間の心理を描くと同時に、これを探ってもいるのだ。こうして、社会的自分自身と内に秘めた真の自分自身という二つの存在を意識した小説がはじめて大規模に展開されることになったのだ。

VIII

　最後に *Little Dorrit* では、ヴェネツィアという都市はどういう意味を持ち、また作品においてはどういう役割を果しているのかを考えてみなければならない。"grand tour" で訪れたイタリア、さらにはそこで繰り広げられる華やかな社交界に1人 Amy だけがなじめず、"this same society in which they lived, greatly resembled a superior sort of Marshalsea" (p.497) とかつて暮らしたマーシャルシー監獄にすべてが結びつき、富と地位と名声とをふくめた今のイタリアでの生活全体が Amy には夢幻であり、依然としてマーシャルシーだけが確固とした現実だ。だから、Amy だけは上滑りの華やかな虚偽の社交界には溶け込もうとせず、かつてのままの暮らし方をかたくなに守る。人の心の中に存在する意識と無意識、夢と現実、虚偽と真実、これを表現するのに Dickens はヴェネツィア、つまり "this uncrowning unreality, where all the streets were paved with water, and where the deathlike stillness of the days and nights was broken by no sounds but the softened ringing of churchbells" (p.453) と、いわば蜃気楼のようででもあるかのように、水の中に浮かび、さらには死の匂いの漂う、まさに夢幻を象徴するのに打ってつけの非現実の都市を選ぶ。Kaplan はこれを "Venice was a dream that must be seen as a symbolic reality, not a place to live in, but a center of the consciousness that needs to explore itself and its traditions, its past and its possibilities."[17] と述べ、しかもロンドンとヴェネツィアとは、いわばメスメリズムの流体が動く両磁極にあたり、Dickens の想像力の二大磁極だと主張している。まさに Dickens は第一部の poverty─現実から第二部の riches─夢へとさまよい、その両者の間で苦悩した。この心模様を描くのに、ロンドン─現実と、ヴェネツィア─夢幻という二つの都市を Dickens は用いている。

　「進歩」の哲学に浸りきったヴィクトリア朝人の小説家には、結局の

第3章　イタリアのDickens　　　　　　　　　　　　　　97

ところ、ヴェネツィアは過去の都市であり、人気もなく、商業は停滞し、活気もない、しかし夢と幻想だけがこの地の混沌とした迷宮と対話できるとDickensは結論づけるのだった。Williamの "castle in the air" は空中分解し、Mr Merdleは自滅しと、ことごとく夢幻は崩壊を見せ、かつての貧乏、卑近な現実だけが残る。だから、作品の結末では、ArthurとAmyは決して夢幻の世界に舞い上がることなく、"went down into a modest life of usefulness and happiness. ...went quietly down into the roaring streets, inseparable and blessed; and as they passed along in sunshine and in shade, the noisy and the eager, and the arrogant and the forward and the vain, fretted, and chafed, and made their uproar"（pp. 801-2）と、卑俗なロンドンの現実に根を下ろしている。Dickensのこの作品での福音の一つは、金の怖さだ。「飲む、打つ、買う」とは、人の人生を狂わす典型的かつ常識的な三大誘惑であろう。つまり、これらはどれも節度あるうちは、人に夢や喜び、楽しみを膨らませ、元気やいい気晴らしの機会を与えてもくれるが、限度を越えれば痛い目を見せ、身を滅ぼさせる。それにDickensは金の怖さをも付け加えて、これが個人どころか、国家をも転覆させることを、二つの都市のイメージを駆使して、物語っているのだ。それはその後の大英帝国の衰退と、そしてバブルに酔い、バブルに萎み、その後は見事に弱体化の一歩を辿っているこの自国を見れば、実に明らかなことだ。このように現実の都市ロンドンと夢幻の都市ヴェネツィアを巧みに交錯させ、Dickensの真実を探る筆さばきは一個人の内面から国家にまで至るのであった。

註

1. *The Letters of Charles Dickens,* Eds. G. Storey, K.J.Fielding, (Oxford: Oxford Univ. Press, 1981), IV. p.195.　邦文は拙訳による。
2. *Ibid*, pp.222-23.

3. ロバート・ダーントン、『パリのメスマー』稲生永訳（平凡社、1987年）pp.15-6. 邦文献ではその他にメスメリズムに関しては、タタール著『魔の眼に魅されて』鈴木晶訳（国書刊行会、1994年）も参照した。
4. Alison Winter, *Mesmerized*, (Chicago: Univ. of Chicago Press,1998), p.3.
5. *Ibid.*, p.18. 出典は J. S. Mill, "Spirit of the Age," *Collected Works XXII*, (Univ. of Tronto Press, 1986) からのもの。邦文は拙訳による。
6. *Ibid.*, p. 27.
7. Charles Dickens, *Oliver Twist*, ed., K. Tillotson, (Oxford: Oxford Univ. Press, 1966), pp.227-8. 邦文は『オリヴァー・トゥイスト』小池滋訳（講談社、1971年）p.416による。
8. *Ibid.*, p.255.
9. *Ibid.*, p.255.
10. Fred Kaplan, *Dickens and Mesmerism*, (Princeton: Princeton Univ. Press, 1975), p.72.
11. *Ibid.*, p.92. 邦文は拙訳による。
12. *Ibid.*, p.100.
13. *Mesmerized.*, p.322.
14. *Little Dorrit*, ed.Harvey Peter. (Oxford: Oxford University Press, 1979), p.ix. 邦訳は『リトル・ドリット』I・II小池滋訳（集英社、1980年）による。なお、以降、この小説からの引用ページはすべて各引用末に括弧で示す。
15. Brian Rosenberg, *Little Dorrit's Shadows*, (Columbia: University of Missouri Press, 1996), p.113.
16. Monroe Engel, *The Maturity of Dickens*, (Cambridge: Harvard University Press, 1967), p.130.
17. Kaplan, p.227.

第 4 章

George Eliot と歴史と地中海

地中海に魅惑されたヴィクトリア朝の小説家たちには、地中海を題材にした歴史小説に挑んでいる例も少なくない。もともと若い頃に古代ギリシャやローマ、あるいはルネサンスのイタリアに興味を持ったり共感を抱いたりし、歴史を紐解き、言語を学び、さらに様々な知識を得ていくうち、それが生涯にわたって地中海に心惹かれていくこととなるわけだから、したがってその作品群の中の1冊に地中海を舞台とした歴史小説が加わったとしても何ら不思議のないところだろ

ジョージ・エリオット

う。例えば、Bulwer-Lytton には *The Last Days of Pompeii* が、Gissing には未完の *Veranilda* が、そして E.M.Forster には初期にいくつかの歴史小品や *Alexandria* といった歴史地理案内の書がある。そんな中でもやはり、George Eliot（1819-80）の、地中海、イタリア・ルネサンスのフィレンツェを舞台とした長篇の歴史小説 *Romola*（1863）を取り上げないわけにはいかないであろう。

厄介なことに、ここでは二つのことを考えなければならなくなる。一つは作者と地中海という接点であり、もう一つは作者と同時代、つまりヴィクトリア朝期におきた一連の歴史小説ブームの中での歴史小説 *Romola* の位置付けの問題である。19世紀前半には J.Austen のリアリズム小説とは好対照に、歴史小説家の Sir Walter Scott が歴史ロマンスもので全盛を極めていたが、ヴィクトリア朝になると、にわかにとりわけ1840～60年代、作家たちは歴史小説を書き出しているのだ。例を挙げれば、Dickens は *Barnaby Rudge* と *A Tale of Two Cities* を発表しているし、Thackeray なら、例えば *Henry Esmond*、George Eliot にもさらにもう一作 *Adam Bede* がある。Elizabeth Gaskell も、Dickens と G.Eliot という売れっ子作家に触発されて、*Sylvia's Lovers* を書く、といった具合だ。

I

　なぜヴィクトリア朝の作家たちは歴史小説を書いたのだろうか。いや、その前に、そもそも歴史小説とは何か。さらには、どれほど時代を遡れば歴史小説と命名できるものなのか。具体的には50年なのか、百年なのか。一般に歴史小説と分類されている *Sylvia's Lovers* を例に考えてみると、作品の背景として1793年を時代設定にしているが、実際に Gaskell がこの小説を発表したのは1863年である。とすれば、両者を隔てる時間はたった70年に過ぎない。もう一例、Dickens の場合、*Barnaby Rudge* では作品の背景になっている Gordon の暴動は1780年に起き、実際に小説が発表されたのは1840年と、こちらは60年ほどしか時代の隔たりがない。現在なら60や70歳の人はいくらも生きており、今この60か70歳の人たちの生まれた頃を時代設定にした小説を仮に描いたとして、果たしてそれを歴史小説と呼べるだろうか。まずそうは呼べまい。

第4章　George Eliot と歴史と地中海

あるいは Shakespeare の史劇においては、脇には架空の人物を配することはあっても、あくまでも主人公の登場人物たちは歴史上の史実に基づく人物である場合だけが史劇と名乗ることを許されており（例えば Henry IV や Richard III）、歴史的にどんなに遠い過去に遡ろうとも、虚構の主人公による劇は Hamlet にしても Romeo and Juliet にしろ The Merchant of Venice も King Lear も普通には歴史劇と分類されることはないのだ（ただし、ルカーチは Shakespeare の戯曲全般を史劇と位置付け、通常 Shakespeare 研究の立場からすれば史劇と分類されている戯曲を国王劇と称している）。けれども小説の場合はそうとも言い切れない。ちょっと思い浮かべただけでも、Sydney Carton も Romola も架空の主人公で、実在しない人物たちだからだ。ただ、これら主人公たちは歴史の一大変動期にたまたま遭遇してはいるのだ。

歴史小説では、激しい歴史の変動期が時代背景に選ばれる場合が圧倒的で、するとここに鍵がありそうである。歴史にもっとも敏感なのは左翼の思想家や哲学者だが、やはり歴史小説論を発表しているのはルカーチだ。Sir Walter Scott を偉大な歴史小説家とルカーチは褒め称え、このように分析している。

> スコットの世界観は、産業革命や資本主義の急速な発展によって没落していった社会層と緊密に結びついていた。かれは資本主義発展の熱狂的な賛美者にも、またその情熱的な告発者にも属してはいなかった。それまでのイギリスの全歴史発展そのものを跡付けることによって、闘い合う両極端の間に「中間」の道を見出そうと試み、イギリスの歴史のなかに、もっとも激しい階級闘争の波もいつも最後には名誉ある「中間」に落ち着いてきたという慰めを見出していた。[1]

Scott は保守主義者であり、両極端の間に「中道」を求め、イギリス史

上の大きな危機を形象化することで、この中道に歴史的リアリティを実証しようとしたとルカーチは述べて、さらに、一般にロマン主義の作家と見られているが、これら作家と深く通じるところは多いものの、テーマの取り扱い方が正反対で、それゆえ描き方も正反対であるから、紛れもないリアリズムの作家であると主張している。

　これを手がかりに独自の歴史小説論を展開しているが、ルカーチはフランス革命の前と後の時期に社会的・イデオロギー的基礎が見い出せるとしている。啓蒙思想家たちというのはフランス革命のイデオロギーの準備であり、「「非理性的」な封建的・絶対主義的社会崩壊の必然性を論証し、歴史の経験から「理性的」な社会、「理性的」な国家の創出に役立つ諸原理を導き出した」と言い、そしてブルジョア革命の政治的、経済的、イデオロギー的準備と完成と、国民国家の形成は同じ過程を辿ったと説く。つまり、フランス革命からナポレオンの台頭と没落を経ることで、はじめて歴史は大衆の体験となったとしている。

　革命前の絶対主義国家の戦争は、少数の職業的軍隊によって行なわれ、戦争指導者はできるだけ軍隊を一般市民から分離することを心がけ、言いかえればつまり「平静こそは市民の第一の義務」というのが絶対主義時代の戦争のモットーだったのに対し、フランス革命はこのような考え方を打ち砕いてしまい、絶対主義王制の連合軍にたいする防衛闘争のなかで、フランス共和国は大衆の軍隊を創らざるをえなかった、と解説する。それは職業的軍隊と違い、住民大衆の軍隊の場合、戦争の意味と目的を大衆に詳らかに説明し、宣伝しなければならなかったのだが、その宣伝とは、戦闘の社会的意味や歴史的な前提と情勢を明らかにし、戦争を国民生活全体や国民の発展の可能性に結びつけて説明するものでなければならなかった、とルカーチは述べている。さらに、絶対主義時代の職業軍人による戦争は極めて小規模な要塞をめぐる程度の作戦だったのに対し、ナポレオン戦争では数百万の大衆の体験になり、一般大衆をあまねく巻き込むという戦争規模の量的拡大もおきてきたので

第 4 章　George Eliot と歴史と地中海

あった。こういう中で、国民的感覚やそれと同時に民族の歴史にたいする感情や理解が目醒め、侵略に対する民族的抵抗の波や民族独立への熱狂的な希求を呼び起こし、真の大衆運動のうねりとなり、広範な大衆に歴史の感覚と体験を呼び覚ました、と説明している。

　このような大衆的な歴史体験のなかで、民族的な要素は社会変革の様々な問題と結びつき、時代の経済や階級問題にたいする判断にも影響が出てくる。資本主義の非人間性、競争のもたらす混乱、弱肉強食、すべてのものを商品化することから生じる文化の頽廃などを、それ以前の封建主義と資本主義との比較において批判する、といった傾向が出てくるわけであり、ここに人類の発展上の歴史的な一時期として資本主義を考える、という見方も生じたのだ。

　このあたりで左翼思想家の歴史観を離れ、ヴィクトリア朝という時代を考えてみることにする。ヴィクトリア朝と言えば、お題目は「進歩」と相場が決まっている。なぜかと言えば、産業革命を経て、イギリスでは科学技術が大きな躍進を見せ、帝国が繁栄したが、国力が増せば、人々は経済的にも日常生活の至る所でその豊かさの恩恵に与り、日々ありがたく進歩を享受した。けれども、J.B. Bury によれば、西洋では 18 世紀啓蒙思想までは「進歩」= progress を信奉するという考え方はなかったという。[2] それが科学技術の進歩を啓蒙思想が称揚し、フランス革命やアメリカ独立戦争の間に支持された自由・平等に政治的価値を置いたところから見られるようになったものであり、それ以前の時代は、死亡率もより高く、また寿命もより短かった上、人々のこの世での生活は、末は永遠の至福となれ、永遠の断罪となれ、結局は死に至る通過点に過ぎないという考え方が大方であり、したがって、将来待ち受けているのは、死でしかなかった。ところがヴィクトリア朝になって、「進歩」に明るい未来という肯定的な良いイメジが含まれるようになり、例えば O.E.D. は 1852 年の "future" の定義に、"a condition in time to come different (especially in a favorable sense) from the present" と記し、前に進

むことに光り輝く希望とか期待とか幸福という発想を、そして未来はより良いものという見方を示している。ヴィクトリア朝期、産業化を通じて、「進歩」はこの世での物質的・道徳的・精神的進歩の意味に変質し、しかもごく少数の者だけではなく、より多くの人々の境遇をよりよいものにすることをも意味するようになった。ヴィクトリア朝初期の人々は人間の努力と知性に支えられて、この世の中はより良いものになると信じた。時の歴史家 Macaulay は英国の歴史はまさに進歩の歴史だと断言している。

　Andrew Sanders はヴィクトリア朝の歴史小説を論じて、19 世紀は紛れもなく歴史の時代であり、未曾有といっていいほどの規模での科学や発明の目覚しい「進歩」を日々目の当たりにする一方で、ヴィクトリア朝の人々は過去の遺跡や芸術作品、伝統的なものを、時にはノスタルジックな想いで収集し、過去、現在、未来という時間の流れの中に包まれていることを喜びとした、と述べている。19 世紀は「進歩」の時代であるが、「進歩」というのは、現在ある姿勢とか考え方が形成されるようになった以前に行なわれていたことをすべて再考し、また厳密に調査し直した上で判断されるべきものなのだ。

> The past could be seen to reflect the present, and, as a consequence, modern problems could be judged more detachedly for being considered within an historical perspective. Victorian historical novels are not, as a rule, escapes into a romantic past, but an attempt to prove that man and his society develop as part of a process which includes and envelops the present.[3]

　過去は現在を映し出していると考えられ、その結果、歴史的観点から考慮することで、現代の諸問題はより公平な判断ができるのだ。ヴィクトリア朝の歴史小説は、通常、ロマンチックな過去への逃避ではなく、現在を含めて、またこれを包みこむ過程の一部として、人間とその社会とが発展することを証明しよ

第4章　George Eliot と歴史と地中海

うとする試みなのだ。

　ヴィクトリア朝の歴史小説は、単なるロマンティックな過去への逃避ではなく、現在に至る人と社会の発展過程を実証しようとする試みである。したがっていかにも、歴史小説は「進歩」礼讃のこの時代には、とりわけ興味をそそるものとなったわけであるが、その根はヨーロッパ文明に深く根ざしたことでもあった。ユダヤ人にとって、歴史は過去の神聖な使命の記録として、またその使命が未来へずっと受け継がれるよう心に留めておくべきものとして、特別の意味と重要性を持つばかりでなく、かたやキリスト教ヨーロッパは、新約聖書でこれに対抗し、神ははじめであり、終わりであり、時間の創始者であり、完了させる者であるから、時を終えた時、全能の神としてのキリストの復活を願うと、未来志向で、やはり時間に根拠を依存している。

　これと同様に、先へと流れる時間感覚を抱いて生活していたヴィクトリア朝の人々にとって、過去を振り返る機会ばかりでなく、歴史は輝かしい未来を、地上の楽園を広げてみせてくれたのだった。

> To Scott's successors history was contemporary, synchronic and enveloping; it was living and vibrating in the present, and the artist represented its reality as if it were an act of personal memory. The past reinforced rather than undermined the present. Though to many Victorians the past …moaned with many voices, those voices seemed to call for continued advance into the future.[4]

　スコットの後継者たちにとって、歴史というのは同時代であり、共時的であり、包みこんでいくものだった。歴史は現在に生き、躍動していた。芸術家はあたかも個人の思い出の行為ででもあるかのように、その現実性を表現した。過去

とは、現在をむしばむものではなく、むしろ増強してくれるものだった。ヴィクトリア朝の多くの人々にとって、過去は多くの悲しみのうめき声を立てていたけれども、これらの声は未来への弛まざる進歩を求めているかのようだった。

歴史は現在の中に息づき、揺れ動き、作家はあたかも個人の記憶であるかのように歴史を蘇らせたが、それによって現在を強固なものにすると同時に、未来へと続く進歩を迎えるものであった。

　乱暴なまとめ方をすれば、ともに Scott の存在を前哨に掲げながら、ルカーチは、封建制・絶対制王権から一般大衆の手に政治・経済支配勢力が移行したときに、歴史の重要性と、その表現形態としての歴史小説の意義とを認めている。Sanders は、貴族から中産階級へと支配階級が移行するという社会的政治的変動も一方では挙げるが、19 世紀の目まぐるしい科学技術と発明の時代の中に、新たな時間意識と「進歩」という考え方が育まれたヴィクトリア朝の人々の歴史観に、ヴィクトリア朝の歴史小説誕生の根拠を見ている。そして 19 世紀特有の問題点、つまり資本主義社会の弊害、競争原理による弱肉強食、人間の機械化、弱者への虐待、暴力と暴動、国家と個人などがイギリスの歴史小説の主題として描かれることとなった。例えば、Dickens はフランス革命や Gordon 暴動を小説の背景に選び、Gaskell はナポレオン戦争時代の海軍強制徴兵制を描いて、歴史上に実際に起きた暴力や国家の暴政をそれぞれ再現して見せ、個人の人生が国や制度のために破壊されること、戦争の残酷さ、名もない庶民が与り知らぬ国に政治方針のために人生を翻弄されることを、さらに法律がもはや正義ではなく、実は国策に従っていることを訴えた。けれども、それぞれ、歴史という衣を纏いながらも、告発の刃は紛れもなく同時代の理不尽な現実に向けられていた。つまり作家たちが歴史に名をかりてもう一つ主張したかったのは自分たちと同時代の体制の権力や社会の実態をあばき、何の罪もない一般大衆の個人個人が

巻き添いを食い、人生を台無しにされていることを詳らかにすることにあったはずだ。

　時間の隔たりはどうであろうか。例えば、民主主義体制がずっと長く続く政治体制下では、50〜60年前を描いたものであっても、歴史小説と呼ぶのは難しくなるかも知れないだろうが、反対に専制政治がひっくり返って新しく民主主義体制が確立され、そこでかつての旧時代を振り返って、またすでにジェネレイションが交代している場合、それがほんの短期間の前でも、極端な話20〜30年前のことでも、歴史小説は成立するのかもしれない。したがって、何年と具体的に数値を挙げることは不可能ではあるが、しかし歴史小説と名づける以上、過去の変動期に起きた或る出来事なり、制度なり、体制なり、風俗なりがもうすっかり過去のものとなって、現在では跡形もない、というのが共通して言える条件ではないだろうか。

　しかし同時に、歴史小説の役割は、かつて過去に存在した出来事、制度、体制、風俗なりをなにも事細かく描写して、現在との大きな隔たりや変化を伝えることだけにあるのではないであろう。歴史小説は現在の人々に様々な時代の歴史を蘇えさせてくれるだけでなく、その中で時代特有の環境のためにどうすることも出来なかった人間個人の限界と悲劇を描いているが、当然、過去の時代に対しての新たなる解釈も出てこよう。また、その時代と現在とのものの考え方の違いと変化ばかりではなく、過去も現在も変らなく共通して底辺に流れる普遍的な人間性の表現も同時に盛り込まれているはずである。そういう変るものと変らないもの、この二つが互いにかかわりあう、いわば不易流行という考え方の中で、良きにつけ、悪しきにつけ、人間は過去の出来事から教訓を学び、未来への戒めとし、現在を確認し、より良き将来へとつなげることで、歴史は繰り返され、人の歴史は綴られていくのであろう。

II

　Romola はイタリア・ルネサンスを背景にした歴史小説である。舞台となったイタリアといえば、ヴィクトリア朝の当時は中流階級を中心に、イギリス人はよくヨーロッパ大陸の旅に出掛けたが、例えば、両親の新婚旅行中、Nightingale はフィレンツェで生まれたので、Florence（フローレンス）と名づけられ、姉さんのほうはナポリで生まれたので、ナポリの古名、その地に葬られたという海の精にちなんで Parthenope（パースィノピ）と名づけられたように、イタリアはイギリス人にはとりわけ人気の高い旅の目的地であった。George Eliot（=Mary Ann Evans）は 6 回イタリアを訪れているが、最初にイタリア旅行をしたのは、1849 年のことで、6 月 6 日に父を埋葬した Eliot を、親しい友人の Charles と Cara Bray がその悲しみを癒すためにこの旅を計画したものであった。フランスのリヨン、マルセーユを経てジェノヴァに向かい、ここに 1 週間滞在し、ミラノへ足を伸ばし、夫妻とはここで別れ、さらにジュネーヴで翌年の 3 月まで独りで過ごしている。この旅の記録はないため、どういう印象をイタリアに抱いたかは判らない。

　帰国後、1851 年に Chapman が提供してくれた *Westminster Review* の副編集長に就任し、同時代の文学批評に携わるようになるが、ここから多くの作家や 1848 年の大陸での革命亡命者を含む思想家たちと知り合うようになった。その中には、当時ラディカルな雑誌 *Leader* を Thornton Hunt とともに創刊し、1850 年代の政治思想を形成していくことになり、また後に人生のパートナーともなる G.H.Lewes もいたが、Lewes は 1840 年代の後半にはロンドンですでによく知られた人物で、青年イタリア党を結成した革命家 Mazzini をはじめとして、広範囲なコスモポリタンのグループと知己を得ていた。すでにイタリアの闘争に興味を持ち、イタリア語も堪能で、イタリアの文学者をイギリスに紹介す

第4章　George Eliot と歴史と地中海

る重要な記事を書いており、Eliot にイタリアの影響を与えた人物であった。

やがて Lewes と George Eliot は結ばれるべく、結ばれる。けれどもこのカップルは、方や妻子のある身であれば、もう1人は Chapman や H.Spencer など幾多の恋愛遍歴のある女性と異例尽くめだった。当然、厳格なヴィクトリア朝の道徳にかなうはずもない。2人は共同生活をすることを決意し、1854年大陸に旅立ち、ドイツで暮らすことになった。ただし、Lewes は妻 Agnes との間に4人の子供をもうけていたが、じきに妻 Agnes は Hunt と関係が出来、Hunt との間に (Hunt は妻との間に10人の子供があったが)、さらに4人の子供をもうけるといった具合に、この夫妻はすでに仲は冷めていたものの、当時、離婚が成立せず、結果、新たな結婚ができなかったのだ。それでいて、やかましい世間からは数々のスキャンダル・ネタを浴びせ掛けられたり、轟々の非難を受けながらも、背徳行為を決行せざるをえなかった。Lewes は妻を寝取った男と相変わらず雑誌を作り、妻が他の男との間に産んだ子供たちに Lewes 姓を名乗らせ、かくして Eliot には生涯にわたりこの複雑な一家を、筆1本で支えるという人生が始まったのだった。

二度目のイタリア旅行は1860年のことである。Lewes とのこの旅に関して、Eliot は "we have finished our journey to Italy—the journey I had looked forward to for years, with the hope of the new elements it would bring to my culture than with the hope of immediate pleasure"[5] と語っているが、ここで「わたしの教養に新たな要素」をもたらす旅とはどういうものであったのだろうか。旅のきっかけは Eliot が長篇の *The Mill on the Floss* を完成させ、ここからの緊張をほぐすために旅に出ることになったからであった。しかも同時に次の作品の題材を捜さなければならなかっただろう。3月、2人はパリから、アルプスのモン・スニー峠を、夜、橇で越え、イタリアはジェノヴァへと下った。ここでは観光や Verdi のオペラを楽しみ、さらに、ピサ、そしてローマへと旅を続けた。最初

モン・スニー峠の冬

ローマでは汚さや面白みのなさばかりが目に付き、聖ピエトロ寺院をはじめとして、いたるところで失望感を味わったが、やがて "that mixture of ruined grandeur with modern life" [6] の景色をそこに見い出せてからは、ローマに喜びを感じるようになった。2人はナポリ、アマルフィ、ソレントへ足を伸ばし、フィレンツェに向かった。サンタ・クローチェ教会のダンテの墓ではますますこの詩聖に興味が湧いたし、Savonarola（サヴォナローラ）の生涯とその時代について歴史ロマンスものを書いてはどうかと、Lewes に提案されたのも、ここフィレンツェでのことだった。George Eliot はローマよりもフィレンツェにより心惹かれ、スイスのベルンに着いた頃には次作 Romola を構想していた。翌1861年、具体的に Romola の資料集めに再度2人は約2か月のイタリア旅行を行なったが、その際 Risorgimento（イタリア統一運動）の活動家たちを目の当たりにし、そのエネルギーと決断力と力強さとに感動を覚えたという。ここから Eliot の中に、15世紀のフィレンツェの政治闘争と19世紀のイタリア統一を求める Risorgimento の闘争との直接の結びつきが芽生えたのであった。話は前後するが、1860年の新年に Lewes は Eliot に Sir Walter Scott の全集をプレゼントしている。その際、実は Eliot は7歳のときから、Scott の作品を読み始め、父と2人で暮らしていた頃は、父に読んで聞かせて、楽しい夕べのひと時を過ごしたものだが、もしあ

の頃、Scott がなかったら、さぞ人生はつまらないものになっていたことだろうと回想し、Scott のことを貶したり、悪し様に言うのを聞くと、大変悲しくなり、傷ついたとも語っている。このように George Eliot は歴史ものに少なからず関心を寄せていたことも見逃せない。[7]

III

　15 世紀末のフィレンツェはメディチ家による専制体制から Savonarola を指導者とする共和制に移行する一大激変期を経験した。ルネサンス期は新プラトン主義の哲学が支配的であり、人文主義つまり古代ギリシャ・ローマの文芸復興と、神ばかりでなく、人間そのものの研究とが盛んであったが、古代ローマ共和制の思想から学んだヒューマニスト達は形而上の思想家に留まるのではなく、実際に国の政治に参加し、指導的な役割を果たしてきた。けれどもロレンツォの支配した 1469 年から死亡する 1492 年までのメディチ家、ルネサンス文化が花開いたとされるフィレンツェの黄金期には、ボッティチェリ、ミケランジェロ、ダ・ビンチなどの画家が輩出する一方で、市民の自由は衰退し、学問は現実から遊離して精神主義的なものになり、メディチ一族による政治・経済・宗教の独裁が、しかも公私混同により、いっそう進んだ。サン・マルコ修道院長の Savonarola は、ロレンツォが臨終の床で三つの大罪を告白した後、共和主義者だった Savonarola がフィレンツェの都市に自由を返すことを要求したが、これにロレンツォが承諾しなかったため、罪を許すことなく立ち去ったという。[8]　若桑みどり氏は Savonarola の扱い方に関し、日本では「異様な狂信的人物として描かれるのがほとんどで」、「華やかなルネサンスの文化を「虚飾の焼却」という野蛮な方法で弾劾したというようなことが強調され」、その共和政権についても「もっぱら異教的世俗的ルネサンスの中世的、禁欲的反作用という認識

にとどまっている」と述べているが、フィレンツェの学校の生徒に与えられている歴史読本の一説を引用して、まったく違った Savonarola 理解を紹介している。

> 彼はカソリックのモラルのために、また自由の理想のために戦った。....サボナローラはフィレンツェの市民に向かって、神について、改悛について、自由について語ったのだ。彼は、実際にフィレンツェでおこっている政治的なできごとを、旧約聖書に書かれた話によって説明した。彼の話は全市民を感動させた。[9]

これに解説を加え、「サボナローラのメッセージが、キリスト教の精神史に深く根ざした、相当に強いある伝統的な考えを「復興」したものであるから、こうした宗教的伝統というものは異教徒にはわかりにくい」とし、同氏は千年王国思想に関し、さらに注釈をつけてくれている。これが宗教思想に訴える第一の理由であり、第二に、「聖職売買、富の追求、権力闘争などを痛烈に批判し、堕落したローマに代わって、ここフィレンツェに新しい教会をたてなければならないと市民に訴え」ているもので、これは至極まともなフィレンツェ人文主義の伝統につながる考え方だという。第三には、「国家権力は人民に属さなければならないという政治思想」を強く主張している点を挙げているが、これは反メディチばかりか、市の有力者階層への反対運動を引き起こしかねないし、「戦争、貧困、権力の一族への集中からくる権力支配に苦しむ一般庶民の共感を呼び覚ま」すもので、体制批判になろう。ただし、Savonarola は「自分は神によってつかわされた預言者であるという宗教的信念によって行なっていたことが特徴である」と付け加えることを、若桑氏は忘れていない。[10]

それでは George Eliot と同時代のイギリス人たちの Savonarola 観はど

第4章　George Eliot と歴史と地中海

のようなものだったのか。Walter Pater は George Eliot のどの作品よりも *Romola* を好んだが、それは道徳的テーマの側面と言うよりは15世紀のフィレンツェを、さらには Savonarola を、生き生きと蘇らせているからだという。[11] Savonarola は当時イギリスでは象徴的な人物になっていた。Savonarola 自身は15世紀のフィレンツェでは地に落ちた人物とされ、やがて忘却の彼方に追いやられた。18世紀では滑稽な人物にされ、19世紀に入り、中世がにわかに新たな関心を呼ぶようになると、とりわけドイツでは、宗教改革で迫害を受けた者として再評価が始まり、1835年と1836年に相次いで伝記が出され、さらにフランスでより完璧で冷静な伝記が出版された。イギリスでは1843年に Carlyle の友人である J.A.Heraud が英語ではじめて Savonarola の伝記を書いているが、Ruskin や Mill、Newman、Kingsley などがこれら先行する多彩な伝記にそれぞれの立場に基づいて賛否両論の意見を表明している。また、1859-61年にかけて自由主義者の Pasquale Villari がやはり Savonarola の伝記を出しているが、その中で、"He was the first to raise up, and display before the world, the standard of that epoch which many call the Renaissance. He was the first, in the fifteenth century, to make men feel that a new life had penetrated to and had awakened the human race; and hence he may justly be called the prophet of a new civilization." と述べ、[12] 新たな時代の先頭に立っていた人物との解釈を示した。この年は George Eliot が Lewes とともにフィレンツェに滞在し、新たな小説の題材に Savonarola を選んだときでもあった。

　Eliot は歴史における Savonarola の持つ意味にどうも興味があるとは思えない。けれども、小説家は歴史上の人物に息吹を与え、新たな人物像を造形する。当時のイギリス人、フランス人、ドイツ人知識人たちの Savonarola 観とも、日本人が漠然と抱く Savonarola のイメージとも、若桑氏が歴史を紐解き明らかにしようとする人物像とも異なり、そこにはもちろん共通点もあるものの、やはり別の視点で捕らえられた

別個の人間が生みだされる。この小説では、Savonarola は最初主人公 Romola を教え導くものとして描かれ、後には幻滅の対象とされていく。Romola は夫に失望し、フィレンツェを出て行こうとするが、出遭った Savonarola は "I have a command from God to stop you. You are not permitted to flee." と神の使いであることを表明したうえで、Romola を諭し、家に戻るようにさせている。

'You are seeking your own will, my daughter. You are seeking some good other than the law you are bound to obey. But how will you find good? It is not a thing of choice: it is a river that flows from the foot of the Invisible Throne, and flows by the path of obedience. I say again, man cannot choose his duties. You may choose to forsake your duties, and choose not to have the sorrow they bring. But you will go forth; and what will you find, my daughter? Sorrow without duty—bitter herbs, and no bread with them' [13]

「あなたは我意を通そうとしているのだ、娘よ。従わねばならぬ掟にかわるなにか良いものを探している。だがどうして良いものが、見つかるであろうか？ それは選択できるものではない。それは目に見えない御座所の下から流れ出し、服従の道をとおって流れる川なのだ。あらためていおう、人間は自分の義務を選ぶことはできない。あなたは義務を放棄し、それがもたらす悲しみを嘗めまいとしている。だが出かけたところで、いったいなにが見つかるというのかね、娘よ？ 義務を欠いての悲しみ──苦い草、パンのつかない苦い草だけなのだ」(p.331)

なにもこの箇所に限らず、第40章 "An Arresting Voice" では、2人の対話のそこかしこにこういった、与えられている義務からは、所詮、人間は逃れられないのだと、いわば迷える子羊の Romola に説く、悟りを開き、超人然とした高僧の教えが描写されている。それでは Savonarola 自

身の姿はどう表現されているのかを見てみよう。

> There was nothing transcendent in Savonarola's face. It was not beautiful. It was strong-featured, and owed all its refinement to habits of mind and rigid discipline of the body. The source of the impression his glance produced on Romola was the sense it conveyed to her of interest in her and care for her apart from any personal feeling. It was the first time she had encountered a gaze in which simple human fellowship expressed itself as a strongly-felt bond. Such a glance is half the vocation of the priest or spiritual guide of men, and Romola felt it impossible again to question his authority to speak to her.　(p.429)

> サヴォナローラの顔にはいっこうに超越的なところはなかった。その顔は美しくなかった。いかつい目鼻立ちをしており、その気品をすべて精神的習慣と厳格な肉体的苦行とに負っていた。彼の眼差しがロモラのうえにひきおこした印象の源は、それが彼女に伝えた、いっさいの個人的感情を離れて彼女を案じ、彼女のためを思っているという感触だった。はじめて彼女は素朴な人間的連帯感が骨髄に徹した絆として表されている凝視に遭遇したのだった。こうした視線はなかば聖職者や精神的指導者である人に天賦のものであって、ロモラは彼女に話しかける彼の権限を二度とあげつらうことはできないと思った。（p.329）

サヴォナローラ

醜男で、見かけたところ、超越した人間らしきところは微塵もない。た

だ、はっきりとした顔立ちをし、洗練さが窺えるのは、ひとえに精神修養や肉体の苦行により培われたもので、宗教に携わる人間に共通する、質朴な同胞意識がにじみ出ている強いまなざしに、また話しかけるその威厳に、Romolaは言い返すすべがない。徳のある高僧というよりは、厳格な宗教家といった印象を与えている。

　小説の最後のほうでは、Savonarolaが神に選ばれていることの証拠として、火の上を歩くことを要求されたとき、Eliotは、「自分であれ、誰だって火傷をせずに火の上を歩くなど不可能なことだ」と、苦悩する脆い人間としてSavonarolaを描いている。

　　　But no! when Savonarola brought his mind close to the threatened scene in the Piazza, and imagined a human body entering the fire, his belief recoiled again. It was not an event that his imagination could simply see: he felt it with shuddering vibrations to the extremities of his sensitive fingers. The miracle could not be. Nay, the trial itself was not to happen….(p.613)

　　　いや、だめだ！　サヴォナローラがさし迫った広場の光景に心を近づけ、人間のからだが火中にはいる様を想像したとき、彼の信念はふたたびたじろいだ。たんに彼の想像力がその出来事を見ただけではなかった。彼は敏感な手の指先までわなわなと震わせながらそれを実感したのだった。奇跡はありえない、いや、試練そのものを行なわせてはいけないのだ。(p.475)

このように、火の上を歩く自分の姿を想像しただけで、敏感な指先までがぶるぶると震えあがっているのである。奇跡なんかありえないことは百も承知なのだ。けれども、胸のうちを口にすることはできるはずもない。

第4章　George Eliot と歴史と地中海　　　117

he must appear frankly to await the trial, and to trust in its issue. That dissidence between inward reality and outward seeming was not the Christian simplicity after which he had striven through years of his youth and prime, and which he had preached as a chief fruit of the Divine life. (p.614)

神妙に試練を待っており、その結末に自信をもっているような顔をしていなければならなかった。内面の現実と外面の見せかけとのそうした乖離は、彼が青壮年期をとおして苦しみ求め、また神に仕える生活の主要な成果として説いてきたキリスト教の純真とはほど遠いものだった。（p.475）

サヴォナローラの処刑

内心では怖くて震えおののいているのに、自信たっぷりに堂々と振舞

わなければならない、そういう裏腹な内面の現実と外側の見せかけに、己のキリスト教徒としての至らなさを痛感させられている卑小なSavonarolaの人物がここには窺えよう。

　ここにきて、Savonarolaのことを歴史上の一大人物にGeorge Eliotが息吹を与えて生みだした新たな造型人物であると、果たして言い切れるだろうか。つまり、例えば、作品で取り上げられた奇跡の問題なども、科学的にはありえない事象とキリスト教信仰との問題に葛藤するEliot自身の姿が、同時にここには見て取れるのではないだろうか。

　15世紀という時代はまた、世界規模でも、グラナダが陥落し、コロンブスは新大陸を発見し、国家体制も、イタリアの小国家群から、スペインやフランスなど大国国家へと世界の権力の軸が移行する時期と、世界観が大きなうねりを見せて激変していく時代でもあった。Eliotは小説の背景に15世紀末のメディチ家支配の終わりと共和制の可能性を描きながら、さらにはEliotと同時代のイタリア統一運動の力強いエネルギーにインスピレーションを吹き込まれながらも、その実、関心はやはりヴィクトリア朝のイギリスにとどまっていた。

　西欧文明における19世紀後半、つまり近代にとって、一番大きな衝撃は進化論、具体的にはDarwinの *On the Origin of Species*（1859）『種の起源』の発表であり、それとともに科学技術の進歩が思想にもたらしたキリスト教への懐疑であろう。神が死に、絶対なるものの存在を否定され、父なるものの存在を失った同時代の人間たちは、今後いったい何を頼みとして生きていったらいいのか。これに代わる人生の指針を捜さなければならなくなる。

IV

　イタリア・ルネサンスの衣を纏った*Romola*はこういうヴィクトリ

朝後期の苦悩する人間たちを同時に体現化してもいる。George Eliot の歴史小説の場合には Dickens や Gaskell のそれと違い、主人公が歴史上のある一大出来事に直接翻弄されるという性格ではなく、むしろ同時代に在って、その激変を体感するという特徴がある。ヴィクトリア朝と同様、15 世紀フィレンツェは家父長制の社会であり、女性は男性に付き従った。ところが、その頼るべき男性たちがことごとく大黒柱としての力を欠いているのだ。つまり、世渡りが苦手な、高い学殖のある学者の父 Bardo は盲目で、娘 Romola の助けが必要な身であるし、将来を嘱望されていた優秀な古典学者の兄 Dino にしても、父に背いて家出し、やがて父と兄の 2 人とも亡くなる。古典の学に通じ、明敏な頭脳を持つ美青年の夫 Tito を取ってみても、亡き父の貴重な蔵書をこっそり売り払い、また別の所にもう 1 人の妻と子供を持つ現実主義者と、このように Romola には父なるもの、頼るべきものが、不在ないしは、居ても頼りにならない存在である。それではと、代償行為の Savonarola との対話が用意され、もはや神のいないキリスト教にあって個人の生き方を問うわけだが、悲しみと痛みに耐え、「義務」を果たすようにと Savonarola は説くものの、その実、自分自身が、神から遣わされた預言者と公言しながら、奇跡を起こせない卑小な人間であることを本人がよく自覚しているのだ。ここまでくると、Romola と George Eliot の私生活とがちょうどパラレルな関係になって作品の中で描かれていることに気づく。つまり、Eliot 自身が、20 代前半の頃にキリスト教の信仰放棄をして、父と対立したものの、父との深い愛の絆を優先して、もはやその教義を受け入れられない教会に行くことに承諾していたが、作品中でも Savonarola の説く教えに、やはりこの同じ義務優先が見て取れる。そして父を亡くした後、初めてイタリアに独り傷心旅行をしているのだ。さらに輪を掛けて Romola の夫 Tito にはもう 1 人の妻と子供があり、結局その子を引きとって育てたように、実人生でも世間から非難と叱責を浴びた Lewes との関係においても、Lewes にも本妻と子供があったが、や

はり Eliot は本妻の子供たちを生涯にわたって育て上げている。ヴィクトリア朝の道徳と社会規範に背を向け、四面楚歌の状況で、覚悟を決めて、2人で大陸に出奔した時には、常人では計り知れぬ辛く苦しい思いがあったであろう。時代の女性たちに先駆けて選んだリベラルな生き方と強い因襲との板ばさみとにどう折り合いをつけていくのか。この作品にイタリアを舞台背景に選んでいるのには、好きな歴史ロマンスものもさることながら、時間も場所も遠く、また思い出のある地であれば、自己の内なる熱い想いを、歴史小説の衣を纏うことで、いっそう客体化して表現できる、ということもそのもう一方にあるのではないか。R. G. Hutton も、"The great artistic purpose of the story is to trace out the conflict between liberal culture and the more passionate form of the Christian faith in that strange era, which has so many points of resemblance with the present"[14]と、あの不思議な時代特有の、熱狂的なキリスト教信仰とリベラルな文化との葛藤を辿る小説だが、現在とも実に多くの点で類似点が見られる、と分析している。

> Even if, instead of following the dim daybreak, our imagination pauses on a certain historical spot and awaits the fuller morning, we may see a world-famous city, which has hardly changed its outline since the days of Columbus, seeming to stand as an almost unviolated symbol, amidst the flux of human things, to remind us that we still resemble the men of the past more than we differ from them, as the great mechanical principles on which those domes and towers were raised must make a likeness in human building that will be broader and deeper than all possible change. And doubtless, if the spirit of a Florentine citizen, whose eyes were closed for the last time while Columbus was still waiting and arguing for the three poor vessels with which he was to set sail from the port of Palos, could return from the shades and pause where our thought is pausing, he would believe that there must still be fellowship and understanding for him among the inheritors of his birthplace. (pp.43-44)

第4章　George Eliot と歴史と地中海

　それでは暁の微光のあとを追うのをやめて、ある特定の歴史的な地点に私たちの想像の翼を休め、朝の光が強まるのを待つことにしよう。世にも名高いこの都市はコロンブスの時代から、その輪郭をほとんどまったく変えていない。あれらのドームやあれらの搭を支えている偉大な力学の法則は永遠のもので、従って人間の住居はどんな変化よりも広く深い類似を見せる他はないのだが、ちょうどそれと同じように、人間の歴史の流転のなかでほとんど何の変化も蒙らずに屹立するフィレンツェの町は、わたしたち現代の人間と過去の人びととの違いなど、共通点にくらべれば取るに足らないことを教える象徴のようなものである。だからもし、コロンブスがまだ、やがてパロスの港を船出するはずのあの貧弱な三隻の船を得んものと粘り強く説いていたのと同じ頃永久の眠りについたフィレンツェの一市民が冥界から戻ってきて、今わたしたちの心が止まっているその場所に立ったとしたら、彼は生まれ故郷の町にはやはり自分と同類の、お互いに理解しあえる人間たちが住んでいると思うことだろう。
（pp.5-6）

　Proem からの引用であるが、作品の舞台となった 1492 年はコロンブスが新大陸を発見した年でもあり、言いかえれば、新時代を予感させる出来事に満ち満ちた時であったことを暗示し、ここで Eliot が、フィレンツェの町がコロンブスの時代から何も変化していない、15 世紀の人たちと 19 世紀の人間との間には相違点よりも、はるかに共通点のほうが多い "we still resemble the men of the past more than we differ from them" と語っているのは、人間の精神と人間の築いた偉大な文化とは不変であり、フィレンツェはまさにそれを象徴しているような都市である、ということになろうが、これはまた作品の冒頭から歴史小説の特徴、つまり歴史において、変化するものと、変化し続ける歴史の中にあってもやはり変化しないものとの問題を高らかにテーマにとりあげているのは明ら

かなことだ。

　このテーマを Eliot は二つの作品で実践してもいる。*Romola* では主人公 Romola は父的な存在—キリスト教の神と父と夫と Savonarola—を様々な形で失うが、それでも己に課せられた義務に従い、最後に、より大きな人類愛という代償の中に生きる拠り所を見出す。父的な存在は、歴史にあっては変化するもの、移ろうものだが、それに対し、人の世にあって、移ろうことも、また決して変わることもない人類愛を信頼する、そういう道を主人公は見出した。同じテーマに、今度は歴史小説の形ではなく、同時代より少しだけ前の時代を選んだ *Middlemarch* の中で Eliot は再び挑む。前作では小説の舞台全体がイタリア・ルネサンスという偉大な文化が生み出される真っ只中の都市フィレンツェだったが、今度は主人公 Dorothea Brooke に歴史上人間の偉大な文化遺産を数々受け継いできた都市ローマを訪問させる形を取る。アンティゴネともアリアドネとも、聖母とも描写される Romola と同様に、これらのほかにもさらに聖テレサとも描写される Dorothea は、少女時代には父なるものの存在を疑うことさえなく過ごし、そういう存在に違いないと信じた男性、年上の学者 Casaubon を夫に選ぶが、もはやそんな父なる存在がありえないことを新婚旅行先のローマで思い知らされる。北方の厳格なピューリタンの貧弱な教育を受けた少女 Dorothea Brooke に豊饒なローマという歴史文化が圧倒する。

　　Yet Dorothea had no distinctly shapen grievance that she could state even to herself; and in the midst of her confused thought and passion, the mental act that was struggling forth into clearness was a self-accusing cry that her feeling of desolation was the fault of her own spiritual poverty. She had married the man of her choice, and with the advantage over most girls that she had contemplated her marriage chiefly as the beginning of new duties: from the very first she had thought of Mr Casaubon as having a mind so much

第 4 章　George Eliot と歴史と地中海　　　　　　　　123

above her own, that he must often be claimed by studies which she could not entirely share; moreover, after the brief narrow experience of her girlhood she was beholding Rome, the city of visible history where the past of a whole hemisphere seems moving in funeral procession with strange ancestral images and trophies gathered from afar. [15]

　とは言えドロシアには、これと言えるほどの明確な形をもった不満があるわけではなかった。そのような混乱した思いと激情のなかで、つとめて頭の働きをはっきりさせていくにつれて、こうしたわびしい思いをするのは、つまり自分が精神的に貧しいからなのだとわかって、われとわが身を責めるほかなかった。彼女はみずから選んだ男と結婚したのである。そして結婚とは、なによりもまず新しい義務の初まりと考えたのは、世間一般の娘たちのまねのできないことであった。カソーボン氏を知ったそもそもの初めから、彼は知力では、彼女などが足もとにもよりつけない人であり、また、彼女などのあずかり知らぬ学問の研究が、彼を占有してしまうこともしばしばあるに違いない、と彼女はあらかじめ考えていたのだ。なおそのうえに、彼女は娘時代という短く狭い生活体験のすぐあとで、この目に見える歴史の都ローマ——世界の半分を網羅した過去が先祖たちの異様な像や、遠い国々から集められた戦利品をつらねて、葬列をなして動いているとも見えるローマ——を見ているのであった。（上巻 p.219）

ここでは、Dorothea は夫と幸せを味わうどころか、見捨てられた思いをしているが、それを自分の精神的貧困さのせいだとし、自分に新しい義務を課そうとしている。それと同時に、地球半分の過去が、見知らぬご先祖の人影や遠方から集められた戦利品をつらねて、葬式の列となって動いているような、いわば目に見える歴史の都市ローマを、生涯で初めて眺めてもいるのだ。見て歩いたもっとも素晴らしい美術品の数々や、もっとも荘重な廃墟や、もっとも壮麗な教会も Dorothea には "oppressive masquerade of ages" であるかのように映り、"grand tour" を楽しむイギリス上流階級のようには観光を楽しめず、"the weight of the unintelligible Rome" が Dorothea に重くのしかかる。

> Ruins and basilicas, palaces and colossi, set in the sordid present, where all that was living and warm-blooded seemed sunk in the deep degeneracy of a superstition divorced from reverence; the dimmer but yet eager Titanic life gazing and struggling on walls and ceilings; the long vistas of white forms whose marble eyes seemed to hold the monotonous light of an alien world: all this vast wreck of ambitious ideals, sensuous and spiritual, mixed confusedly with the signs of breathing forgetfulness and degradation, at first jarred her as with an electric shock, and then urged themselves on her with that ache belonging to a glut of confused ideas which check the flow of emotion. Forums both pale and glowing took possession of her young sense, and fixed themselves in her memory even when she was not thinking of them, preparing strange associations which remained through her after-years. (p.134)

> 生きて血の通っているものすべてが、敬虔とはほど遠い迷信に堕している、このむさくるしい現在のただ中に置かれた廃墟とバシリカ会堂、そして、宮殿と巨大な彫刻像。色褪せたとはいえ今なお強烈な巨人的生命が、壁画や天井画のなかで、凝視したり、もみあったりしている。長い列をなして立ちならぶ白い大理石像の目は、今はなき世界の単調な光をとどめているかに見える．忘却と堕落の息吹きのあらわれとごちゃまぜになった、官能的であるとともに精神的でもある、野心にみちた理想のこの巨大な廃墟は、最初は電撃のように彼女を襲ったが、やがて、その強い印象は、感情の流れをせきとめる混乱した思想を飽食したときに生じるような苦悩を味わわせた。色褪せたものも、けんらんたるものも、彼女の若い感覚をとりこにし、彼女がそのことを考えていない時でも、記憶のなかに根をおろして、その後の年月を通してつきまとう不思議な連想の源になった。(上巻 pp.220-21)

第 4 章　George Eliot と歴史と地中海

卑近な現実には、栄光の過去の文化遺産が溢れかえり、今ではもう "dimmer" だったり、"pale" あるいは "monotonous" と表現される歴史が、ここでは同時に巨人の生命力の様相を呈して、官能的にも精神的にも強烈な存在感を放ち、Dorothea を驚かせ、幻惑させ、苦痛を与え、そしてその後も永く記憶に深く留まることになる。巨大な過去の輝かしい伝統を前に卑俗な現在は見る影もない。これは Dorothea がイタリアに来て初めて思い知らされる真実の瞬間である。所詮アートと言っても "hand-screen" 程度のもので、真の芸術を持たない歴史の浅いプロテスタントの教育を受け、地方都市のお上品な環境で育った少女が突きつけられる途方もなく永い歴史を誇る壮麗で偉大な人類の芸術の数々を前に、本当にものを見るのは心の中 "the true seeing is within" にあることを悟るのだ。南方は北方に比べて、光と闇のコントラストが強烈な分、それだけ対立するもの、若さと老い、光と影、生と死、理想と現実などをより明確に分岐させる。これまで抑えられていた "ardent" とも "enthusiastic" とも "quick emotions" とも描かれる Dorothea の本来の性格はここイタリアで覚醒し、パスカル (Pascal) やミルトン (Milton) のような偉大な学者に見えた夫 Casaubon が実はただの平凡で嫉妬深い年寄りに過ぎなく、精神的な面ばかりでなく、肉体的な面でも自分にふさわしい結婚相手ではなかったという真実を知らされると共に、若くエネルギーに溢れるアポロのような青年 Ladislaw に心情的ばかりか性的にも惹かれていくのを感じる。かつての偉大な文化の伝統を育んできた地中海はまた、強烈な光に溢れ、暖かく開放的で、明るく陽気な人々に充ち、Dorothea に自分に嘘をつけないありのままの本来の姿を映し見せ、これまで身につけてきた迷妄から解放してくれるのだ。人間賛歌のこの大いなる歴史の地は、現在を生きる一女性に真実を告げる。

　Romola と同様、夫に幻滅した Dorothea にも現実が待ち構えている。George Eliot のように、この 2 人の主人公には子供がいない。Romola は

夫の別の女にできた子供を育てたが、Dorothea は哀れな夫に同情を寄せ、悲しくも高貴な利他愛に徹し、自分の幸せは夫の死まで待った。けれども、夫のほうは "He distrusted her affection; and what loneliness is more lonely than distrust?" (p.304) と冷ややかに妻を見ている。さらに Casaubon は遺言状を使って、自分の死後まで妻 Dorothea を別の男にはわたさず、縛りつけておこうとするただならぬ嫉妬深さを示している。過去の結びつきを、現在どころか、未来にまで継続させ、意味を持たせようとする人間の執念深さだ。ここで読者が偉い学者の嫉妬や執念の深さに違和感を覚えないのは、今も昔も社会的身分の上下、男女の差、老若を問わず人間にあまねく見られるものだからであり、身近に心当たりがあるからだろう。Romola は女性を捨て、風貌の美しさも覆い隠して、造詣深い古典の学問を人の目にさらすこともなく、自分を必要とする人々にひたすら仕える、いわば神のいない、人間救済の信仰の道を選んだが、Dorothea のほうは亡夫の嫌がらせにもかかわらず、結局は、素行もよくないし、資産もない若い男性を選択した上で、自己愛よりももっとより広い人類愛の道を選択する。

> On the road there was a man with a bundle on his back and a woman carrying her baby; in the field she could see figures moving—perhaps the shepherd with his dog. Far off in the bending sky was the pearly light; and she felt the largeness of the world and the manifold wakings of men to labour and endurance. She was a part of that involuntary, palpitating life, and could neither look out on it from her luxurious shelter as a mere spectator, nor hide her eyes in selfish complaining. (p.544)
>
> 道には荷物を背負った男と、赤ん坊を抱いた女がいる、牧場には何か動くものが見える—犬をつれた羊飼いかもしれない。遥か彼方に弧を描く空には真珠色の光がただよっている。この世界の大きな広がりが、そして朝めざめて労働に出かけ、困難に耐えて生きてゆくさまざまな人のあることが感じられた。彼女

第4章 George Eliot と歴史と地中海　　　127

もまた、おのずから脈打つ生命の一部であって、単なる傍観者として彼女の贅沢な住居からこれを眺めることも、利己的な不平不満で目を蔽うこともできなかった。(下巻 p.393)

人々は朝目醒めて、勤労し、また忍耐しているが、自分もまたそういう人の営みの一部であることを自覚し、我が儘は言っていられないと己に言い聞かせるのである。Romola も Dorothea も時代の制約を受け、自分の望むような生きかたはできなかったが、女性の生き方としては、過去に生きた Romola よりは現在の Dorothea のほうが、まだ一歩前進であり、" the growing good of the world is partly dependent on unhistoric acts" (p.578) と、世の中が良くなっていくのは、Dorothea の行為のように、歴史に記録されることのない行為によることが大きいと語ってこの小説を閉じている。

註

1. ルカーチ『ルカーチ著作集 3 (歴史小説論)』伊藤成彦訳 (白水社、1986 年) p.47。
2. Lori Anne Loeb, *Consuming Angels: Advertising and Victorian Women*, (N.Y.: Oxford University Press, 1994), pp. 46-7. 出典は J. B. Bury, *The Idea of Progress*, (N.Y.: Dover Publications, Inc, 1955).
3. Andrew Sanders, *The Victorian Historical Novel 1840-1880*, (London: Macmillan Press, 1978), p.11. 邦文は拙訳による。
4. *Ibid.*, p.31.
5. Andrew Thompson, *George Eliot and Italy*, (N.Y.: Macmillan Press, 1998), p.41.
6. *Ibid.*, p.43.
7. Sanders, p.168.
8. 若桑みどり『フィレンツェ』(文芸春秋社、1994 年) p.246。
9. 前掲書　p.249。

10. 前掲書　p.252。
11. A. Dwight Culler, *The Victorian Mirror of History*, (New Haven: Yale Univ. Press, 1985), p.242.
12. *Ibid.*, p.242.
13. George Eliot, *Romola*, (Harmondsworth: Penguin Books, 1980), p.432. 邦訳は『ロモラ』工藤昭雄訳（集英社、1981年）による。なお、以降はこの作品からの引用はすべてページ数を引用箇所の後に括弧で示す。
14. Culler, p.243.
15. George Eliot, *Middlemarch*, (N.Y.: Norton & Company, 1977), pp. 133-34. 邦訳は『ミドルマーチ』(上)(下) 工藤好美・淀川郁子訳（講談社、1975年）による。なお、以降、この作品からの引用はすべてページ数を引用箇所の後に括弧で示す。

第 5 章

死に至る旅 ― Gissing と地中海 ―

　人はこの世に生を受け、生かされ、やがて寿命尽きて死んでいく。この世に滞在するほんの数十年間のことを、幼い子供の頃に、頭の中で自分に都合よく人生こうありたいと、あれこれと設計図を描き、ばら色の未来に夢を膨らませ、その実現を目指して生きていこうとするわけだけれども、そう易々と問屋は卸さない。大多数の人は夢に届かず、あるいは夢敗れ、失意の日々、諦めの日々を堪えて生き終える。George Gissing（1857-1903）という作家の生涯を考えるとき、人の生の惨さを思わずにはいられない。

ジョージ・ギッシング

　薬剤師の長男として知的環境に生まれ、父の死後貧しいながらも、真面目で誠実、頭脳明晰な少年には奨学金が与えられた。普通常識的に考えれば、このタイプの人間には、例えば教員とか、公務員といった地味で平凡、平穏実直な市井の人生が待っているような気がする。しかし、天が人に次々に仕掛けてくる罠は想像を絶する。そして Gissing ほど物の見事にその罠に一つ残らずはまった人間もいまい。これを Henry

Ryecroftの言葉を借りてGissingは自ら顧みている。

> Within my nature there seemed to be no faculty of rational self-guidance. Boy and man, I blundered into every ditch and bog which lay within sight of my way. Never did silly mortal reap such harvest of experience; never had anyone so many bruises to show for it. Thwack, thwack. No sooner had I recovered from one sound drubbing than I put myself in the way of another....And idiot I see myself, whenever I glance back over the long devious road.[1]

私の性質の内には、合理的に自らを導くという能力がなかったようである。子供のときも大人のときも、人生途上に横たわるあらゆる溝やどろ沼に陥ち込んだ。愚かな人間で私ほどの経験の報いを受けたものはほかにはなかろう。その証拠の傷痕を、私ほど多くもっているものもなかろう。痛手につぐ痛手！一つの痛撃からやっとの思いで立ち直るやいなや、つぎの痛撃に身をさらすようなことをしでかすのであった。…長い、曲折に富んだ経路をふり返るとき、いつも私は私自身を馬鹿だと思うのだ。

生まれはヨーク州ウェイクフィールド、13歳で父が亡くなり、そのときから生涯にわたって家族の面倒を見るという責任ある立場に立たされ、また自身もその責任感を持ち、15歳で奨学金を得てマンチェスターのオーウェンズ・カレッジに入学したまでは、ままならぬ不幸の中でも、順風満帆の旅立ちだったろう。ギリシャ・ローマの古典文学を心から愛する優秀な学生であったが、大学内の度重なる盗難事件で盗みの張本人が、何とGissingだったことから当然大学を追われた。生活環境の違いから、ここでの生活は友達も殆んどない孤独なもので、学外でMarianne Helen Harrison（通称Nell）という1歳年上の売春婦と知り合い、愛し、Nellを社会の犠牲者と考え、アル中でもあるNellの荒んだ苦し

第 5 章 死に至る旅—Gissing と地中海

みの生活を改めさせる手助けをしてやろうとし、資金繰りに困って盗んだものだった。これが Gissing に仕掛けられた第一の罠だった。

短期間の投獄ののち、優秀な学生 Gissing にたいする周囲の援助でアメリカに逃れ、様々な職業、小説修業の後、ロンドンに舞い戻って安下宿に住処を置き、ここで売れない小説家としての貧乏生活が始まった。1879 年 Nell と正式に結婚したのは、Nell を愛し、更生させてやりたかったからといわれているが、この結婚は Gissing にとっては人生を翻弄されることになる大きな災いであり、したがって Gissing に仕掛けられた第二の罠であった。じきに妻は病気がちになり、治療費に四苦八苦し、その一方で、アル中を抜けられず酒代のために売春を止めない、また教養のない無学な Nell との生活は、金がないためにじっと堪え忍ぶしかなかった苦しみの毎日であった。文筆業では、21 歳で *Workers in the Dawn* を完成させ、1884 年には *The Unclassed* を出版、1885 年は *Isabel Clarendon* を仕上げ、1886 年 *Demos* 出版、1887 年 *Thyrza* を完成させ、1888 年に *The Nether World* に取りかかり、*A Life's Morning* を刊行と、売れ行きは捗々しくなくとも、つねに勤勉に小説を書きため発表していき、たとえ家庭的には不幸であっても、創作力が衰えることはなかった。1888 年 2 月、かねてから別居していた Nell の死を知らされるが、この年の秋晴れて憧れのイタリア旅行に出掛けて行く。

1890 年 Gissing は第三の罠を仕掛けられ、それにまんまとはまっていった。最初の妻にあれほど辛くひどい目に遭わされたのに、懲りもせず、盲目的に衝動的で愚かな再婚に走っていく。孤独地獄とか、生理的な欲求による理由とか、創作力の涸渇のせいだと推測されている。また自分のように実入りの少ない人間であってみれば、身分のある女性ではとても妻になってはもらえなかろうと考え、身分の低い娘、靴屋の娘の Edith Underwood を選んだと自ら語ってもいる。[2] この女性は何の魅力もなく、気まぐれで野卑、知的なところなど微塵もなく、Gissing は愛していなかったという。もちろんこの結婚がうまくゆくはずもなく、2 年

と経たないうちに生活は破綻し、この結婚で2人の子供をもうけるものの、今でいう家庭内離婚状態で、食事は外で取り、他の作家たちとの交わりを楽しみとし（H. G. Wells と知り合ったのもちょうどこの頃）、家には寄りつかない。とうとう1897年に Edith との別居を決めるが、法的離婚はできず仕舞いで、精神に異常をきたした妻、そして家族にも毎週毎週仕送りし続けなければならなかったし、そんな中で自分自身も病魔に蝕まれていくこととなった。（ちなみに、2人の妻の無知無学と感情的な子供っぽさに、身に沁みて不幸を実感したのか、Gissing は賢く知的な女性を理想とし、*The Odd Women*（1893）や *The Whirlpool*（1897）等の作品で男性に隷属することなく、社会においても男性と対等の地位を確立していこうとする、自立心のある聡明な女性像を描き、これが20世紀のフェミニストの絶大な支持を得ることになり、Gissing 再評価へとつながった。）この間も筆を休めることなく、Gissing は *New Grub Street*（1891）、*Born in Exile*（1892）、*The Odd Women* と、充実した作品を次々生み出し、徐々に作家としての地位を確立していった。

　1898年のこと、*New Grub Street* のフランス語翻訳の許可を求めてやって来たフランス人女性 Gabrielle Fleury と知り合い、Gissing は初めて本当の意味での愛というものを実感し、1899年フランスで2人はひそかに結婚式を挙げ、そのままフランスで暮らすこととなった。本国では離婚ができなかったから、重婚ということになる。精神的には比較的安定していただろうが（妻の母親の問題や、フランス風の重い食事など悩みは尽きない）、おまけにかまどがまた一つ増えただけだから、経済的にはなんら安らげるものではなかった。しかもこの結婚のことは Gissing の親族にはついぞ知らされることはなく、死後に始めて明らかにされた。1903年に Gissing が亡くなっていることを考えれば、生涯にわたって苦労苦難の連続であり、経済的には死ぬまで、そして精神的にも死を迎える前のつかの間の時期を除いては心安らぐことはなかったであろう。しかもその間にも有無を言わさず病の手が容赦なくじわ

第 5 章　死に至る旅—Gissing と地中海　　133

じわと Gissing に迫り来ていた。この間に書かれたものの中に、1901 年発表の *By the Ionian Sea*、1903 年の死の少し前に出版され、好評を博した *The Private Papers of Henry Ryecroft* がある。Gissing は少年時代からギリシャ・ローマの古典文学に憧れ、貧乏で売れない小説家の、日々あくせくし、恵まれぬ生活の中で、その古典の故郷をいつの日か訪れることが長年の夢であった。こういう貧苦の生活からやっと果たしえた悲願の地、憧憬の地に足を踏み降ろすことができた Gissing にとっての地中海とはどのようなものであったのかを考えてみたい。

I

　Gissing は三度にわたって地中海を旅している。一度目は 1888 年秋から 1889 年早春にかけてイタリアを旅行しており、直接の成果として小説 *The Emancipated* を 1890 年に生み出している。二度目の旅は 1889 年〜 1890 年にかけてのやはり秋から冬の時期で、今度はギリシャをメインにし、帰路にイタリアに立ち寄っている。この旅からは、*New Grub Street* に描かれる場面や、*Sleeping Fires*（1895）の舞台をアテネに置くなどの影響が窺える。三度目の 1897 年〜 1898 年の秋から春にかけてのイタリア旅行は、未完の歴史小説 *Veranilda* の取材や Dickens の評論の執筆を兼ねたもので、紀行文学 *By the Ionian Sea* や随筆小説 *Henry Ryecroft* の中にその旅の経験や思い出を読み取れるのではないだろうか。

　1888 年 2 月に最初の妻 Nell を亡くし、内心ほっとした Gissing は 9 月 26 日、部屋の割り勘等の節約を当てこんで Plitt という知り合いの二流の画家のドイツ人を伴って（が、この男も、妻と同様に、連れにはふさわしくないことが分かる）、パリに出掛けていった。「Plitt は『冬を生活費がパリの半分で済むナポリで過ごすかも知れない』と手紙でいってよこしたが、あんな不健康なところ、自分は丈夫ではないから無理だ」

と9月13日付の手紙でGissingは書いているものの、[3] 9月24日の出発間際の手紙になると[4] "there is every chance of Plitt & me going on, at the end of November to Naples, by way of Marseilles....until end of April, when I should return home via Rome & Florence" とPlittに説得されてしまったものか、どうも目算がありそうだ。パリで偉大な文化遺産を見聞しているうち、やがてGissingは出発前に書き上げた*The Nether World*に対してSmith & Elder社が£150で原稿を買い取るとの手紙を受けとるにいたり、イタリアに足を伸ばすことが現実のものとなった。

Thomas Cookがイタリア・ツアーを開始したのは1863年のことで、大陸にまでツアーを拡大したきっかけは1855年のパリ万博で、イタリア・ツアーでは中産階級以上の富裕層が主な客層であったが、その当時はイギリスからイタリアへの旅は過酷な辛いもので、余暇とか骨休めといった現代の人間が旅に対して抱くイメジとは程遠かった。例えばモン・スニー峠は英国人にとって難問であり、George EliotとG.H.Lewesは1860年に橇で一晩かかり、日の出に向かって滑り降りるイタリアの夜明けはドラマチックだったというし、[5] なるほど1871年にアルプスを越える全長13kmの鉄道トンネルが海抜2085mの高さに開通するまでは、苦行といってよかったであろう。また1860年代には北イタリアとローマを結ぶ鉄道がなかったから、ここも馬車か海路に頼るしかなかった。1870年代、長い闘争の果てのイタリアの統一により、国に平和と安定が訪れ、観光客でどっと溢れかえる。ルネサンスの宝庫の北・中イタリアは言うまでもなく、南イタリアだけをとっても、Sir William Gellが*Pompeiana*（1832）を発表して、1819年以降のポンペイの発掘を詳しく説明しているし、Bulwer-Lyttonも*The Last Days of Pompeii*（1834）を出版、その他エトルリアに関する本も数々出たし、BaedekerとMurrayのガイド・ブックもイタリアを北・中・南と三つの地方に分けて、イタリアの魅力を余すところなく紹介するといった具合で（ちなみにGissingもBaedekerのガイド・ブックで宿捜しをしている）、さらにヴェスヴィ

第5章　死に至る旅—Gissing と地中海

クックが買い入れたヴェスヴィオ山ケーブルカー

オ火山が 1822 年に噴火してからというもの、まさにナポリは観光のメッカになった。Gissing も H. G. Wells に宛てて "Vesuvius a fine sight after dark; about a mile of lava glows red from a small crater at the foot of the cone. How I am glorying in Naples"[6] と書いている。Gissing のようにギリシャ・ローマの古典文学に憧れを持つ詩人、文人、イタリアの風景をめでる画家ばかりでなく、金にゆとりのある英国人の間でイタリア熱は高まりを見せ、"They[the English] carry England with them wherever they go. In Rome there is an English church, an English reading room, an English druggist, an English grocer, and an English tailor"[7] と 1840 年代後半にアメリカ人旅行者が述べているほどだった。

　Gissing はこの旅で貧乏に興味を失ったと、Korg は言う。[8] 海峡を渡って Gissing は数々の文化に触れるうち、内面に不思議な変化が見え始めるのだった。10 月 26 日パリを発ち、マルセーユから海路をとって 30 日にナポリに入った。ナポリ上陸の感激を綴った手紙は山ほどあり、いったいどれを採っていいのか分からないほどだから、諦めて断片をつなげてみる。"my first glimpse of the Mediterranean," "Fancy seeing

Pompeii!,″ "At Naples died Virgil," "These are the mountains that the Greek colonists saw," "My first Mediterranean sunset!," *Vesuvius at last.*" Baedeker の推薦するドイツ女性の経営する宿に入るが、そこはカプリ島の端を見下ろせる、値段は少し高めだが、衛生的で広くて心地よい部屋だった。シロッコが吹くとき以外は、11月なのに夏のように明るく晴れわたっていた。そこで、いつもの勤勉な Gissing の生活が始まる。1日3時間イタリア語を学び、歴史や、ギリシャ・ラテン語の作品を読み、ゲーテの『イタリア紀行』をお手本とし、もっともっと1日の時間があれば、と願い、カプリやイスキアを自分が今見ているように、かつてウェルギリウスやホラティウス、キケロもまた見ていたのだと、感慨にふける。ここでは、勉強をしたくてもできなくなった青年時代を、もう一度取り戻そうとでもしているかのような姿勢が見受けられる。Gissing はウェルギリウスとホラティウスが住んだナポリに足を踏み入れられたことが嬉しくてたまらないし、まめにあちこちと精力的に見て回るのだった。ポンペイに行った日は日曜日で、入場料は無料、観光客は殆んどいなかったが、耳に入ってくるのは英語ばかりとやはり英国人観光客の多さに気がついている。カプリの青の洞窟にも行っており、その時の描写は百年後の日本人観光客の体験と大差ない。しかし、Gissing が見て歩くところはしょせん観光地銀座とは一線を画し、ギリシャ・ローマの古典文学の素養のない人間にはまさに "Greek to me" で、どの神殿や、野外劇場を見てもせいぜい色や大きさが違う位しか区別のつかない無教養な人間にはおよびもつかないものだ。

　11月の末にはローマに向かい、12月をそこで過ごし、1月にはフィレンツェに移動し、2月をヴェネツィアに充てるという計画をあらかじめ Gissing は立てていた。ローマは古代遺跡がいくつもあり、システィーナ礼拝堂では何時間も時間を取って過ごすというように、心惹かれるものが多かったから、クリスマスと新年をローマで過ごすことにしたが、ルネサンスの花の街フィレンツェには、冷たい感じを覚えたり、

第5章 死に至る旅—Gissingと地中海

また病気が出たりと、さっぱり関心を示さなかった。ルネサンスはヘレニズム文化のほんの影であって、ローマのもっとも貧弱な遺跡のほうがフィレンツェよりもまだ印象深いと語っている。ここが、RuskinやPater、Browningらと違う点だ。ヴェネツィアにおいても、反応は似たり寄ったりで、ルネサンス的雰囲気よりも、南欧のギリシャ神殿に思いを寄せることのほうが多かった。これまでGissingはほんの1日たりと、想像力の上でにしろ、現実に机の前に向かうという意味にしろ、小説を書かなかった日はなかったと言い切ったとしても決して過言ではないであろう。ところが、この大陸旅行はGissingにとって文字通り著作からの解放でもあった。

II

旅をしてからGissingは憂鬱なスラム街世界が書けなくなった。貧乏ひとつ取ってみても、南イタリアの生き生きとして陽気に人生を謳歌している貧民にむしろ心が向いた。それに何よりも旅は人に、その土地の芸術・文化・歴史を通じて、また余暇、休息、憩いの一時を持たせてくれることによっても、人間らしさを取り戻させてくれることに気がつき、これは、人の何倍も現実生活において辛苦をなめているGissingには、とりわけ計り知れない恩恵であることが実証された。*The Emancipated* でGissingは貧乏を忘れた小説が書けた。舞台をナポリに取り、主人公の1人Cecilyは、今度のイタリア旅行で立ち寄ったボローニャの美術館で目にしたRaphaelの（現在は同工房作とされている）*St.Cecilia* から着想を得た。この小説の筆を進めるうち、"England is a failure with me....I cannot get on with English society, the thing is proved"[9] と弟に宛てた手紙で書いており、イギリスに疎外感を抱き始めてすらいるように思われる。

The Emancipated のあらすじはこうだ。24 歳の Miriam Baske は偏狭なピューリタン、宗教に凝り固まった未亡人で、今病気療養のためナポリに滞在している。本国イギリスでは中年の義姉と暮らし、教会建設に私財を投げ打とうとしている。寄宿しているのは、典型的中産階級の、マンチェスターの船会社をたたんで、冬専用にナポリに別荘を持つ Spence 夫妻のところだが、30 歳くらいの Spence 夫人は優美で洗練された知的女性だ。Miriam は最初はナポリにいても、心は依然としてピューリタンのイギリスを引きずったままで、ナポリを拒否していたが、ここで画家の Mallard に出合い、また偏見のない自由な Miss Cecily Doran に感化されていくうち、それに何より南イタリアのからっと明るく陽気で伸び伸びとした風土に触れるにつれ、固く閉ざした心もほぐれていく。一方、Cecily は若く魅力的で、後見人の Mallard や婚約者のいる Marsh を虜にしていくが、結局 Miriam の兄、定職を持たず怠惰なろくでもない Reuben を選び、不幸な人生に突き進んでいくことになる。

　Miriam は 18 歳のとき、50 歳の炭坑所有者と結婚するが、数か月後に夫が亡くなる。これを "His death was like the removal of a foul burden that polluted her and gradually dragged her down"[10] と感じており、冷酷なものだ。そして主婦の鑑のようにふるまってはきたものの、その実 "one day she said to herself passionately that never would she wed again—never, never! She was experiencing for the first time in her life a form of liberty" と結婚生活を嫌悪していたことが分かる。教会建設にしても、女友だちが訪問してきた際、その友の夫のほうが自分の夫よりも金持ちであったことからプライドが傷つき、張り合おうとばかりに、この計画を思いついたのだった。ナポリに来ても、一つも観光地巡りはせず、安息日の日曜日に楽しく遊んだりする姿やピアノを弾く音には目と耳を塞いだままだった。ここに Mallard と Cecily が登場してくる。この作品では Mallard の職業が風景画家のためか、絵画が効果的に使われているように思われる。ナポリの Miriam の部屋には Raphael の *St. Cecilia*（1515）

第5章　死に至る旅—Gissing と地中海

St Cecilia 　ラファエロ

の大きな複製画が掛っている。(聖女カエキリアはローマのキリスト教殉教者で、音楽の守護聖人。異教徒の夫とその弟をキリスト教に改宗させたが、その後迫害され、夫と弟の死の後、自らも殉教するが、その際数度にわたって首に剣を立てられても3日間死ななかったというところから、聖人にあげられた。婚礼のとき天にむけて心で歌った［＝祈った］という伝説の、「心で」の部分がいつの間にか滑り落ちて、音楽の守護聖人になったという。Raphael の絵では、聖カエキリアを囲んで聖パウロ、聖ヨハネ、聖アウグスティヌスとマグダラのマリアが取

り巻く構図だが、カエキリアは、足許に壊れたこの世の楽器が四散しているのには無頓着で、天を仰ぎ、天上の音楽にうっとり惹かれている。）これは、Miriam の部屋には Cecily がやって来る前から、Cecily の精神が忍び込んでいることを象徴していよう。事実、Miriam の部屋に初めてやって来た Cecily はこの複製の前に立って、"So my patron saint is always before you. I am glad of that." (p.25) と言っている。Cecily とまだ再会する前の Reuben も、"Before the 'St.Cecilia' he stood in thoughtful observation" (p.69) と、この複製画の前に佇んでおり、Cecily に引き寄せられる運命であることを暗示している。Cecily の後見人の Mallard もやはり、Miriam の部屋にこの絵を発見して、"An odd thing that this should be in your room" (p.208) と驚きを表している。Cecily と Miriam は性格が対照的で、当初 Mallard は、まず義務感が先行する Miriam とは、芸術、宗教で意見が合わず、むしろ Cecily に St.Cecilia を重ね合わせでもしているかのように、Cecily のことを、"To a great extent Cecily did, in fact, inhabit an ideal world. She was ready to accept the noble as the nature" (p.88) と褒め称えている。

　Cecily と Reuben はポンペイで出合う。第9章のタイトルを "In the Dead City" として、死を十分意図しているし、その死に絶えた街の中でも、2人が出合うのは "Street of Tombs" と念が入って、2人の未来、2人のあいだの子供の行く末を暗示している。けれども、一時の燃え上がった恋に溺れた Cecily は死の街を蘇らせたと幻想を抱き、駆け落ちをしてしまう。Cecily は天上の音楽にうっとりして、足許の現実が見えなかった。一方ピューリタンの精神をイタリアに骨抜きにされていく Miriam は、とうとう安息日の日曜日にカプリに行くに及んでは、St.Cecilia に顔向けがならなくなる。さすがに、青の洞窟は人が入って出てくるところを眺めるだけで、自ら入っていくことはなかったものの、Cecily にすっかり感化され、イタリアの持つ開放感に浸り切った Miriam はこれまで培われてきた教育のピューリタンの馬鹿ばかしさに

目醒めていく。強烈なイタリア体験は、1 人の女性には偏狭なピューリタニズムの魔法を解かすとともに、もう 1 人の女性には向こう見ずな行き過ぎの情熱の魔法をかけてしまった。

　第二部では、ロンドンに戻った Cecily は現実の幻滅感を味わう。あたかも、Raphael の絵には続きがあって、St.Cecilia がはじめて足許に四散し、壊れた楽器に目を向け、この世の現実に気がつきでもしたかのように。恋の炎に燃えて愛したはずの夫は怠け者で、家に寄りつかず、果ては痴話喧嘩でスキャンダルを起こし、子供は病気でついには亡くなってしまう。そこで 2 人でパリで再出発を誓うが、しょせん Reuben はまっとうな人間には戻れず、妻に対するコンプレックスと僻み・嫉妬に縛られ、刃傷沙汰であっけなく命を落とす。一方 Miriam は訪れたローマのヴァティカンで Mallard に会い、そこに足繁くやって来るのは、"From genuine love of it, or sense of duty"（p.318）と訊かれ、「Michael Angelo の絵画が好きと言うのとは違うけれども、どうにも見て勉強したくてたまらない気持ちにさせられる」と答えている。Miriam が「『最後の審判』の下の部分の顔は "dreadful" です」と述べているのに対して、Mallard は「偉大な芸術作品は "painful" で、時として "unendurable" なものですよ」とかなり意識的に Miriam に人間に備わっている情感というものの存在に気づかせようとしているかのようだ。さらに芸術の手ほどきを続け、ダンテとミルトンを引き合いに出して、宗教や道徳よりも、現実的人間の感情表現である芸術の方がすばらしいものであることを説く。

> "...how does one reconcile the artist's management of his poem with the Christian's stern faith? In any case, he[Dante] was more poet than Christian when he wrote. Milton makes no such claims; he merely prays for the enlightenment of his imagination." (p.319)

「芸術家の詩の扱い方とキリスト教の厳格な信仰との間で人はどう折り合いをつけるんでしょうね。いずれにせよ、ダンテは執筆しているとき、キリスト教徒である前に詩人でした。ミルトンはそのような主張は全然しませんでした。想像力の啓発を願うためだけに祈りを捧げたのですから。」

　他にも絵画は小道具として使われており、例えば Reuben の妻となった Cecily がローマにやって来た際、Mallard が自分の描いた絵を Cecily に見せているところを見かけた Miriam は、Cecily に嫉妬し、Mallard によそよそしい態度しか取れなくなる。そして Mallard が自分の描いた絵をイタリアの思い出にと Miriam にプレゼントしようとしても、内心嬉しさを隠し切れないのに、素直に喜べない。もう一つはロンドンの Mallard の家で二つの Miriam の肖像画を見せられる場面だ。2人は結婚することになるが、Mallard はこの2枚の肖像画を使って Miriam のうちなる変化を説明してみせる。

> The one represented a face fixed in excessive austerity, with a touch of pride that was by no means amiable, with resentful eyes, and lips on the point of becoming cruel. In the other, though undeniably the features were the same, all these harsh characteristics had yielded to a change of spirit; austerity had given place to grave thoughtfulness, the eyes had a noble light, on the lips was sweet womanly strength.
> ...But the first I can't say that I like....an ignorant woman, moreover; one subjected to superstitions, and aiming at unworthy predominance. The second is.... An educated woman, this; one who has learnt a good deal about herself and the world. She is 'emancipated' in the true sense of the hackneyed word; that is to say, she is not only freed from those bonds that numb the faculties of mind and heart, but is able to control the native passions that would make a slave of her. Now, this face I love. (pp. 437-38)

第5章　死に至る旅—Gissing と地中海

1枚目の絵のほうは、ちっとも感じのよくない誇り高さがわずかに窺われるし、怒りを表す目だし、それに今にも冷酷になりそうな唇をして、極端なまでの厳格さを留めた顔ですよね。もう一方の絵では、明らかに目鼻立ちは同じだけれども、こういうきつさを表す特徴がすべて、心根を入れ換えて、消えてしまっていますね。厳格さは真摯な思慮深さに道を譲り、目には高貴な輝きがあるし、唇には女性らしい優しい強さが見受けられますよ。…しかし、最初のほうの絵は好きだとはいえませんね。…しかも無知な女な上、迷信に左右され、恥ずべき優越などを目指しているんですから。2枚目の絵の方は…教養ある女性だな。自分自身と世の中のことを随分と学んでいる。言い古されたこの言葉の真の意味で、こっちの女性は『解放されている』と言えるでしょう。つまり、知と情の機能を無感覚にさせてしまうこういう束縛から自由であるばかりか、憂き身をやつしかねない生来の情欲をも抑えることができるからなんです。さて、ぼくにはこっちの絵がいとおしいですねえ。

ここで Gissing はご丁寧にこの小説のテーマとメッセージを解答してくれているから、つけ加える言葉はなにもいらないであろう。Miriam も Cecily も最初の結婚に幸せを見い出せなかった。1人にはイタリアは現実認識の目醒めの場として機能し、もう1人にはイタリアは感情をコントロールできなくさせてしまう情熱の場として機能してしまった。"First love is fool's paradise"（p.456）の言葉が示すように、人は痛い目に遭って初めて真実を知るが、その後の『デカメロン』からの引用が物語るように、やり直しがきくのもまた人だ。ただこの小説は忘れ難い人達、例えば Madeline や Musselwhite を抜きに到底語れるものではないが、ここでは地中海だけに絞らせて頂いた。

III

　子供の頃から憧れの地だったギリシャとイタリアへの切迫した訪問の理由は、Gissing にとっていったい何だったのか。かりに子供の頃からギリシャ・ローマの古典文学が大好きだったとしても、人生につまずくことなくすんなり大学を卒業し、しかるべき職業に就いていたら、これほどまで思いが募っただろうかと、ふと考える。生まれ育った出身の階級が上であるから、単純な比較は乱暴だけれども、概して、パブリック・スクールでギリシャ・ラテン語を詰め込まれた作家たちは、古典語にうんざりしたという感想を残しており、例えば Thackeray は "I was made so miserable in youth by a classical education, that all connected with it is disagreeable in my eyes",[11] と見るのも聞くのも厭だといった体だし、Robert Graves もプレパラトリー・スクールで「ラテン語の勉強が始まったけれど、『ラテン語』とはどういうものかを誰も教えてくれない。語形変化や動詞の活用は呪文みたいなものだった」[12]と回想し、またパブリック・スクールでチャーター・ハウスを選んだのは、唯一奨学生の選抜試験にギリシャ語の文法の試験がなかったからだとも書いている。John Keble がオックスフォード大学詩学教授だったとき（1832-41）、伝統で講義はラテン語で行われ、これは Matthew Arnold がこのポストについた 1857 年まで続いたという。[13]　こうしてみると、Gissing の場合は、当然自分にその資格がありながら、みすみす教養人としての生き方を逸してしまった未練と後悔のようなものであろうか。子供時代からの夢が叶えられない Gissing にはギリシャは大好きな古典文学の故郷であり、何としてでも足を踏み入れてみたいところとなった。

　ギリシャ旅行といえば、まず Byron の名前が挙げられようが、その Byron も詩の中で非難している、大英博物館の古典部門の「エルギン・コレクション」でお馴染み、Elgin marbles の Elgin のほうが、[14]　英国人

第 5 章　死に至る旅—Gissing と地中海　　　　　　　　　　145

のギリシャ熱を高めたのではないだろうか。イギリスでのギリシャ建築や彫刻の評価に大変革をもたらしたかった Thomas Bruce, 7th Earl of Elgin は、オスマン帝国の大使に任命されてコンスタンティノープルへ赴き、トルコに対してイギリスは友好的であることを約束した上で、オスマン・トルコから勅許状を手に入れ、アテネの古代遺跡の発掘に着手する。勅許状という印籠の許で賄賂、恐喝なんでもありの狼藉ぶりで、アクロポリスの神殿にある彫刻は根こそぎ頂戴し、エレクティオンも手に入れたが、余りに大きすぎて、船積みを諦めたという。要は、Elgin のギリシャで行ったことは強奪以外の何物でもなかったが、英国大衆に、より優れたギリシャ芸術をもたらし、さらに地元で貴重な遺跡が破壊されたり、四散してしまったりするのを食い止めるのだ、というのがその大義名分だった。たしかに地中海を旅していれば、文化財保護の予算不足から重要で貴重な遺跡、彫刻などが無造作にほったらかされ、あるいは荒れ果て、朽ち果てている光景に遭遇することがよくあるから、一面では事実でもあろう。しかし、Elgin の時代以降に増大を見せる旅人たちは、コレクターや観光客、水夫、芸術家に至るまで、大事な文化財を剥し、盗み取っていくのが横行したから、やはり Elgin は断罪に値する。これぞ天罰か、Elgin はコンスタンティノープルで、病気で鼻を失い、別の男に走って妻も失い、手に入れたパルテノンの彫刻もフェイディアスのものではなく（B.C.5）、もっと後のハドリアヌス時代のものと鑑定され（A.D.2）、私財から調達して Elgin が集めるのに使った総金額の半分以下の £35000 で競りにかけられ、しかもこの目減りの金もすべて Elgin の借金取りにもっていかれて、金も失ったのだった。他にもギリシャはイギリス・ロマン派の詩人たちにインスピレーションを与え、John Stuart Mill や Gladstone も歴史に興味を抱いて出掛けて行った口だ。

　Gissing は 1889 年 11 月 11 日に二度目の地中海の旅に出たが、今度は初めてギリシャに足を踏み入れることになった。やはりマルセーユから

海路を使って、イタリア海岸沿いを南下してギリシャに向かい、帰りにイタリアに寄り道し（病に倒れ、滞在を延長せざるをえなかったが）、地中海を船旅して、ジブラルタル海峡、ビスケー湾を経て帰国というルートを採っている。この旅の後に出た小説で、地中海を題材に扱っているのは1895年の *Sleeping Fires* だが、*New Grub Street* の中でも主人公 Reardon のギリシャ旅行の追憶が描写されている。

　この小説は文筆業を生業とする人々の苦難に満ちた生活を、自伝的要素を込めつつ、出版業界、文学世界、そして購買する読者との兼ね合いを背景にして写実的に描いた Gissing の代表作だ。Reardon は芸術のための芸術の信奉者だが、生活のために、売れる小説に迎合して逆に失敗し、筆を折って安サラリーマンの道を選んだ。その半年間の地中海旅行の思い出は Gissing 自身の体験のようで、イギリスを発つ前と帰ってきてからではまるで別人になり、地中海では美の極致を体験したと語る。

> The best moments of life are those when we contemplate beauty in the purely artistic spirit—objectively. I have had such moments in Greece and Italy; times when I was a free spirit, utterly remote from the temptations and harassings of sexual emotion. What we can love is mere turmoil. Who wouldn't release himself from it for ever, if the possibility offered?[15]

> 人生における最もすばらしい瞬間は、われわれが純粋に芸術的な魂で——客観的に——美しいものを観照しているその瞬間なのだ。ぼくはギリシャとイタリアでそういう瞬間を経験してきた。その頃はぼくは全く自由な人間であり、性的な欲情などには全然誘惑されることもなかったし、また悩まされることもなかったのだ。われわれが愛などと呼んでいるものは、激情のあらしにすぎないものだ。もしそれが可能ということになったら、永久にそんなものから解放されることを願わない者があるだろうか？

第 5 章 死に至る旅—Gissing と地中海

そしてアテネの日没のことを懐かしく思い出して、長々とそのときのことを語っているし、死の床でも、Reardon はギリシャの夢を見ているのだった。

　果たせぬ夢、失った人生への未練と後悔、ひょっとしたら、これが *Sleeping Fires* を書かせた動機かもしれない。失った時間や愛、本来手に入れることができたはずの静穏な人生が取り戻せるのではないかと。この小説では、主人公 Langley はアテネにおり、学問と旅の慎ましやかで穏やかな人生を送る 42 歳の男性だが、若い頃 "passion" に翻弄され、人生を台無しにしてしまった苦い過去を持つ。そして平穏な今の生活に満足しているが、Louis という若者が不意に現れ、啓蒙思想に熱心で、その関係から知り合った年上の女性との恋愛のことで相談を持ちかけてくる。この恋愛に反対している Louis の後見人 Lady Agnes Revill はかつて Langley がプロポーズして断られた女性だった。断られた理由は、Langley が過去に付き合った女性のことを父親のほうに包み隠さず告白したところ、受け入れられず、またそのことを父親から聞かされた Agnes も、中年のやもめの国会議員とさっさと結婚してしまったのだった。Louis はかつて Langley が関係した女性との間に生まれた子供であり、父と子はアテネでそれと知らずに意気投合していた。イギリスでかつての恋人同士は再会し、Louis が自分の息子であると知らされた矢先、あっけなくアテネで Louis が病死したとの電報を受け取る。そして、今は未亡人となっている Lady Revill も Langley も共に、別々に暮らしてきた日々の無益さを知る。長篇というより、中篇小説で、「登場人物たちはみな貧乏とは無縁、Langley はケンブリッジ大卒、Lady Revill は准男爵の議員夫人であり、最後に爵位のない Langley を選んで、真の "noblesse oblige" になった」[16] と、大の Gissing ファンには、貧乏を描かない Gissing は魂を売り渡したように感じるらしい。けれども、マゾヒスティックなまでに貧乏を描いた *New Grub Street* はちょうど Edith と

の再婚を間近にした時期に当たっており、むしろ Gissing には筆が進んでいたのに対して、この *Sleeping Fires* 執筆の時期になると二度目の妻 Edith との仲はこじれる一方で、ほぼ1年後には別居に踏みきっていることを考えれば、この中篇小説に、ない物ねだりの願望、またしても果たせぬ夢が込められている、と見てもいいのではないのだろうか。

　タイトルの「眠っている火」は、別々の人生を送ってきた2人の男女の中でずっとくすぶっていた情熱の火であろう。アテネで友人 Worboys に出合い、何気なく Louis や Lady Revill のことを伝えられる。そしてさり気なく "Life is so short; friends ought not to lose sight of each other"[17] という言葉を聞かされる。また、まだそれと知らない親子のことを暗示しているかのように、ホテルの戸口で見つけた Louis に声をかけ、何気なく "Ha! here comes our young friend!"[18] とも言っている。どれも深読みしなければ、どうということなく受け流していく言葉だろう。しかし、2人の男女ばかりでなく、父と子も別々に暮らしてきて、永遠に逢えない運命がまたじきに待ち構えていることを考えると、失われた貴重な時間が悔やまれる。たたみ掛けるように、つかの間の親子の対話でも、ギリシャに工場が建ち始め、イギリスのように醜くなると、父 Langley が嘆くのに対して、息子の Louis は "Well, they have their lives to live. They can't feed on the past."[19] と過去の栄光よりも現実の生活に目を向けている。はっと気がついたように Langley も "but it's infinitely better to make the most of one's own little time. I get a black fit now and then when I remember how much of mine has been wasted" と、自分の無駄にした人生に思いを馳せている。けれども、一方で、"I like the old Greeks." と言い、そして "The world never had such need of the Greeks as in our time. Vigour, sanity, and joy—that's their gospel." とその輝ける文化を称えるとともに、"Why, as the ideal.... And lots of us, who might make it a reality, mourn through life." と我が身を振り返っている。しかし、息子とのつかの間の出遭いと別れを通して、Langley は過去のギリシャを心の拠り所

第5章 死に至る旅—Gissing と地中海

として生きる幸せでは我慢ができなくなっていき、Lady Revill と再会を果たしてからは、ますますその思いが強くなっていく。

> With no intention of remaining there, and with no settled purpose of going further; rest he could not, and the railway journey at all events consumed what else must have been hours of intolerable idleness. For the fire that so long had slept within him, hidden beneath the accumulating habits of purposeless, self-indulgent life, denied by smiling philosophy, thought of as a mere flash amid the arduous of youth—the fire of a life's passion, no longer to be disguised or resisted, burst into consuming flame.[20]

> 彼の地にそのままいつづける意図もなく、更に遠くへ行く決まった目的もなかったが、ゆっくりと休むことも出来なかった。しかし汽車の旅は、なにはともあれ、さもなければ我慢のならない退屈を覚えながら過ごしたはずの何時間かをまぎらわせてくれた。目的を失った放縦な日々の生活の中で積み重ねられた習慣の下に隠され、彼の朗らかな人生観によって否定され、若さゆえの情熱の一瞬の火花と考えられて、彼の心の中に長く埋もれていた火——もはや偽ることも拒むことも出来ない生命の情熱の火が、なにものをも焼きつかさずにはおかない焔となってぱっと燃え上がったからであった。(p.73)

失った時間をなんとしても取り戻したい Langley は、今回は引き下がることなく、辛抱強く相手の本心に迫り、Agnes との2人の幸せの道を探り、確実に手に入れていく。そして最後に "As Louis said, this is mere fairy land; to us of the north, an escape for rest amid scenes we hardly believe to be real"、と地中海に現実ではなく幻想を見ていた自分自身に気がつき、これからは過去に生きることをやめて、新しい2人の現実の世界に生きることを決意する。"living in the past, he forgets the present altogether. I, whose life is now to begin, must shake off this sorcery of Athens, and remember it only as a delightful dream."[21] これは現実の Gissing とは正反対だ。失った時間と人生を取り戻せた主人公にはもはや逃避の場の地中海が不必要になっている。Gissing が心の拠り所のギリシャ・ローマを不必要としたことなどあるだろうか。

　人は生きていくうち、いくつも選択の岐路に立たされる。そして選択しなかったほうの道のことを、(その後の人生が不幸せだったり、満たされぬ思いを断ち切れなかったりした場合にはとりわけ)、常に未練と後悔を込めて心の中にこだわりつつ、選んだほうの道を突き進むしかない。Gissing は一生の殆んどを、選択のときに選んではならない方の道を選択して、好き好んで失敗と失意の回り道へと自分を追い込んだと言っても過言ではない。そうしてみると、この書はいわば反省の書であり、自分自身のままならぬ現実生活の、言葉は悪いが、うっぷんばらし的な側面があるのではないか。しかも、二度目の地中海旅行の、帰路のナポリで Gissing は肺の病気で倒れ、帰国を延期せざるをえなくなっている。相手が人間であれば、残された時間でやり直したり、取り戻したりも可能だろうが、敵は人の手には負えない病であり、残り限られた寿命との戦いがおまけについてまわる。憧れのギリシャ・ローマへの思いはますます切迫したものになったのではないだろうか。

IV

　1897 年 2 月には肺の充血が再発し、気候のいいイギリスの南部で療養していたが、9 月、妻の Edith と決定的な別居となり、そしてこの耐えられない状況から逃げたすため、同月の 22 日には病をおして再びイタリアへと、死と背中合わせの旅に出る。この旅では Dickens の評論 (*Charles Dickens: A Critical Study*) の執筆をまずシエナで済ませ、11 月 16 日にナポリから南イタリアのカラブリア地方ををぐるりとま

第5章 死に至る旅—Gissing と地中海　　　　　　　　　　151

わる旅をさらに続け、集大成とも言うべき歴史小説で、未完となった作 *Veranilda* の舞台とするベネディクトの創立した修道院の建つ Monte Cassino を経て、12月15日ローマに戻っている。その後ローマに長らく滞在し、友人ベルツのいるドイツに立ち寄って、翌4月に帰国している。この最後のイタリア旅行の直接の成果として、*By the Ionian Sea* があり、*Henry Ryecroft* にも旅の思い出が綴られている。この二つの作品が書かれた頃には、財政上とか妻の精神異常等の難問は抱えていたものの、帰国すると Gabrielle との出合いと結婚があり、精神的には比較的 Gissing にはつかの間ながら穏やかな幸せが味わえたであろう。

　With Gissing in Italy の Introduction によると、"Even in his other correspondencs we can see...an increasing sense that the end was near, that he was approaching the final stages of his life"[22] と、手紙の中からも Gissing の死期が近いことが窺えることだし、さらにまた、今や小説家として地位を確立しており、イタリアへの旅は単に思い付きではなくて、1898年に発表される *Charles Dickens* で批評家としても一流であることを立証することになろうし、今度は紀行文（それにはイタリアが必要）とか、(*Henry Ryecroft* の) 随筆といった分野で、小説とは別の角度から Gissing の才能の真価を発揮して見せ、さらには *Veranilda* で小説家として、また古典学者としての地位の、その集大成を飾る輝かしい作品を書きあげるのだという思いがあったからで、そこには人生の終わりの心積もりもきちんとしていたとも、この地中海の旅の動機に関する指摘がなされている。

　Gissing は幸せを求めて、死期を予感して、少年時代からの憧れの地であるイタリアに再び向かった。

　　Every man has his intellectual desire; mine is to escape life as I know it and dream myself into that old world which was the imaginative delight of my boyhood. The names of Greece and Italy draw me as no others; they make me younger again, and restore the keen impressions of that time when every new page of Greek or Latin was a new perception of things beautiful. The world of the Greeks and Romans is my land of romance....[23]

人間誰しも知的欲求を持っているが、私の場合は、現実の生活を逃れて、少年時代の楽しい夢だった古代の世界の中へとさまよい入ることだった。ギリシャやラテンの古名は、他とは違った魅力を持っていた。その名を思い出すと私はもう一度若くなり、ギリシャ語やラテン語の本のページを繰るごとに、新しい美を発見できた時代の旺盛な印象が戻ってくる。ギリシャ人やローマ人は私にとってロマンスの国だ。(p.12)

By the Ionian Sea は、古代遺跡の歴史案内ではない。むしろ描かれているのは、その地方その地方で触れ合った田舎の素朴な人達との交流だ。この作品よりも百年も前に書かれた紀行文ともつかぬ小説ともつかぬ小篇、Laurence Sterne の *A Sentimental Journey through France and Italy by Mr Yorick*（1768）はタイトルとは裏腹にイタリアに行く前に終わり、ついぞ描かれることはなかった。それも Sterne が病に亡くなったからでもあるが、妙にこの作品との類似点、つまり旅行記を越え、洗練された文学作品にまで高められているところに驚かされる。旅の大義名分は、名所旧跡や文化の探訪であろうし、それに Gissing は誰よりも古典に造詣が深く、その地方地方の文化に関心を寄せているけれども、やはりのどかな小春日和の田舎の雰囲気の中、その地元の人達との他愛もない会話に喜び、元気を回復している Gissing の姿の方がはるかに印象的だ。ディズニーのアニメーション映画で、魔法使いが魔法の杖を一振りすると、白黒のモノクロがカラーの総天然色にぱっと変わって、野原に花が咲き乱れ、小鳥が楽しそうにさえずりだすように、今は薄汚く衛生的でもない荒れ果てた田舎の街で、貧しい人々がその日暮らしをしていると

第5章 死に至る旅—Gissing と地中海

ころを、Gissing が通りかかって、古典文学で学んだ文豪たちの言葉を吹き込むと、その貧しい街も、かつての栄光の聖なる巡礼地にぱっと変えられていくかのようだ。

　旅人は常に観光してまわるつかの間の傍観者であり、通常は言葉が障害になって、その生活の中にはなかなか入っていけない。けれども、Gissing は外国語に通じているうえに、またコトローネで病気にかかって寝込んだため、ただのお金を落していく客から、自分たちと同じ恐怖を共有する、にわか生活者に変わり、まわりの思わぬ同情を受けて、心の交流を体験することになる。親切な医者を初めとして、"Ah, Signore! Ah, Cristo"[24] と部屋に入ってきて、ぶつぶつ口にしてる宿のおかみ、野蛮な女中も枕元で哀れみを大声で唱え、みんなでしょっちゅう Gissing を見舞いに部屋にやって来てガヤガヤしゃべっていくし、新聞配達の少年も新聞を持ってきてくれる。

　あるいは、辻音楽師の手回しオルガンに合わせて歌う声が聞こえてきたときにも、最初耳障りだと腹を立てたのに、自分の心の狭さと恩知らずを深く恥、思い直して心なごませていく。

> all the faults of the Italian people are whelmed in forgiveness as soon as their music sounds under the Italian sky. One remembers all they have suffered, all they have achieved in spite of wrong. Brute races flung themselves, one after another, upon this sweet and glorious land; conquest and slavery, from age to age, have been the people's lot. Tread where one will, the soil has been drenched with blood. An immemorable woe sounds even through the lilting notes of Italian gaiety....I asked pardon for all my foolish irritation, my impertinent fault-finding. Why had I come hither, if it was not that I loved land and people? And had I not richly known the recompense of my love?[25]

イタリアの空の下でイタリア人の音楽が鳴り響く途端に、この民族の欠点などすべて許す気持ちに襲われてしまう。イタリア人がどれほどの苦しみをなめ、

さんざん痛めつけられながらも、どれほどの成果を残したかを、思い出してみるとよい。この美しい栄光の土地の上に、野獣のような民族が次から次へと襲いかかり、幾世紀にもわたる征服と隷属とが、イタリア人に与えられた運命だった。どこの土地でもそこは血に浸されたことがあるのだ。イタリア人の陽気なメロディーの中から、記憶の及ばぬ昔からの悲しみが聞こえて来る。…自分の愚かな苛立ち、自分の傲慢なあら探しを詫びる気持ちになった。ここにやって来たのは、この土地と人びとを愛したからではなかったか。そして私の愛情は、これまで充分のお返しを受けてきたではないか。(p.107)

ここではすべてを許し、あるがままに受け入れようとする Gissing の寛大で安らかな心が窺える。そしてまたこの作品は迫り来る死期を予感した Gissing の白鳥の歌だ。

　最後の作品、*Henry Ryecroft* では主人公はすべてを達観し、もう世間に何も求めない。各章のタイトル、春、夏、秋、冬は自然の季節を表現していると同時に、人間の季節をも表していよう。夏の章で、過去を振り返って "There was a time of my life when I was consumed with a desire for foreign travel"[26] と外国旅行に憧れていた頃を思い出し、続けて "if I had not seen the landscapes for which my soul longed, I think I must have moped to death" と、それは死に置き換えられるほどの渇望であったと述懐しているが、今は死期が近づき、そういうエネルギーも失せたと語っている。この作品に再び取り上げられる地中海の描写でも、夜明けの素晴らしさを余すところなく伝えているが（夏の 11 章）、それも "These are the things I shall never see again; things, indeed, so perfect in memory that I should dread to blur them by a newer experience."[27] と旅はもうないと告げている。さらに秋の 23 章で突然気がつく。"I said to myself: My life is over. Surely I ought to have been aware of that simple fact."[28] かつて "I chanced to hear some one speak of Naples—and only death would have held

第 5 章　死に至る旅—Gissing と地中海

me back,"²⁹ と、ナポリ行きを引き止めるものがあるとすれば、それは死以外にはないと語っていたのだが、今や唯一引き止められる、その死の手が迫ってきたのだった。しかし Henry Ryecroft の心はあくまでも穏やかだ。

　フランスに暮らす Gissing は 1903 年 12 月のクリスマスを間近にした頃、肺炎がまだ完治しないうちに友人たちと旅に出て、翌日倒れ、重体になった。その昏睡した床で、"After a few minutes he opened his eyes suddenly, thrust out his hand and grasped mine [Mr Cooper's] firmly, murmuring 'Patience, patience'"³⁰ という状態になったり、また "At other times he sat up in bed, thinking himself in the Rome of his imaginings, raved disconnectedly of his visions, and spoke and chatted in Latin" だったりと、「忍耐」と「ギリシャ・ローマ」との間でうなされ、ついに 28 日に亡くなっている。　自然を相手に人間が、その残酷で荒々しい自然の猛威のなぶり物にされ、不幸のどん底に陥れられる、というのならまだ諦めもつくだろうが、Gissing をはじめとして特に後期ヴィクトリア朝の人々が陥った不幸の一つは、人間みんなが、より幸せになりたい、よりよい生活がしたいと願って、他でもない自分たち人間が努力し、工夫し、知恵を出し合って考え、作り上げた人間社会に、その構成員である人間自身が幻滅し、あるいは疎外され、じっと "patience, patience" と忍耐あるのみか、外の世界に逃げ出すしかなくなっていったことだ。Gissing は不幸なアル中の売春婦を助けたいと思っただけだったのに、結果としてお上品ぶる常識的な社会から締め出されてしまった。二度の結婚は人生の幻滅と貧困、苦難を見せつけ、Gissing をいたぶり続け、果ては病にまで目を付けられることになった。楽しく幸せに暮らせるはずの人間が作り上げた社会にいじめ苦しめられ、そこから長らく疎外されたわけだが、人一倍勤勉で実直、努力家の人間がなぜこんな目に遭わなければいけなかったのか。Gissing は 1889 年 10 月 20 日付けの手紙で、「他人の家には面白さがある。自分の生活は孤独だ。だから旅に多く暮らすの

だ」、と語っている。[31]

それから百年後、21世紀を迎えた世界は家族の解体やシングル志向、長寿化で再び独りぽっちになった高齢者たちなど、Gissing型の生き方をする人が確実に増えてきている。人は幸せを求めて自然の猛威にも十分対応できる強固な社会を築き上げてきたが、その人間社会を今楽しいと感じている人間が果たしてどれほどいるだろうか。人間社会の窮屈さに押しつぶされ、疎外されつつも、諦めてその中に我慢して生きるか、それとも個の自由を味わうため、集団の束縛を避けて独りで生きるか、つまり忍耐か孤独かの選択の岐路にたたされてきているわけだが、これはいわば自分たちが築き上げてきた社会であるのに、その社会の操縦不能に陥っている状態といえるであろう。百年前やはり操縦不能になっていったヴィクトリア朝の英国社会の体制から、Gissingは逃げだしたかったが、現実に足を引っ張られて、その社会の底辺で、じっと忍耐するしかなかった。長年、恋いこがれた、自由を満喫させてくれるはずの場所、それが地中海であり、しかもGissingには、死の手が迫り来るまでのほんのつかの間の慰安の場でしかなかった。

註

1. George Gissing, *The Private Papers of Henry Ryecroft*, 注釈：市河三喜、（研究社、1954年）、p.111. なお、邦訳は『ヘンリーライクロフトの私記』平井正穂訳（岩波書店、1961年）p.164による。
2. Jacob Korg, *George Gissing: A Critical Biography*, (Seattle: University of Washington Press, 1963), p.151.
3. *The Collected Letters of George Gissing Vol.3*, eds. P. Mattheisen, A. Young and P. Coustillas (Athens: Ohio University Press, 1992), pp.240-41.
4. *Ibid.*, p.244.
5. N. Vance, *The Victorians & Ancient Rome*, (Oxford: Blackwell Pub., 1997), p.20.
6. *The Collected Letters Vol.6*, (Ohio Univ. Press, 1995), p.381.

第5章　死に至る旅—Gissing と地中海　　157

7. Maura O'Connor, *The Romance of Italy and the English Political Imagination*, (Macmillan Press, 1998), p.22.
8. Korg, p.122.
9. Korg, p.149.
10. George Gissing, *The Emancipated*, (Cranbury, N.J.: Fairleigh Dickinson Univ. Press, 1977), p.201. なお以降この作品からの引用はすべてページ数を引用の後に括弧で示す。邦文は拙訳による。
11. William M. Thackeray, "Notes of a Journey from Cornhill to Grand Cairo" in *Sketch Books*, (London: Smith, Elder, & co., 1898), p.621.
12. ロバート・グレーヴス、『さらば古きものよ（上）』工藤政司訳（岩波書店、1999年）、pp.36-43、原題は *Goodbye to All That* (1929).
13. Vance, p. 7.
14. Robert Eisner, *Travelers to Antique Land*, (Ann Arbor: Univ. of Michigan, 1991), pp. 91-95.
15. George Gissing, *New Grub Street*, ed. B. Bergonzi, (Harmondsworth: The Penguin Groups,1985), p.405. 邦訳は『三文文士』土井治訳（秀文インターナショナル、1988年）p.376 による。
16. Robert Selig, *George Gissing*, revised ed., (N.Y.: Twayne Pub., 1995), p.81.
17. George Gissing, *Sleeping Fires*, (Lincoln: Univ. of Nebraska Press, 1983), p.5.
18. *Ibid.*, p. 6.
19. *Ibid.*, p. 27, & p.31.
20. *Ibid.*, p. 81. 邦訳は『埋火』土井治訳（秀文インターナショナル、1988年）p.73 による。
21. *Ibid.*, p. 101.
22. *With Gissing in Italy: The Memoirs of Brian Ború Dunne*, eds. P. Mattheisen, A. Young and P. Coustillas (Ohio Univ. Press., 1999), p.8.
23. George Gissing, *By the Ionian Sea*, (London: Chapman and Hall, Ltd., 1917), p.13. なお、邦訳は『南イタリア周遊記』小池滋訳（岩波書店、1994年）による。この作品からの引用はページ数を引用の後に括弧で示す。
24. *Ibid.*, p.110.
25. *Ibid.*, pp.116-17.
26. *Henry Ryecroft*, p.54.
27. *Ibid.*, p.72.
28. *Ibid.*, p. 145.
29. *Ibid.*, p. 138.

30. Korg, pp. 251-52.
31. *The Colleced Letters of George Gissing,Vol.4*, (Ohio Univ. Press, 1993), p.128.

第 6 章

地中海の彼方の Sherlock Holmes

　ヴィクトリア朝イギリス社会では、産業革命以降職場と家庭が分離され独立した別の空間となったことを背景に、中産階級の女性は結婚して良妻賢母として家庭を安らぎの場とする「家庭の天使」であることが理想となり、男性のほうはその家庭を守る支配者となるが、これは私有財産に基づく家父長制の強化の構造であろう。けれども 1870 年代以降になると、この理想的家庭像も足許からかなりぐらつきが見られるようになる。一つは目醒めた女性たちの出現であろう。その先駆的代表格にはフェミニストたちがよく引合いに出してくる、Charlotte Brontë の *Jane Eyre* の次の科白があげられよう。

> Women are supposed to be very calm generally: but women feel just as men feel;They need exercise for their faculties, and a field for their efforts as much as their brothers do; they suffer from too rigid a restraint, too absolute a stagnation, precisely as men would suffer; and it is narrow-minded in their more privileged fellow-creatures to say that they ought to confine themselves to making puddings and knitting stockings, to playing on the piano and embroidering bags. It is thoughtless to condemn them, or laugh at them, if they seek to do more or learn more than custom has pronounced necessary for their sex. [1]

婦人は、きわめておとなしいものと一般に考えられている。けれども、婦人もまた男子と同じように感じ、その兄弟たちが必要とするのと同じように、自分たちの才能を働かすことを、その努力を発揮する分野を必要としているのだ。男たちとまったく同じように、余りに強すぎる束縛、あまりにも涯しのない沈滞に苦しんでいるのだ。女性は、プディングをこしらえたり、長靴下を編んだり、ピアノを弾いたり、袋の縁を縫ったりするために、じっと家のなかにとじこもっているべきであるというのは、より特権的な立場にある男性の心が偏狭であるからである。もしも、婦人の性にとって必要であると断定されてきた習慣よりも、もっと多くのことをおこない、もっと多くのことを学ぼうと婦人たちが望むからといって、彼女たちを嘲笑し、非難するのは、分別のある態度ではない。

　さらに George Eliot や Florence Nightingale の名を浮かべ、最近はインド国民主義の指導者というよりも、避妊法を普及させた人物として脚光を浴びている感のある Annie Besant で留めとなろうか。それに女性たちの身分や財産を保護する法律も 19 世紀も終わりに近づくにつれ、徐々に日の目を見るに至った。
　それでは男性の側はどうなのだろうか。例えば、「家庭の天使」といわれたところでお上品主義の名のもとに、これは性を抑圧するピューリタニズムであり、男性にとっては性的魅力に欠けるだろうし、独立した個人としても未熟で、いわばお人形のようなものだから、そこに円熟した人間としての女性を見いだすことはできなかろう。したがってこの時代は性の快楽を求める強い傾向も裏側では同時に存在していたわけだし、またこういうピューリタン的価値観に 1880 年以後になると男性の側からの抵抗感も目立って現れ出たのは至極当然というものだ。同性愛を公認・実践して憚らぬ社会思想家 Edward Carpenter、それを小説に描いた E.M.Forster、あるいは個性豊かな Oscar Wilde といった唯美主義者も、思い浮かべることができる。そもそも国の長たる Victoria 女王にし

第6章　地中海の彼方の Shaerlock Holmes

ても、1861年夫 Albert 公を亡くしてから2〜3年後には、Albert 公の従僕であったスコットランド高地出身の野生児、John Brown を寵愛するようになり、果ては女王の私室にまで自由に出入りさせるようになると、盛んに Punch 誌に Mrs Brown と茶化されることになった。野卑な Brown の純朴さが孤独な未亡人女王の心を痛くくすぐっただけで、あくまでも2人の関係は主従の清く精神的愛情に終始していたものか、はたまた一線を越えた男女の恋愛関係であったのかは、今もって不明であるけれども、喪服に身をつつみ悲嘆に暮れていたとしても、女盛りの女王が、溝にはまって横転し立ち往生していた馬車から救い出してくれた恩人、強健で野生あふれる39才の男性にうっとりと虜になったとしても、不自然なことではない。そもそも余りに長きにわたる女王の喪に服する期間自体が不自然である。

　一方、抑圧されたピューリタニズムの価値観のもと、ヴィクトリア朝末期の上流および中産階級の男性たちの実体とはどのようなものだったのであろうか。1830年の鉄道の開通以来あっという間にイギリス中を線路がまるで蜘蛛の巣のように張り巡らされ、さらにはロンドンと郊外との間を鉄道が頻繁に往復するようになると、中産階級はロンドンを抜け出し、環境の良い郊外に家を買って定住し始め、ロンドンの仕事場には汽車を使って通勤するようになる。1891年に創刊された Strand 誌はまさにそういう郊外とロンドンを通勤する中産階級のために退屈な車中での恰好の時間潰しを提供した。掲載された Sherlock Holmes ものは通勤でちょうど読み切れる長さの上、内容にしても別に小難しいことを述べ立てるわけでもなく、しかも後に尾を引かないすっきりと割り切れる楽しい謎解きだ。ここに中産階級と Holmes の接点が生まれる。つまり Strand 誌の目玉、Sherlock Holmes ものを読むことで、Holmes ものが主に対象にしていた読者すなわち中産階級の実体が少なくとも断片的には見えてくるであろう。

I

サー・アーサー・コナン・ドイル

　さっそく作品に取りかかる前に、その生みの親である Sir Arthur Conan Doyle の方から検討を加えてみたい。Conan Doyle は 1859 年スコットランドのエディンバラ生まれのアイルランド系で、1930 年に亡くなっている。ちなみに Sherlock Holmes は 2 歳年上の想定だから、同世代に 2 人は属していることになる。父は小役人だったが、後に健康を害し、結果一家は貧乏な暮らし向きであった。Arthur はカトリックの寄宿学校に入れられ、一時期オーストリアの学校で過ごし、その後エディンバラ大で医学を専攻している。少年期に 1 年間、海外で過ごしたことは別として、Conan Doyle が国外に出たのは、まず 1880 年 2 月外科医のアルバイトで、捕鯨船ホープ号に乗り込み北極海に向けて出航し、8 月中旬アザラシやクジラとともに帰国している。この荒々しい野

第6章　地中海の彼方のShaerlock Holmes　　　163

生の生活体験は、青春の足かせとなる様々な束縛を大いにDoyleから解放し、冒険のもつ魅力を実感させた。ついで1881年7月エディンバラ大を卒業すると、船医として10月初旬西アフリカに向けてマユンバ号で出帆している。こちらは熱帯地方への旅であったから、"putrefaction," "malarial swamps," "oil-brown rivers," "the constant buzz of the mosquitoes"[2] と、最初のDoyleの冒険心を目醒めさせた勇猛果敢な捕鯨船の旅とは比べるべくもなく、船酔いに悩まされた辛い旅であった。

　20世紀を目前にしたこの時代では、もはや大陸旅行は、とりわけ中産階級では、全然もの珍しいものでもないごくありふれたものとなり、Doyleは1890年秋Koch博士の結核治療の視察をする医師のグループ旅行に参加してベルリンを訪れるが、その際、車中で出合った著名な医者からロンドンで眼科の専門医になることを薦められた。早速Doyleはその気になって、子供を預けて妻と2人で1891年1月ウィーンに赴き、眼科の研究を開始するが、日常会話程度のドイツ語は理解できても、大学の講義のドイツ語には到底ついてゆけないし、財政的にも3か月で底をつき、スケートやウィーン社交界、大陸のデカダンスを堪能して、結局ヴェネツィア、ミラノを旅し、パリ経由でイギリスに戻ることになった。

　そしていよいよロンドンのデヴォンシャー・プレイス2番地に医院を開業したけれども、いざ蓋を開けてみれば、患者は1人も来なかった。長篇はもっと以前に発表していたが、この頃からDoyleはSherlock Holmesの短篇を書き始めており、だから後の名声の基礎は誰も来ない医院で確立したことになる。ちなみに*Strand*誌創刊も1891年のことだ。Doyleは作品の中でもHolmesを離れた歴史ものはJerome K. Jeromeが主宰する*Idlers*誌を主に発表の場にしていたが、友人Jeromeに誘われてノルウェーでスキーを楽しみ、その面白さに取り憑かれた1893年、時を同じくしてDoyleは最初の妻Louisaが結核にかかっていることを知る。そこでスイスのダヴォスに妻を連れていき療養させることにした

が、Doyle はスキーを初めてスイスに持ち込み、その地でスキーを大いに広めたのであった。ついでに Doyle はライヘンバッハの滝で Holmes も殺してしまうが、不在中の本国で Holmes が死んで大騒ぎになっていることなど知る由もなかった。1894 年 Doyle はアメリカを訪れ、あちこちで朗読会を開き、同じ名前の Wendel Holmes の墓にも足を伸ばしている。各地で大歓迎を受けた Doyle はすっかり気を良くし、あちらは名探偵 Holmes の生みの親に熱狂的になっていたのに、無邪気にイギリスに対するアメリカの友情と勘違いしてアメリカ人のことを褒めちぎっていた。

　Doyle がスイスにクリスマス前に戻ってみると、気候が不順で、当時結核患者の療養に最適と考えられていたエジプトに家族と共に渡る決心をするが、彼の地でもビリヤードやテニス、ゴルフなどのスポーツに興じて、さらにはナイル河クルーズの旅を楽しんだ。そしてこの体験から、イスラム教の救世主に、旅行者一団が捕えられてしまうというストーリーの 1898 年の小説 *The Tragedy of the Korosko*（『コロスコの悲劇』）のインスピレーションを得てもいるが、広大で果てしないナイル峡谷の風景に圧倒され感動も覚えたし、イスラム教の西欧にたいする意味であるとか、ふさぎ込みがちになる妻の病気のことなども盛り込んだのだった。

　ところでイギリスがスーダンを征服しようと企てていたのも、ちょうどこの時期であった。そして Doyle がクルーズの旅からカイロに戻ってみると、エジプト駐留のイギリス軍とイスラム教デルヴィシュ修行僧の集団との間で戦闘が始まり、身近に戦争というものを体験することになった。矢も盾もたまらなくなった Doyle は早速 *Westminster Gazette* 紙に電報を打ち、特派員に志願する。しかしその時はイギリス軍のドンゴラ進出のみであって、所詮 1898 年に山場を迎えるデルヴィシュ勢力の壊滅だとか、オムダーマンの戦いに比類するものではなく、たとえ Doyle の側にどんなにも熱意が溢れていようとも、イギリス軍の移動の

第 6 章　地中海の彼方の Shaerlock Holmes

様子以外に目にするものはないまま、じきに帰国しなければならない時を迎えてしまった。

　Doyle は熱狂的な愛国主義者だ。地中海で目の当たりに体験した戦争は、ペンを握る作家から国のために活動する人間に Doyle を大きく変貌させることになる。もともと正義感や名誉心が強く、不正に直面すると憤りで血が煮えたぎる性格だったから、後のエダルジ事件やスレーター事件は挙げるまでもなく、正義感から不当に弾圧された人々や虐待された人々を放ってはおけなかった。それまでは漠然と愛国主義だったものが、今はっきりと Doyle の正義と勇気の拠り所は大英帝国の栄光と威信だということになっていった。作家は登場人物たちを創造する力を持っているが、作家自身のアイデンティティとなると案外曖昧にうっちゃられていたのではないか。それが軍隊であるとか政治であるとかを垣間見ることで、そこでは権力や重要性が明確に所在を現わしているから、それに沿って目に見える形で己の任務の道筋が容易にたてられたとでも言うか、そういう自分の行き方に理屈が出来上がったのであろう。あるいはピアソールは[3]、「作家というものは、その仕事の性質からして女々しくみえるのではないかという不安があると、この顕示欲が生まれてくる。Doyle は特にそういう不安に駆られやすかったようである。それでスポーツに熱中し」、と Hemingway のように男性的でありたいという強迫観念を持っていたことを指摘している。Doyle は子供の頃からスポーツ万能であり、年齢を取っても一向に衰えを見せなかったという。またスポーツの持つフェア・プレイ精神に基づく男性優位社会を愛し、女権論など嘲笑した。医者としてはうだつがあがらず、Holmes を生み出しはしたものの、そしてそれによって作家としての成功を見はしたものの、そこに自分のアイデンティティを Doyle は見出せず仕舞いだった。

　ところが地中海の戦争体験は Doyle 自身の生きる目的を明確化し、エジプトは愛国主義者 Doyle を目醒めさせたのだ。19 世紀のそれまでのイギリス人の作家や芸術家たちを惹き付けた、例えば文化の源流、気

晴らし、温暖な気候、解放感、民族のアイデンティティ、健康回復、休暇、安い生活費、逃避といった様々な要素を持つ地中海は、Doyle の場合、自分の生きる目的の新しい役割を発見させてくれた地となり、そしてそれはとりもなおさず戦争賛美そして大英帝国への愛国心という新たな要素をつけ加えることになるのであるのが、それはボーア戦争という具体的な形をとってくるのだ。

　1899 年南アフリカでイギリス軍はこれまでにない深刻な敗北状況にあった。スーダンでは実際に戦争に参加できなかった Doyle はこのボーア戦争では何とか入隊したかったが、もう 40 歳を過ぎていたため不可能であり、結局のところ民間の野戦病院を手伝うことになった。家族はナポリにおいて、1900 年 4 月南アフリカのブルームフォンテインに到着するが、病院では負傷兵はごくわずかだったものの、腸チフスが大流行して職員も数多く命を落とし、Doyle 自身健康が危ぶまれもしたが、戦争は終わったものと思いこんだ Doyle は 7 月半ばにはイギリスに戻っている。南アフリカに赴いた主な理由はこの戦争の報告書を書くことであった。けれども Doyle が南アフリカに滞在していた時期には前のスーダンの時と同じ様に、イギリス軍の敗北だとか、悲惨な戦闘場面だとかに直面することはなかったし、むしろイギリス軍の優位が続いた時期であった。言いかえればこの戦争末期に引き起こされるむごたらしく残酷極まりない状況はなんら目にしてはいないのだった。そこで Doyle に出合った通信記者たちは、気さくで親切な人という印象を得ている一方で、非常に簡単に人に影響されてしまう人物で、複雑な問題を余りに簡単に片づけてしまう嫌いがあると、Doyle を評している。1889 年 Doyle にむけられたアンケートに答えて、信条とする価値は「ありのまま」で、他の男性に期待する価値は「男らしさ」で、「仕事を愛し」、理想の幸福は「充実した時間」で、英雄とは「己の義務を果たす人間」で、「気取りとうぬぼれ」を嫌悪する、としているし、ボーア戦争に行く理由として母に対し、「このイギリス中で、Kipling は別として、恐ら

く自分ほど若者、とりわけ若いスポーツ・マンに強い影響力を持つ人間はいません」とも話している。[4]　Holmes とはかけ離れた、救い難い単細胞の人間像が見えてくるではないか。多くの通信記者はイギリス軍の失敗続きに気づいていたし、ボーア戦争でのむごたらしいゲリラ戦を近くで目撃しており、イギリス軍の建て直しの必要性を本国に提案していた。けれどもこういった記者たちよりも、Sherlock Holmes のお蔭で、Doyle の方が世間に広く知られていたために世論には優勢であったうえ、また文章も巧かった。Doyle の手記は公表され、その見解も吹聴された。だから、Doyle がさらに深入りし、プロパガンダの小冊子を筆執することになるのも必然であろう。1902 年の *The War in South Africa: Its Causes and Conduct* で Doyle はヨーロッパ大陸諸国のイギリス批判をかわし、大英帝国の正当性を世論に訴えているが、3 か月で 30 万部を売り尽くし、数か国語に翻訳されもしたが、それに何よりこれは世論の考え方の傾向をすっかり転換させるのに画期的影響力を及ぼしたのであって、それ以降はイギリス側に好感を抱くようになっていった。これもすべて、実際のところは Doyle 自身のペンの力というより、Holmes を創作した人物の書いた文章であったからだった。つまり読者は Doyle がどんなに苦労して文章を練りあげようが、イギリス側の位置に立つ役人の代弁をしようが、全然関心なかったのだ。要は、大多数の人は Holmes ものを読んでいたから、結果として生みの親にも好感を持ってくれたというのが真相だった。これによって Doyle は大英帝国に寄与したとして Sir の称号を得ているが、これでイギリスの保守的上流階級から仲間であるとの証明書をもらったことになる。

　ここでボーア戦争の解説をすることは差し控えたいが、ボーアは南アフリカに 17 世紀に入植したオランダの農民のことで、イギリスはインドへの中継地としてここに目をつけボーアを圧迫した 19 世紀前半のこと、そこで移民たちは北に移動し、オレンジ、トランスヴァールの二つの国を造るが、今度はここに莫大なダイヤモンドと金鉱が見つかる

と、イギリスはまた数度にわたって征服を企てたというのが、(他にも奴隷問題等様々な要因がからんではいるが、)簡略な概要である。イギリスは2億3千万ポンドの戦費を使って、3年の歳月をかけ、アフリカの片隅に延べ数10万の兵隊を送り込み[5]、死傷者数は7万人以上だったのに対し、ボーア兵は約4千人の死者数であったから、辛くもイギリスの勝利とはいっても名ばかり、実質は敗北であった。ボーア戦争は20世紀的凄惨たるゲリラ戦であったため(ボーア人は原住民と戦いながら土地を開拓し、耕作と戦闘が日常生活であった)、イギリス軍はボーア兵の反撃や待ち伏せ攻撃に晒され、まったく予想だにしない大敗北に帰したが、これは19世紀的英雄率いる正統派の陸軍の、いわばフェア・プレイ精神による戦の時代の終焉を意味した。この戦争の結末はイギリスのエリート層の大英帝国への信頼・忠誠に深い懐疑を抱かせ、それは戦争への幻滅と疑問を生み、また多くのイギリス人の心に深い傷跡を残すことになった。

II

　Doyleはとりわけ晩年にはますます心霊術に傾倒し、Holmesものもその影響をうけてか作品としての質が著しく下がってしまう。したがって、ここでは初期の粒ぞろいの短篇集 *The Adventures of Sherlock Holmes* を主に対象にして検討を加えてみたい。この *Adventures* (1892) は暗示的な作品集だ。冒頭の *A Scandal in Bohemia* (『ボヘミアの醜聞』) から、Holmesは魅力的ソプラノ歌手Irene Adlerに一杯食わされ、生涯にわたって憎たらしい女として悔しがることになる。終始 "the woman" [6] という言い方をし、Holmesはその存在を意識しているが、Watsonによれば、"He used to make merry over the cleverness of women, but I have not heard him do it of late." (p. 29) と、女権論を軽蔑していたDoyleとはお

よそ思えない Holmes 及び腰の描写ぶりだ。ちなみに "the honorable title of the woman" で、この作品は幕を閉じている。またこの短篇集のしんがりを務めている作品 The Copper Beeches (『ぶな屋敷』) では、文字通りのニュー・ウーマンたる、governess の Miss Violet Hunter が、Holmes の依頼人として登場してくるが、事件が解決すると Holmes のほうも関心をなくするし、Hunter のほうもさっさと Holmes の横を素通りして、"and she is now the head of a private school at Walsall, where I believe that she has met with considerable success" (p.296) と、およそ男性を頼りにせず、我が道を突き進む女性の姿を描いて物語を終えているのだ。

　強い女性たちにサンドウィッチにされたこの短篇集を読み直してみると、威厳を振りかざして、その実、間抜けで脆く弱くて、軽薄で、思慮がなく、場当たり的で、見下げ果てた、ぐずでくずの男性たちに満ち溢れていることが見えてくる。二番目の作品 A Case of Identity (『花婿失踪事件』) ではタイピストの Mary Sutherland が Holmes のところにやって来て、婚約者 Hosmer Angels 捜索の依頼をするが、真相は Mary よりも 5 歳しか年上でない義父 James Windibank は、義娘が結婚することで娘の財産管理はおろか、娘の財産を当てにした生活もできなくなることを恐れ、変装してまんまと娘の気を惹いて、うまく恋人になると結婚式の朝に消え、永遠に娘が結婚しないように仕組んだのだった。そもそもこの男、楽をして生きていこうとばかり、金目当てにはるか年上の Mary の母と結婚して、今度は金蔓を逃すまいとこんな悪知恵を思いついたのだ。妻子のために働き、家族を守り、一家の支えとなる理想の父親像はここには微塵もない。それにひきかえ、遺産があるのにタイピストとして働く Mary とは何という対照だろうか。しかも Holmes が語っているように、この男を罰する法律はないのだ。The Copper Beeches も The Speckled Band (『斑の紐』) でも、娘の財産を確保しようと悪事を働く見下げ果てた父親像は繰り返される。The Speckled Band では、Roylott はすでに 1 人の義娘を殺害し、もう 1 人の娘のほうも殺そうとするが、

その凶器に蛇を用いていて、この蛇には象徴的に父による娘の強姦のイメジが読み取れる。

　余りにも有名な喜劇、*The Red-Headed League*（『赤毛連盟』）では、質屋のおやじと同じ燃えるような赤毛を利用して、銀行の金庫破りが企てられる。その一味の主犯の男 John Clay、別名 William Morris は殺人、窃盗、偽造等々、悪事なら何にでも手を染めている男だが、決して貧乏な生活苦から生きていくために、やむにやまれず悪の道に足を踏み入れたわけではなく、実は頭も切れ、イートン校からオックスフォードに進んだ名門の貴族の出で、ひとえに己れの世紀末的美意識による犯罪でであり、道徳だの、けちな実人生だのはこの男には存在しないのだった。だから捕らえられたとき、"You may not be aware that I have royal blood in my veins"（p.71）と言い放ち、自分のことを "sir" とか "Please" をつけ加えて呼ぶように命じている。Oscar Wilde を彷彿とさせる人物像だが、*The Sign of Four*（『四つの署名』）の Thaddeus Sholto と同様、世紀末的価値観が盛り込まれている。

　The Man with the Twisted Lips（『唇のねじれた男』）は象徴的な男性失墜の物語だ。冒頭から阿片窟が描かれ、Watson が神学校の校長の弟という育ち卑しからぬ友人の Whitney を捜しにそこに出掛け、思いもかけず別の捜査で潜伏している Holmes に出合うことになるが、ここからも阿片中毒が身分ある人間にまで及んでいることが分かる。父は校長という良い育ちで、ロンドン郊外の居心地の良い家に妻と2人の子供とともに住み、毎日シティに通勤する Neville St Clair が不意に消息を絶つ。何か事件に巻き込まれたのではないかと心配した妻は Holmes に相談するが、謎が解けてみれば、かつてルポルタージュのロンドンの乞食という企画で、乞食に扮し7時間道端に座って大金を手にしたことのあるこの男は、この経験から一度会社を休み、乞食をして、何と友人の肩代わりの借金を10日できれいに返済できたので、そうしてみると、毎週毎日毎日、朝から晩まであくせくと新聞社で骨の折れる辛い仕事をしてわ

第6章　地中海の彼方の Shaerlock Holmes

ずかばかりの金を手にするよりも、乞食のほうが楽なうえ、しかもはるかに儲かることが分かり、そこで結局記者の方はやめにして、Hugh Boone という名のプロの乞食になっていたのだった。郊外に手に入れた心地よい家も、実は腕の良い乞食稼業の賜物だったけれども、家族にはシティで働いていると偽って、朝出勤して夕方帰宅するという典型的中産階級の生活を続けていた。ここで考えさせられるのは、一つにはお上品なデスク・ワークか、卑しい乞食かの職業選択の問題であり、次に金儲けのできるのはどちらかということ、そうしてプライドも、育ちの良さも、教育もあるこの人間が卑しい乞食という職業を選んだという点、しかも選んだ理由が威厳とか誇りといった精神性よりも、手っ取り早く大金が手にできるからという物質性を優先している時代の現実だ。ある意味では虚を捨て、実を取ったと言えなくもないが、家族に真実を告げることはできず仕舞いであった。Dickens は、小説 *The Great Expectations*（1861）中で囚人 Magwitch が孤児の少年 Pip を使って、囚人にでもジェントルマンが仕立てられることを証明して見せてくれたが、この短篇では逆にジェントルマンでも自発的に乞食になってしまえることを、しかも卑しい乞食のほうがはるかに良い暮らし向きができるという皮肉をも立証して見せてくれたのだから、セルフ・ヘルプ（"self-help"）とばかり、やたら上昇志向の強いヴィクトリア朝の価値観を根底からひっくり返してしまったわけだ。金でジェントルマンにもなれるが、金がなければ落ちぶれるのも急降下という金万能の時代だったからこその発想の転換で、出てきた生きかたといえるだろう。

　The Beryl Coronet（『緑柱石の宝冠』）では、堕落が王室にまで及んでいることを知らされる。Edward 皇太子と思われる、さる高貴な方が公の財産である宝冠を Mr. Holder の銀行に預けて、個人的事情で5万ポンドを借りにやって来たのだ。これは1890年9月の非合法のバラカ・ゲームをしたとされるトランビー・クロフト事件のスキャンダルが背景にあり、皇太子は証言台に立たされている。このとき皇太子は20分間

の反対尋問を受け、6日間法廷で傍聴せざるを得なかった。これは様々な意味で来たるべき次の新しい時代を暗示しており、つまり、ヴィクトリア朝に比べ不安定で騒々しく野卑で下品な風潮に包まれることとか、Victoria 女王について、国民の規範となるべき皇太子がイギリスの法律を守るという義務をないがしろにし、議会に過ちを謝罪しなければならなかったことなどだ。実のところ Edward が裁判で証人になったのはこれが最初ではなく、1871年に友人の妻の姦通に関して証言台に立たされていたが、その時は時代的に表だったスキャンダルは避けられ、ほんの数分間形式的に法廷に姿を見せ、不倫を否定しただけで反対尋問は行われなかった。けれども法廷への出頭は Edward の悪名高い暮らしぶりからすれば、重箱の隅がほじくり返されたような程度のもので、課せられた仕事に真剣に取り組むという姿勢は殆んど見受けられなかったし、派手な儀式が好きで、劇場、オペラ、ミュージック・ホールに夜毎、飾り立てては通いつめ、また狩猟も心から愛した。22歳でデンマークの王女 Alexandra と結婚しているが、女道楽が止むこともなく、そのお相手には人妻が多く、公然とアスコット競馬場へ行ったり、パリのマキシムで食事をしたりしていた。Mrs. Alice Keppel は、夫は軍人で仕事を世話してもらったこともあって、妻が国王の愛人であることを嫌がるどころか見て見ぬふりをしていたし、Edward にとっては Mrs. Kappel はなくてはならない存在で、王が本気で愛した女性であり、王妃すら丁重に扱い、臨終の床にも立ち会っている。Edward は無類のいたずら好きで、またその象徴は軽薄と贅沢と金であったが、王に即位したときには、莫大な借金の片をつけるため、金融家たちにナイトの称号を大挙与えねばならなかった。そして間接的には皇太子と Holmes を最初に結びつけたものも借金ということになろう。ついでながら1902年 Holmes はこの人物に *The Case-Book of Sherlock Holmes*（1927）に収録の *The Illustrious Client*（『高名な依頼人』）で再会するが、この時は即位してインド皇帝にもなっていたが、名誉に賭けて依頼人の正体を明るみに出さぬように

第6章　地中海の彼方の Shaerlock Holmes　　173

と頼まれている。

　最後の The Copper Beeches は、新しい女性と、権威ばかりを押しつけて一皮剥けば腐り切った駄目な父親が見事に対比された作品だ。高橋裕子氏はその著書『世紀末の赤毛連盟』[7]の中で赤毛に注目しているけれども、残念ながらこの作品ではなくて The Red-Headed League に出てくる質屋のおやじの赤毛のほうだ。ヨーロッパ文化において、それまでファム・ファタールは圧倒的に黒髪で表現されていたのだが、ラファエル前派が好んで赤毛を描いたことで、それまでは例えば裏切り者のカインとか、道化師とか、娼婦といった嫌われ者のイメジで捕らえられ、およそ美とは結びつかなかった赤毛に市民権が与えられたばかりか、女性の神秘性すら表現されるようになり、事実、世紀末象徴主義の一つに挙げられた。それは見事なまでの価値の転換だ。この髪の持ち主がしがない governess の Violet Hunter だ。目下失業中の Miss Hunter は斡旋所に出掛け、そこで年収 £100 という破格の家庭教師の口を紹介される。これまでのところは月に £4 の収入であり、また当時の平均的 governess の年収は £40〜50 であったから、目も眩むほどの大金と言っていいだろう。しかし Miss Hunter が Holmes のところに相談にやって来たのは、この職にありつくためにはその自慢の髪の毛を切らねばならないからだった。

　　"Or to cut your hair quite short before you come to us?"
　　"I could hardly believe my ears. As you may observe, Mr Holmes, my hair is some-what luxuriant, and of a rather peculiar tint of chestnut. It has been considered artistic. I could not dream of sacrificing it in this off-hand fashion. (p. 275)

　　『それから、うちに来ていただく前に、その髪を、うんと短く切っていただきたいのですがね。』

私は、それを聞いて耳を疑いました。ホームズさん、ごらんのように、私の髪はふさふさしています。赤茶色ですが、めったにこういう色の人はいません。絵から抜け出たような髪だという人もいます。切れといわれても、そう簡単に切る気にはなれません。(pp.306-7)

Oxford版のテキストはこの箇所に註をつけており、それによれば "bright golden auburn hair" はヴェネツィア派のティツィアーノに好まれ、このティツィアーノの色使いがガブリエル・ロゼッティ（Gabriel Rossetti）らのラファエル前派の画家たちに芸術的だと評価された、とある。髪はかつて女の命であり、しかも豊かに流れ、そこに持ってきて当世もてはやされている色をしているとしたら、たとえ今の二倍の給料を提示されても、Miss Hunter はとても髪を切ることはできない。けれども切羽詰まった生活苦には、考え直さざるを得なくなるが、頃良く、相手方も £120 に値上げを申し出てくる。ただし、髪を切って指定されたドレスを纏い、窓のそばに座るという奇妙な条件が、governess の仕事以外につけ加えられたのだった。真相は、先妻との間に生まれた娘 Alice の財産をふいにしたくない父親が、娘を監禁して結婚させまいとし、身代わりによく似た Miss Hunter を窓辺に座らせ、通りかかる娘の婚約者の目に、わざと触れさせ安心させていたのだった。この作品では、事件の結末で娘の Alice にヴィクトリア朝の理想の女性像である「家庭の天使」としての生き方を選ばせている一方で、現代のファン・ファタールの赤毛をした Miss Hunter の方は "She was plainly but neatly dressed, with a bright, quick face, freckled like a plover's egg, and with the brisk manner of a woman who has had her own way to make in the world." (p.272) と描写されているように、いわゆるニュー・ウーマンの生き方を実践して、来たるべき 20 世紀の女性の生き方を彷彿とさせているし、そのように自立した女性の生き方を選び取り、Holmes のそばを通り過ぎていってしまう。

第6章　地中海の彼方の Shaerlock Holmes

　たしかに世の中、理想的で模範的な人間ばかりだったら、事件や犯罪は起こるべくもないし、不完全で駄目な人間たちが存在するから、そこに Holmes の活躍の場もあるわけだけれども、どちらかといえば Holmes ものはむしろアームチェア・ディテクティヴの代表格と見なされ、謎解きとか、知的快感とか、パズル遊びの対象であろう。だから、もっぱら読者は理性の勝った機械のような人間 Holmes に惹かれるし、相棒の軍医 Watson との絶妙なコンビも楽しみにしている。感情を軽蔑し、男女の愛に見向きもせず、つまり恋愛は推理の力を鈍らせるから無用の長物と考え、ハイブラウな気質で一種の芸術家 Holmes と、市井の人で、頭の回転も弱く、もっぱら読者に Holmes の推理の過程を説明し記録する人物であり、正義感が強く愚鈍なイギリス人の典型のような Watson、言いかえれば、非常に偏った Holmes と、センチメンタルでオールラウンドな Watson の、この実に対照的な2人の人物に支えられてもいる。けれども Holmes ものはいわゆる社会派推理、つまり社会制度や風習・因襲、あるいは様々な社会の歪みから止むに止まれず殺人や犯罪を引き起こし、その弊害を社会に訴える、といった傾向のミステリー・ドラマではない。

　にもかかわらず前述したように、Holmes ものにはおよそ模範的でも理想的でもない駄目男が溢れかえっている。Roper によれば、「男性らしさとはもう一つの性との関わりで定義づけられ、男性の社会的権力との関連で形成されてきた。男性らしさは福音主義や Dr Arnold の時代には道徳に基づく熱心さだったのに、ヴィクトリア朝末期には腕力が男性らしさを表すようになる。そして当然そこから女性より男性の方が優勢であり、年下よりも年上の方が、さらに同性愛者よりも異性愛者の方が優勢になる、という図式ができ上がる」[8] と説明がなされる。平たく言えば1850年代には男性らしさは騎士道精神のジェントルマンだったのに、70年代以降は、マッチョ型に男性らしさが取って代わるということであろう。さらに Kimmel と Messner はフェミニズムの主張を借りて、

洒落めかして以下のように展開してみせてくれる。

> Men are not born...to follow a predetermined biological imperative....To be a man is to participate in social life as a man, as a gendered being. Men are not born; they are made.... The meaning of masculinity varies from culture to culture... Men's lives also vary with in any one culture over time....The resulting matrix of masculinities is complicated and often the elements are cross-cutting. Men are divided, along the same lines that divide any other group: race, class, sexual orientation, ethnicity, age, and geographic region. [9]
>
> あらかじめ定められた生物学的必要に従って…男は生まれてくるのではない。男であるということは、男として、また性別で分けられた人間として、社会に参加することである。男は…生まれてくるのではなく、作られるものなのだ。男らしさの意味は文化によって異なる。男の人生というのも、たった一つの文化内であっても…時代によって異なってくる。結果として生じる男らしさの基盤も複雑なものであり、しばしばその要素もあれこれ織り交ざったものだ。他の諸群、つまり人種、階級、性的志向、民族、年齢、地理学的地域を分類するのと同じやり方で、男も分類されるのだ。

男性に生まれるのではなく、男性に作られていく。男性らしさの意味も文化によって異なるし、同一の文化の中であっても、時代によってその生き方は左右される。そして男性らしさのイメジが作られたのも、19世紀のことだとも言う。産業革命を経て、職場と家庭が分離、家族のために父は働き、家族を守り、そして家族の権威になるという家父長制が確立する。その中で真の男性とはどうあるべきかといった概念が考えられるようになった。ところが男性の権威を根底からぐらつかせるようなものが、すなわち男性らしさの危機が19世紀の後半に次々と現れ出て来ることになる。「女性らしさ同様、男性らしさにしても、そもそ

第6章　地中海の彼方の Shaerlock Holmes

も生まれながらのものでもなければ、明明白白としたものでも、また疑問のないものでもない。どちらも文化的・歴史的状況の中で明確化されてきて、社会的に作られた役割だ」[10] というのは、Elaine Showalter の主張だ。まず世紀末文化が男性とは何かという問題を投げかけたが、そこに持ってきてニュー・ウーマンが登場して、女性の解放を訴え出し、法律的に様々な権利を拡張してくると、男性たるものの役割が、経済的にも、政治的にも、社会的にも、心理的にも、つまり権力者としても、女性の恋人としても不明瞭になって、男性としてのアイデンティティを見失っていく。Holmes ものに登場するぼんくらぞろいの男性たちは、いかにも男性たるもののアイデンティティを見失った、男らしさ失墜の人間ばかりだ。

III

　ことはなにも国内に限ったことではない。大英帝国の繁栄を世界に知らしめたはずの 1851 年のかのロンドン万国博覧会において、例えばアメリカはコルト拳銃を出品していた。Holmes ものにもアメリカは多く描かれている。長篇では *A Study in Scarlet*（『緋色の習作』）や *The Valley of Fear*（『恐怖の谷』）、短篇では *The Dancing Men*（『踊る人形』）とか *The Yellow Face*（『黄色い顔』）にアメリカ人が登場する。*Adventures* でも、*The Five Orange Pips*（『五粒のオレンジの種』）で、Ku Klux Klan すなわち KKK というアメリカ南部の秘密結社に、叔父も、何のかかわりもなく罪もない父も、Holmes に捜査を依頼する息子の Openshow も、ともに執拗に捜し出され、追いかけられ、密かに殺されていく様が描かれている。

　The Noble Bachelor（『独身の貴族』）では、結婚式の当日アメリカ人の花嫁が披露宴から失踪する。Lord Robert St Simon の名が示すように、

プランタジネット家とテューダー家の血筋を引く由緒正しいイギリス貴族が、こともあろうに成り上がり者のアメリカ人億万長者の娘に振られるのだ。父の思いにまで背いて結婚していた夫の Moulton は、アパッチに殺されたものと思われていたが、実は生きていて結婚式に現れたのだった。それにしても、このアメリカ娘は由緒正しい貴族よりも、父に背いてまでどこの馬の骨かも分からないけちな男を選ぶのだが、個の確立した、(しかも女だてらに、)アメリカというものを描いて見せてくれているといえよう。ただし、未熟なデモクラシーを諭すかのように、Holmes は大人のジェントルマンらしく次のように述べている。

> 'It is always a joy to me to meet an American, Mr Moulton, for I am one of those who believe that the folly of a monarch and the blundering of a Minister in far gone years will not prevent our children from being some day citizens of the same worldwide country under a flag which shall be a quartering of the Union Jack with the Stars and Stripes.'(p.241)

> アメリカのかたとお話できるのが嬉しいのですよ、モールトンさん。昔は、愚かな国王や、へまばかりする大臣がいました。でも、我々の子孫なら、いつの日か、英国国旗と星条旗を組んで1つにした旗のもとで、世界に誇れる大国の市民になってくれるだろう、と信じている人たちがいます。私もその一人なんですよ。(p.231.)

分別ある科白ではあるけれども、それに Doyle が 1894 年アメリカを訪れた際にも、アメリカをべた褒めし、アメリカとイギリスはともに英語を話す同じアングロ・サクソンとして世界を支配するであろうし、また共に団結しようなどと、アメリカとの友情を思い描いてはいるが、考えてみれば、あの憎らしい Irene Adler にしてもアメリカ生まれだし、

第6章　地中海の彼方の Shaerlock Holmes

Holmes ものに描かれるアメリカ人は、イギリス的忠誠心だとか、高潔さとか、正々堂々とした率直さだとかをことごとく欠いている。

　南北戦争を終えたアメリカは人口増加と経済成長に支えられ、政治的にも経済的にも急激に力を蓄え、にわかに脅威になってきていた。特に戦争以降は海軍強化に努め、世界第三位にまでその海軍力を誇るようになり、軍事大国化していく。例えば *The Bruce-Partington Plans*（『ブルース・パーティントン設計図』）では、イギリスの潜水艦設計図をドイツのスパイが盗むというストーリー仕立てだが、実は潜水艦設計ではイギリスは完全に遅れをとり、発明したのもアメリカが初であったし、実用化もアメリカ、ドイツ、フランスのほうが先であった。

　大英帝国にとってもう一つの脅威となって現れた国はドイツだった。ドイツが近代統一国家として成立したのは 1871 年のことで、アメリカと共に溢れる若い活力を背景に急に力を蓄えてきた。統一以前から軍事主義国家として有名ではあったものの、重心は陸軍にあり、海軍には無関心であった。1870 年代は、軍艦は英仏に発注していたが、71 年に成立すると、ドイツ帝国海軍が統帥権下に置かれ、比較的歴史の浅い海軍は全ドイツから商工業者とか中産階級出身者を主力とした自由主義的考え方を持つ人々を集め、文化的自信も持つこれらの人たちは統一ドイツに大きな期待を抱いていた。こういった人たちにとって軍艦はドイツ人の技術的優秀さの表現であり、また植民地主義、帝国主義を是認する立場にもあった。そして 1872 年以降ヨーロッパやラテン・アメリカにおける政情不安や国際紛争に際して、他の欧米諸国と同じように、自国居留民の保護、あるいは士官候補生の遠洋航海学術調査という名のもとに艦艇を派遣するようになっていき、1888 年には海外植民地領有を宣言する。

　先進帝国主義としてのイギリスが将来のライヴァルとしてドイツを警戒したのは当然のことだ。*The Engineer's Thumb*（『技師の親指』）では、水力技師の Victor Hatherley が命からがらパディントン駅に辿り着き、

Watsonの診療室に駆け込む。独立したばかりの青年には仕事の依頼がなかったが、独身で身寄りのないこの男に目をつけたLysander Stark大佐が或る日、極秘に水圧機の修理を依頼してくる。夜更けに現地に向かい作業に取りかかるが、その機械があらかじめ相手の説明していた種類ものではなく、もっと大がかりな偽金造り用のものだと見破ったHatherleyは一味に命を狙われ、ドイツ女性に助けられて逃げ出すところを、大佐の振り下ろされた斧に親指を切り落とされたのだった。残念ながら警察の手が伸びる前に、秘密の家は火事になりドイツ人一味も逃げ失せてしまう。*The Bruce-Partington Plans* のドイツ人スパイも同様にイギリス警察の手をすり抜け国外に逃亡している。このようにHolmesものでは、ドイツ人は罪を犯しても正義の手に委ねられず仕舞いだが、それには当時、イギリス人の側では、不気味な存在としてのドイツへの脅威が表わされているという。また例えば1903年出版のErskine Childers作 *The Riddle of the Sands* では、ドイツによるイギリス侵略を描き、ヒステリックなまでにイギリス人に反独感情を抱かせたという。[11]

　中西輝政は「大国が衰退するとき、そこには必ず精神的な活力の衰えが見出される。」と述べ、[12] 歴史家ジョバンニ・ボテロの次のような言葉を引用している。「偉大な国家を滅ぼすのは決して外向的な要因ではない。それは何よりも人間の心のなか、そしてその反映たる社会の風潮によって滅びるのである」。事実1850代の「精神的な活力」みなぎる大英帝国と、「人の心」つまり精神的活力の枯渇した世紀末のイギリスとでは雲泥の落差が見受けられる。1870年代以降のイギリスの世相は暗い。1872年、物騒な世相を証明するかのように、ロンドンの警察官が賃金引き上げと労働条件の改善を求めて、ストライキを起こしているし、1878年にはロンドン警視庁犯罪捜査部（CID）が設けられている。1873年イギリスは大不況に見舞われる。Holmesものが登場する1880年代に入ると、ロンドンの貧困層の惨状を告発したパンフレットが相次いで出され、保守派中産階級を主な対象とした *The Times* 紙の事務所爆

第6章　地中海の彼方のShaerlock Holmes

破未遂についで、地方自治体部局の事務所が爆破されたのが1883年3月で、二つの地下鉄の駅にダイナマイトがしかけられたのは10月のこと、1884年2月にはヴィクトリア・ステーションが一部爆破されたのに次いで、5月30日アイルランド愛国主義のテロリストによってCIDの事務所が爆破され、その結果として特捜部が設置されることになった。トラファルガー・スクエアでの失業者の集会は暴徒化し、ロンドンのクラブ地区を攻撃したが、1887年11月13日の血の日曜日事件にまでエスカレートしていく。またブライアント・メイ工場ではマッチ作りの女子工員がストライキを起こしてもいるし、1888年には世に悪名高い切り裂きジャック事件が起き、1889年にはロンドンの波止場人足がストライキをしている。1885年～1889年は、Holmesものが事件の題材に選び描かれた第一期の時代にあたるが、その背景にはこのように暗澹たる世相があり、人々の精神的活力が後退していった時代だ。そんな中でドイツとアメリカというはつらつとした若い精神的活力にみなぎった強大な国がイギリスに脅威となって圧迫してくる。さらに1890年代から第一次世界大戦にいたる時代は経済力も経済的主導権も文字通りイギリスからドイツ・アメリカに移行していくことになったのだ。

IV

1908年Robert S. Baden-Powell（1857-1941）が出版した*Scouting for Boys*（『青少年のための斥候術』）は、この時代の青少年に男性らしさを刻印づけるためのもっとも重要なテキストになったという。ボーイ・スカウト運動を通じて、男性らしい態度、行動、考え方などを教えこもうとしたものであるが、その中でKiplingの*Kim*やSherlock Holmesの*Adventures*と*The Memoirs of Sherlock Holmes*（1893）を模範的男性の行動の例として言及している。Holmesが観察して、対象のこまごまとした

特徴に気づき、そこから推論を組み立てていく過程が、ボーイ・スカウトには大いに参考になるというのだ。例えば、*The Resident Patient* では、Holmes の現場到着までは自殺と考えられていたのに、葉巻の複数の種類だとか、端の切り方や足跡から、Holmes は 3 人の人間による他殺だと推論するが、こういう観察力が重要だと強調する。青少年によく知られた物語の人物を用いて、男性らしい態度や行動をお手本にするのには、Holmes ものは最適だったが、観察、合理主義、事実に基づくこと、論理、友情、勇敢、決断が男性らしさに求められたことだった。

　田中治彦の『ボーイ・スカウト』によると、[13] この妙な Baden-Powell という名前は 3 歳で亡くした父のファースト・ネイム、Baden を、母親がいつまでも記憶に留めるようにと複雑化したものであり、この父はオックスフォード大の幾何学と光学の権威で、神学者でもあった。Robert はパブリック・スクールの劣等生だったが、オックスフォード大を志願したものの、Lewis Carroll が数学の試験官で、見事失敗し、陸軍の試験を受けた。ところがこちらには好成績で合格できて、軍人の道を選ぶことになった。Baden-Powell が軍隊で活躍した 1870 〜 1910 年頃の時期はイギリスが歴史上もっとも対外的に拡張し続け、世界の陸地の 4 分 1 を支配した時代であり、Baden-Powell は、インドではセポイの乱、次にアフガニスタン戦争、南アフリカのボーア戦争、マルタ島にガーナと非常に多忙であった。ただし Baden-Powell は戦で手柄をたてる名将ではなく、軍隊生活の敵である退屈を紛らわすための余興、つまり芝居や歌、舞台の演出等で頭角を現したという。軍隊面で活躍したかったものの、本格的戦闘のチャンスはめぐってこない。やがて第二次ボーア戦争で再び南アフリカに赴き、スポーツ、コンサート、演劇を組織するのはもちろんのことだが、Baden-Powell は偵察と斥候に才能とアイディアも持っていた。例えば、町の周辺に地雷の箱を埋め込むが、実は殆んどの箱の中には土しか入れていないのに、敵の目の前で唯一ダイナマイトが入っている箱を爆破して見せ、全部に地雷が入っているように見せか

ける、あるいは遠目には見えないことを利用して、杭だけ建てて鉄条網ははらずにおき、兵士には鉄条網をくぐる演技をさせて敵を信じさせる、といった具合だった。このマフェキングで後のボーイ・スカウトの原型とも言うべき組織を生み出している。つまりそれは9歳以上の少年を見習い兵団として編成し、軍事情報の伝達や郵便物の配達、見張りをさせ、長期の籠城戦には足手まといな少年たちを一つに組織し、軍務の一部を任せ、責任感を持たせて、大いに活用するというものであった。

　ちなみにボーイ・スカウトがらみでは、熱帯のジャングルではヘルメットよりもつば広の帽子の方が太陽光線や木の枝から身を守るのに役立つことを学び、そこでのちにスカウトの制帽に採用されたということや、スカウト運動とBaden-Powellの生い立ちには関係があるということなどが挙げられる。こんな風に女性との接触もなく海外を転々としていたから、54歳まで独身で、22歳の少年のようなタイプのオーレブ・ソームズと出合い結婚した。それはつまりBaden-Powellは「ボーイ」・スカウトを愛していたからで、なにしろ父を3歳で亡くしてからは、母の手一つで育てられた、いわゆるピーター・パン・シンドロームで、長子もピーター・パンにちなんでピーターと名づけ、女性はピュアな少女か、さもなければ天使のような母親でなければならず、成熟した女性は受け入れられなかったという。それゆえ大人にならない子供たちの世界を愛し、永遠の少年たちの楽園を終の住み処にしたのだろう。Baden-Powellはマフェキングの英雄となり、少将に昇格する。

　1903年イギリスに戻った

Baden-Powell は、ボーア戦争での体験からイギリス軍の弱さを肌で感じてはいたが、青少年の身体とモラルの荒廃ぶりに愕然となった。現実、ボーア戦争では身体検査で6割の青年が不合格になったというが、世紀末の「人の心の精神的活力の枯渇」ばかりでなく、青少年、特に労働者階級のモラルや身体への危惧も加わり、他のインテリたちと同様、イギリスの将来に対する危機感を抱くようになった。そこでマフェキングの見習い団の成功を手本にして、少年たちに一定の訓練と責任を与えて団結心を養う組織を作ることを思い立つが、今から見れば軍事訓練とも、また市民教育とも取れるような、ボーイ・スカウトの前身と言うべきものが誕生したのだった。こうして愛国心、協力、団結、自己犠牲、勇気、冒険、スポーツ、観察力、推理力、強靭な肉体、軍隊、大英帝国、植民地、友情、国旗といったキー・ワードが浮かび上がり、これが当時イギリスの青少年にとっての男性らしさを表すものとなり、これは Holmes、そうして Doyle へとつながっていくのだ。

　ところで Holmes ものを読んでいると、とりわけ初期の作品には、必ずしも愛国心が蔓延しているわけでもないことに気づく。何よりも相棒の Watson はアフガニスタン戦争の犠牲者で、*A Study in Scarlet* では冒頭からこう紹介されている。第二次アフガニスタン戦争に参加するものの、他の大勢の将兵が昇進して勲章をもらったのに、Watson が手にしたのは不運と災難だけだ。そしてマイワンドの激戦で、ジェゼール弾に肩の骨を打ち砕かれ、命からがら多くの負傷兵とともに陸軍病院に移されるが、今度は腸チフスにかかって数ヵ月、生死の界をさ迷い、祖国に戻ったのだった。ただし、*The Sign of Four* ではジェゼール弾が撃ち込まれているのはアキレス腱になり、*The Noble Bachelor* では、雨が降り季節の風が吹くと、アフガニスタン戦争の名残のジェゼール弾が "one of my limbs" で疼くように痛みだすとなる。負傷の箇所は曖昧にされ、またころころと変わってはいるが、ここで読者に Watson が負傷兵であることをたびたび思い出してもらおうとしているかのように思える。それ

第 6 章　地中海の彼方の Shaerlock Holmes

に Watson は戦争で全然手柄をたてたりしてはいないし、お国のために身を粉にして働いたとか、戦争に加わったことを誇りにしているといった風は見受けられない。愛国主義サイドから言えばむしろ Watson は負け犬だ。

　Case-Book に収録されている後期の作品 *The Blanched Soldier*（『白面の兵士』）ではボーア戦争の犠牲者が描かれている。主人公 Godfrey Emsworth はボーア戦争帰りで、なぜか両親によって世間にひた隠しにされ幽閉されている。Kestner[14] は男性論の立場から、クリミア戦争で大活躍しヴィクトリア十字勲章を受けた父と息子の関係だとか、二度目の結婚で相棒の Watson を欠き、目下 Holmes が独りぼっちであることと、親友 Godfrey 捜しを Holmes に依頼する戦友 James M. Dodd とは、いわばパラレルな関係にあり、そこで男同士の友情だとか、要は権力や権威、友情の観点でこの作品を解釈している。また、心霊術に熱中したDoyle の「エキゾティックやグロテスクのより粗野な扱い」を帯びた作品であり、「死に物狂いの新しもの捜索に伴って、残虐、不気味、醜悪な外観といったものの強調が次第にひどくなる」[15] との指摘があることも否めないが、それでもボーア戦争による間接的悲劇を描いているのには違いないのだ。もちろん Doyle は健全な中産階級やイギリスの将来を担う青少年に向けて、空々しいほどのねじ曲げ方をハッピー・エンドにしてはいる。

　プレトリア市郊外、バッフェルスプルートの戦いの最中、Godfrey ら 3 人は隊からはぐれてしまい、そのうち仲間 2 人はボーア人に殺され、Godfrey 自身も象を撃ちぬく弾丸を肩に受けたものの、馬の鞍にしがみつき数マイルは逃げ、そのうち気を失って馬の鞍から振り落とされてしまう。気がついてみると夜は更けたが、幸い近くに大きな家が見つかり、早速そこにもぐり込んで、空いていたベッドで眠り込んでしまった。翌朝目が醒めてみると、そこは以下のようであった。

it seemed to me that instead of coming out into a world of sanity I had emerged into some extraordinary nightmare. The African sun flooded through the big, curtainless windows, and every detail of the great, bare, whitewashed dormitory stood out hard and clear. In front of me was standing a small dwarflike man with a huge, bulbous head, who was jabbering excitedly in Dutch, waving two horrible hands which looked to me like brown sponges. Behind him stood a group of people who seemed to be intensely amused by the situation, but a chill came over me as I looked at them. Not one of them was a normal human being. Every one was twisted or swollen or disfigured in some strange way. The laughter of these strange monstrosities was a dreadful thing to hear.

'It seemed that none of them could speak English, but the situation wanted clearing up, for the creature with the big head was growing furiously angry and, uttering wild beast cries, he had laid his deformed hands upon me and was dragging me out of bed, regardless of the fresh flow of blood from my wound. The little monster was as strong as a bull, and I don't know what he might have done to me had not an elderly man who was clearly in authority been attracted to the room by the hubbub. He said a few stern words in Dutch and my persecutor shrank away. Then he turned upon me, gazing at me in the utmost amazement.[16]

なんだか正気の世界に戻ったのではなく、不思議な悪夢の世界にいるようだった。アフリカの太陽が、カーテンもない大きな窓から、燦々と降り注ぎ、広くがらんとした真っ白な部屋の隅から隅までを、くっきりと浮かび上がらせていた。見ると、目の前に、大きな球根のような頭をした小人みたいな男が立っていて、茶色の海綿みたいな、気味の悪い両手を振り回しながら、オランダ語で何かしきりに喚きたててるじゃないか。そいつの後ろには、この光景を面白そうに見つめているらしいものたちが立っていた。だけど、そいつらを見たとき、ぼくはぞっとしたよ。

　誰一人として、まともな人間はいないんだ。どいつもこいつも、身体が捻じれていたり、膨れ上がったり、醜く崩れていたりしているんだ。そういう恐ろ

第6章　地中海の彼方の Shaerlock Holmes

しげな生き物たちが笑っているさまは、聞くも恐ろしいものだったよ。誰一人として、英語の話せるものはないようだった。でも、何とかしてこの場を説明しなければならない。というのは、その大きな頭をしたものが、かんかんに怒りだして、荒々しい叫び声をあげながら、不具の両手をぼくの身体に投げかけて、ぼくが、傷口から鮮血を流しているのも気にせずに、ベッドから引き摺り下ろそうとしていたからなんだ。その小さな化け物は、まるで牛みたいに力が強いんだ。あのとき、明らかにそこを取り仕切っている年配の男の人が、騒ぎを聞きつけて来てくれなかったら、ぼくはどうされていたか分からないよ。その人が、オランダ語で何か怒鳴りつけると、ぼくに乱暴していたものたちは、みんないなくなってしまった。そうしてその人たちは、ぼくのほうを振り向くと、とても驚いた様子で、ぼくをじっと見ながら。(pp.95-6)

何とよりにもよってハンセン病の病院だったのだ。Godfrey はここで同じ病を移され、帰国したのだが、家族は世間に対して息子は長い旅に出たと偽り、隔離生活を送らせていたわけだった。この作品が扱っているのは、ボーア戦争での一個人の残酷で皮肉な体験とその後遺症であるのに、Godfrey は実はハンセン病ではなく皮膚病だったと、Doyle は落ちをつけて、この作品のやり切れなさをかろうじて救ってはいるが、依然として読者の心に暗い影を落とし、何か引っかかりを残したままにさせているのは否めない。たしかに、*His Last Bow*（『最後の挨拶』）において、Doyle はドイツ対イギリスのスパイ対決を描き、Von Bork に対し、"After all, you have done your best for your country and I have done my best for mine, and what could be more natural?"[17] と Holmes に語らせ、愛国主義の鎧兜を纏わせて、Holmes の別れの挨拶としてはいるけれども、どんなに Doyle が愛国主義を力説しようが、また信奉しようが、Doyle が思い描いたものとは裏腹に、Holmes ものの作品に描かれる登場人物たちが Doyle を一番裏切っているように思えてならない。一方で Doyle が

どんなに戦争賛美を唱えようと、その同じ Doyle 自身が Holmes もので は戦争の犠牲となった者を登場させていることも紛れもない事実だし、 Holmes の事件に関わってくる人物たちは男性らしさとは名ばかり、外 見の権威や威厳と卑小な実体とのアンバランスな人間ばかりだ。愛国主 義も、戦争賛美も、フェア・プレイ精神も、勇気も、冒険も、友情も、 何もかもみんな、Doyle の、そしてまた倒れかけた大英帝国インテリの 最後の気負いであり、虚勢ということだったのだろうか。

註

1. Charlotte Brontë, *Jane Eyre*, (Harmondsworth: Penguin Books,1966), p.141. 邦訳は『ジェーン・エア』(上) 大久保康雄訳（新潮社、1967 年）pp.185-86 による。
2. Richard Green, "His Final Tale of Chivalry", in *The Quest for Sir Arthur Conan Doyle*, (ed., Jon L. Lellenberg, Southern Illinois Univ. Press, 1987), p.44.
3. ロナルド・ピアソール、『シャーロック・ホームズの生まれた家』小林司、島弘之訳、（河出書房新社、1990 年）p.128。
4. Green, p.52.
5. ボーア戦争を扱った本によって、イギリス軍のべ数や死傷者数にはかなりばらつきが見られるが、ボーア軍側の数は一定している。
6. Arthur Conan Doyle, *The Adventures of Sherlock Holmes*, (Oxford: Oxford Univ. Press, 1994), p.5. なお、邦訳は『シャーロック＝ホームズの冒険』(下) 各務三郎訳（偕成社、1986 年）によるが、一部修正し、漢字標記に改めた。以降この作品からの引用は全てページ数を引用の後に示す。
7. 高橋裕子、『世紀末の赤毛連盟』、（岩波書店、1996 年）、pp.1-10。
8. Joseph A. Kestner, *Sherlock's Men*, (Aldershot: Ashgate, 1997), p.3. なお本章において、男性論に関する知識・情報は同書を参考。
9. Kestner, P.4. なお、邦文は拙訳による。
10. *Ibid.*, p.5.
11. *Ibid.*, p.10.
12. 中西輝政、『大英帝国衰亡史』、（PHP 研究所、1997 年）p.149。
13. 田中治彦、『ボーイ・スカウト』、（中央公論社、1995 年）、ベーデン・パ

第 6 章　地中海の彼方の Shaerlock Holmes

ウエルに関してはその他に、井野瀬久美恵、『子供たちの大英帝国』、(中央公論社、1992)、『ベーデン - パウエル』安斎忠恭監訳、(産調出版、1992 年) 参照。
14. Kestner, pp.194-98.
15. イーアン・ウーズビー、『天の猟犬』村田靖子訳 (東京図書、1991 年) p.228。
16. Arthur Conan Doyle, *The Case-Book of Sherlock Holmes*, (Oxford: Oxford Univ. Press, 1994), p.167. 邦訳は『シャーロック＝ホームズの事件簿』(下) 福島正実他訳 (偕成社、1985 年) pp.95-6 によるが、一部編集し、漢字標記に改めた。
17. Doyle, *His Last Bow*, (Oxford: 0xford Univ. Press, 1994), p.170.

第 7 章

E. M. Forster と地中海の誘惑

　18 世紀、イギリス貴族階級の間では子弟をヨーロッパ大陸へ "grand tour" に出すことが大流行したが、表向きの建て前としての "grand tour" は省略することにして、ここではもう一つの陰の目的を考えてみたい。男性はそもそも戦争を戦うため、新大陸発見のため、植民地開拓、商売のため旅をした。そしてエリック・リード[1] の説によれば、旅は子孫・種族を世界に拡大することであった。さらには観光と性が密接に結びついていることは、例えば日本男性の買春ツアーが端的に証明しているし、本質的に事情は当時イギリスの "grand tour" でも同様で、しかも "grand tour" の間に、ある程度性的体験を積むことはむしろ貴族の子弟に期待されることであった。だから親の心配は歌手やダンサー、売春婦といった下賤の女を相手に持ち金を全部巻き上げられたり、性病を貰ったりしはしないだろうかという点にあった。イギリス人は、自由恋愛を楽しんだ当時のフランス上流階級の女性との付き合いはむしろ下手で (*A Sentimental Journey* の Mr. Yorick は例外的だ)、玄人や半玄人がアヴァンチュールの相手だったが、イタリアでは貴族夫人から高級娼婦にいたるまで恋の手ほどきを受けることができたという。
　"grand tour" は、産業革命の進行によってイギリスの中産階級の富裕化が進み、鉄道、蒸気船が登場し、さらに Thomas Cook の発案したパッケージ・ツアーが普及するにつれ、もはや特権階級だけの高嶺の花で

はなく、一般大衆の手に届くものに取って代わった。ところが "grand tour" の陰の目的の伝統は思わぬ形を取って次世代に引き継がれることとなった。

I

　18世紀末まで[2] イギリスではホモセクシュアルはさらし台にさらされ、群集がこういう人たちに物を投げつけ、結果、身障者になったり、亡くなったりした。もっともホモセクシュアルの噂を意図的に流し政治的陰謀に利用するという側面もあった。[3] 19世紀初頭には迫害の対象であり、実際問題として、この罪状の真偽の追求は難しいものの、1861年までホモセクシュアルはイギリスでは死刑が適用されえたし、その後約1世紀の間、終身刑がまかり通っていた。ちなみにホモセクシュアルという言葉は *O.E.D* の1971年度版では補遺に1897年の用例として初登場し、第二版で晴れて本文に、5年早い1892年の用例が最も初期の使われ方として採用されているが、それは精神医学用語としてであった。それ以前は男色（sodomy）が一般に使われていた。1885年ロンドンの「白人奴隷売買」に反対する W.T. ステッドのキャンペーンに応える形で刑法改正法が議会を通過し、売春婦の同意年令が13歳から16歳に引き上げられたが、これにラブシェール修正項が追加されて、それによって初めて男性の同性愛行為が不法行為と見なされ、事実、男性の同性愛は女性の売春よりはるかに重大で深刻な犯罪にされたが、人のそしりだけでなく法による起訴の対象となったのだった。ところでこの改正案は「同性の者同士の『下卑た不品行』をほかの弾劾の対象に含めて刑罰に処すべき犯罪に認定するよううたっていた。女王の精査を仰ぐべく法案を上奏したところ...「女はそんなことをしない」とも述べられたそう」[4]で、イギリスでは男性のみが同性愛罪が適用され、レスビアンは

その対象とされないのは、このためであるという眉唾ものの逸話がある
そうだ。
　とは言っても、こういう刑罰を免れ、秘密の集会場や自分たちの隠
語で合図してホモセクシュアルは生きながらえた。また常にホモセク
シュアル弁護の著作も公にされてきたが、さらし台のむごたらしさを
訴えた Edmund Burke [5] や、功利主義の Jeremy Bentham もその一人だっ
た。Bentham は、古代ギリシア・ローマがホモセクシュアルによって文
化や軍隊の偉業が減ぜられるということはなかったと主張したが、生前
に出版されることはなく、学者の目に止まったのも 1980 年以降のこと
だ。多くのホモセクシュアルたちは、国のこういう法によって国外に免
れるか、金と暇のある人たちは外国でうさ晴らしをするか、といった行
動に出た。これらの人々の中には *Vathek* を書いた W. Beckford、国内で
は女性を国外では男性を相手に使い分けた Byron、さらに Walter Pater、J.
Adington Symonds、A.E. Housman、Edward Carpenter、Oscar Wilde、Corvo 男
爵、E.M. Forster などがいた。
　ヴィクトリア朝は大英帝国が未曽有の発展を遂げ、繁栄の担い手と
なった中産階級の間で、Victoria 女王一家をその範として、男は外で働
き、女性は良き妻、賢い母として家庭に安らぎを与え、家を守る「家庭
の天使」という家父長制がその理想となった。しかし、一枚ヴェール
をめくれば、偽善、世間体、スノビズム、階級差別、偏狭なピューリタ
ニズムの道徳が支配・蔓延し、とりすました世間体と偽善のもと、人々
は閉塞状況に置かれていたが、退廃を極めた実体は王室でも同じで、
Victoria 女王の皇太子 Edward には賭博や何人もの愛人のスキャンダル
が流れていたし、その長子の Eddy にいたっては、官能的な生活以外に
は何事にも興味を示さず、空虚な存在で、大酒飲みで性病を抱え、特
に 1889 年のクリーヴランド・ストリート事件では配下の厩舎管理官の
Arthur Somerset 卿が贔屓にする同性愛好者の淫売宿が明るみに出、この
スキャンダルでは同性愛犯罪のかどで郵便配達の少年たちを投獄しただ

けで、Eddy を含む高位の人々に刑罰が及ぶことはなく、もみ消されてしまった。

II

E. M. フォースター

　20世紀は不吉な始まり方をした、と漱石は述べているが、Victoria 女王が 1901 年に亡くなり、次の Edward VII 世が即位したとき、すでに 60 歳を過ぎ、その人物には威厳も迫力も乏しく、しかも大英帝国の国威にも影が差しかかり、人々の心にも不安な予感がよぎる、といった時代風潮の中に、E.M.Forster が登場してくる。Edward Morgan Forster は 1879 年 1 月 1 日の生まれで、亡くなったのは 1970 年と長寿であった。詳かな年譜はすでに多数出版されているからそちらに譲ることにするが、重複してもいくつかの点には触れざるをえない。第一点は Thornton

第7章　E. M. Forster と地中海の誘惑

家。有力銀行の大株主で父も祖父もイングランド銀行の頭取、社会福祉事業に熱心で奴隷制度廃止、異教の改宗、刑務所改善といった、教義より実践をモットーとする国教会のクラッパム派、いわば当時イギリス中産階級の金の力で世の中の不正、欺瞞を解決するという考え方を端的に表す宗派に属していた Thornton 家の長女 Marianne の庇護を受けて Forster は育つ。父方の祖父は牧師であったから、いわば逆玉のこしで、Thornton 家の九番目の娘と結婚する。母方の実家 Whichelo 家では、祖父は中学の美術教師だったが 41 歳で死亡。妻と 10 人の子が遺されるが、その長女 Lily が E. M. Forster の母で、Thornton 家の Marianne の世話を受けることになる。つまり Marianne の甥の Eddie（E. M. Forster の父）と Lily は、Thornton 家を介して恋仲になり、身分違いの結婚をし、生まれたのが E. M. Forster であった。父方はみなこの結婚を嫌い、その様は *The Longest Journey* の Rickie の母や *Where Angels Fear to Tread* の Lilia の形をとって現れている。ところで結婚後 Lily は長子を流産するが、この最初の子は結婚式からの日数と合致せず、しかも 11 月に婚約、1 月 2 日の結婚は当時としてはまれなスピードだったらしい。[6] それにもまして E. M. Forster の父は両刀使いでもあったそうだ。Forster の小説で中産階級に属する父親像にはどれとして良い父は登場していない。

The family hostile at first, had not a word to say when the woman was introduced to them...
　Things only went right for a little time. Though beautiful without and within, Mrs. Elliot had not the gift of making her home beautiful; and one day, when she bought a carpet for the dining-room that clashed, he laughed gently, said he "really couldn't", and departed. [7]

最初は反対していた家族も、彼女を紹介されると、言うべき文句がなかった…。
　二人がうまくいったのはほんのしばらくの間だけだった。ミセス・エリオッ

トは外面的にも内面的にも美しかったが、自分の家を美しくする才能は持ち合わせていなかった。そしてあるとき彼女が食堂用に場違いな絨毯を買い入れると、彼は静かに笑って「とてもがまんできない」と言い、家を出た。

　自叙伝的要素の一番強い *The Longest Journey* からの引用であるが、作品で体が不自由であるというのは、主人公 Rickie と同じく父もまたホモセクシュアルであることを暗示し、母の絨毯の選び方に美的センスの受け入れがたい違和感を覚えると、父は家を出ていってしまう。そして父が亡くなった時、母はずっと若く幸せに見えた、と Forster は描写している。

　Lily が妊娠4か月の時、恩人 Marianne は夫妻をパリ旅行に行かせるが、奇妙なことに、遠い親戚で友人の Ted Streatfeild も同行させ、大枚のおこづかいも持たせる。実はこの Ted が Forster の父のホモセクシュアルの相手だったのだ。[8] 2人は同じ建築の仕事をし、すでに2人でヨーロッパ旅行にも出掛けていた仲だった。ともかく、父は肺をわずらって、Forster が1歳のとき亡くなり、以後母と Marianne 伯母さんとの愛を一身に受けて育つことになる。Marianne 伯母さんが1887年に亡くなると、Forster には8千ポンドの遺産が入り、このため金銭の苦労から一切免れた人生が始まり、事実、第二次世界大戦後のインフレによって貨幣価値が下がり、*Passage to India* の印税で Forster は初めて額に汗して働くという実感を体験するのだ。

　これも周知の事実だが、プレパラトリー・スクール時代、E. M. Forster は中年男性の変質者との遭遇で初めて性的異常体験をする。その後パブリック・スクールに進学するが、神経質で甘え子の Forster には寄宿は合わないと判断した母 Lily はケント州 Tonbridge に学校を決め、母と子は近くの借家を見つけて通学生となるが、あまり仲間と付き合うことのない暗く孤独な毎日だった。ところで Forster が16歳の時

第 7 章　E. M. Forster と地中海の誘惑　　197

の 1895 年 4 月に 2 週間、Lily は息子を連れてフランスを旅している。Beauman の推理によれば、[9] 表向きは伯母の訪問だったが、この 4 月はまさに Oscar Wilde 裁判が行われた時と符合し、4 月 11・18 日が Wilde の証言聴取で、10 ～ 27 日までイギリスを離れたのは、Lily の意図したところだというのだ。

　1891 年当時 37 歳の Oscar Wilde は耽美派の中心的存在できわめて著名な人物、しかも服装の奇抜さでも名を馳せ、ロンドンの上流社交界に多くの信奉者を抱えていた。Wilde には同じアイルランド出身の美しい妻と 2 人の子供がすでにあったが、Alfred Douglas 卿と知り合い、この青年の薄青い大きな瞳、金髪の巻き毛、端正な卵形の顔にぞっこん入れ込んでしまい、6 か月後には 2 人の仲は噂の的となった。Alfred の方はホモセクシュアルであることを隠さなかったが、Wilde は公言しようとはしなかった。Alfred Douglas 卿の父、第八代 Queensberry 侯爵 John S. Douglas はスコットランドでも有数の貴族の出であったが、ボクシングと馬が大好きで、召し使いに手を出したりと、素行も言葉使いも性格も芳しからぬ暴れん坊の奇人という評判の男で、息子と Wilde の関係の噂に腹を立てた。父の侯爵はありとあらゆる様々な嫌がらせの後、とうとう訴訟に踏みきった。都合三度の裁判が行われるが、洗練を鼻にかけ、耽美主義者であることにうぬぼれた天才芸術家は、世間の恐さを思い知らされることになる。法廷で黒のフロック・コート、ボタン穴には蘭の花をさして登場した、成功しか知らぬ男、Wilde は以降、挫折の道を突っ走って行くことになるが、前述の 1885 年の法改正の犠牲者となり、裁判はヴィクトリア朝の道徳で禁固 2 年および強制労働の刑が下される。[10] 息子 Forster の同性愛的傾向をうすうす気づいていた母 Lily がこの時期イギリスを離れようとしたことを、まったくの偶然とは割り切れない感もある。

　E. M. Forster は 1897 年ケンブリッジ大学のキングス・カレッジに入学し、最初は古典学を 4 年次には歴史学を専攻するが、口数の少ない読

書好きの瞑想家だった。ここでは南ヨーロッパ美術の講義に興味を抱き、ヴェネツィア派画家論では Roger Fry の集中講義をきいた。特記すべきは 4 年次に Apostles' Society（使徒会）[11] という長い伝統を誇る討議会のグループへの加入が認められ、多くの優れた先輩、友人、例えば、G.E.Moore、Bertrand Russell、Golsworthy Lowes Dickinson、Lytton Strachey、Trevelyan、Maynard Keynes、Leonard Woolf らに紹介されたことであろう。*Maurice* や *The Longest Journey* に描かれているように、Forster はケンブリッジ、特にこの「使徒会」でギリシア的愛と自由といった思想を育んでいった。ちなみにこの「使徒会」はホモセクシュアルのたまり場でもあり、Forster 自身もこの会の加入を強く推薦してくれた親友 Meredith に同性愛の感情を抱いていた。

　ケンブリッジを卒業した 1901 年 10 月、E. M. Forster は母を伴って 1 年間の予定でイタリア旅行に出発する。この旅行によって *A Room with a View, Where Angels Fear to Tread* といくつかの短篇の着想を得る。ルートはカレーからパリ経由でスイスのバーゼル、イタリア北部、その後ミラノ、（ここで部屋の取り変え事件が起きているが、「眺め」のせいではなく「タバコの臭い」のせいだった）、フィレンツェに約 6 週間滞在するが、最初はホテルに、その後ペンションに移り、12 月上旬にコルトナ市に行き、アッシジを経てペルージャに向かう。ここで「女流作家」などの創作素材に恵まれる。12 月下旬にローマへ行き下宿に滞在するが、不注意のため足首捻挫や右腕骨折をして当初予定のギリシア周遊を中止し、シシリー島までとする。翌年 10 月ロンドンへと帰京するが、旅行を回顧して、イタリア人の家にも行かず、友人もできない "timid"[12] な旅行だった、と Forster は述べている。

　その後 1903 年 3 月下旬 E. M. Forster は母とその友人の中年女性と 3 人でふたたび旅に出るが、母たちとフィレンツェで別れ、キングス・カレッジの古典学専攻学生たちのイースター休暇を利用したギリシア・ゼミ旅行に便乗し、ゼミ旅行後も Forster だけギリシアをあちこち見て

第7章　E. M. Forster と地中海の誘惑　　199

回り、フィレンツェ、コルトナ経由で8月初旬ロンドンに帰還する。Forster はこのイタリア・ギリシア周遊旅行で自由を満喫したが、Forster の地中海を扱った作品の検討に入る前に、イギリスのホモセクシュアルの人々がなぜギリシア・ローマに憧れ、実際そこに行き、魅惑されるのか、その源流を考えてみたい。

III

北方のヨーロッパ男性が南ヨーロッパの少年の愛を求めるというイメジは繰り返し文学や映画や音楽に描かれるテーマだ。代表例はトマス・マンの『ヴェニスに死す』で、タジオはイタリア人ではないが、北方の男性が南方ホモセクシュアルなロマンスに魅かれていくというもので、これはゲイ・カルチャーの永遠のテーマになっている。その他労働者階級のマッチョな男性、エキゾチックな外国人、制服の男、思春期の少年、筋肉質のスポーツ・マンなどだが、西洋におけるホモセクシュアルのパターンはどうしてこういう特定のイメジを持つのか、その文化的背景から考えてみたい。

ハルプリンの『同性愛の百年間』[13] もより示唆に富むが、Aldrich の文章はコンパクトにして明快であり、これを参考に説明することにする。現在約2万個のギリシアの壺が知られているが、約2百個には官能的場面が描かれ、そのうちの多くが同性のそれである。ギリシア彫刻はアポロのような男性美を追求し、ギリシア神話には多くの同性愛が登場し、ゼウスとガニュメデス、アキレスとパトロクルスなどのラヴ・ストーリーが語られ、

ガニュメデス

ギリシア詩は大人の男性による少年への愛を語り、哲学ではプラトンが『饗宴』で性と愛を扱っている。

例えば、アルカイック・ギリシア時代、貴族の間では男色（pederasty）はイニシエーションの儀式で、ヨーロッパ文化から他の文化圏へも広がりを見せていたものだ。それは1人前の男性へ導く儀式で、若者の教育・しつけに貢献するものであった。年上の大人の男性は若者の模範で、大人になることを表すいくつかのプレゼントをする。戦士として甲冑一式、神へのいけにえとしての牛、宴会への許可の象徴としての酒杯などがそれであった。次世代になると、儀式の象徴的意味は消え、男性的技能、とりわけ狩猟の伝授となり、アテネ黄金期には官能的性的関係へと一般化していく。ギリシアの同性愛では "active" と "passive" な役割分担がなされ、"passive" な役割を受け持つのは、思春期前後の少年、奴隷、男娼で政治的権利を十分に持たない男性たちだった。ギリシア彫刻や絵画では、美しい若者は肩幅が広く胸が厚く、ヒップアップし、ウエストは細く、がっしりとした太腿、鼻筋とおり、大きくはないがふっくらした唇、丸々とした頬に、堂々とした目をして髭がない。一方大人の男性のほうは円熟を表すように全身毛むくじゃらである。古代ギリシア人は美しい目とがっしりした太腿、野外の運動で鍛え上げられ日焼けした肌に魅力を感じた。ギリシア美術には多くの裸体が描かれているが、これも練成所（gymnasium）や浴場など、生活の場で裸が受け入れられていたことを表している。ギリシア哲学では『饗宴』の中で愛と友情が語られ、とりわけ男性間の愛が議論されているが、例えば、パウサニアスは愛には "heavenly love" と "common love"（男女の愛）があり、"heavenly love" の方が高貴で、これの肉体的側面は少年の愛を意味すると言うし、アリストファネスも同性を求める若者がもっとも男らしいもので、最高のあり方であると語る。ソクラテスの考えを総括すれば、男性同士の愛は知識に通ずる道で、1人の特定の男性の美を追求することが絶対の美と知識を獲得することに通じる、というものである。

第7章　E. M. Forster と地中海の誘惑

　ローマ世界では、当初ホモセクシュアルはギリシアの悪と考えられた。共和制ローマは性と政治と権力が密接に結びついていた男性的社会であったから、ギリシア文化の入る余地は殆んどなかった。けれどもローマがヘレニズム化されてくると、男色が普及し始めるが、ギリシアとの相違点は若者の方が奴隷か自由奴隷で、御主人の欲求を満たすのが奴隷の義務と考えられたから、社会的に認められたのであった。この頃には古代ギリシアで男色に見られたイニシエーションや教育の役割は、まったく認められなく、もっぱら官能的肉体関係のものとなる。ローマ帝国では、ホモセクシュアリティはごくありきたりのこととなる。ギボンによれば、最初の15代の皇帝のうち、性的に正常であったのはクラウディウスただ1人だったという。カエサルはビチュニアの王ニコメデスの"passive"パートナーで、元老院議員の語り草では"every man's wife and every woman's husband"であったという。ティベリウスはカプリ島での乱痴気騒ぎでその悪名を響かせ、思春期前の少年たちを自分のプールの中で王に性的に仕えさせ、"daisy-chain"（=group sex）を特に好んだという。ネロはサド＝マゾヒズムを好んだという。こんな有様であるから、皇帝の敵対者は政治目的で王の性的倒錯の噂を流し、転覆をうかがう、ということもあった。カエサルの時代までには、軍隊でも市民社会でもホモセクシュアリティは広く認められた。売春も栄え、これに税も課せられ、ローマ暦では売春夫と売春婦のための休日も設けられ、男性間の結婚も認められた。

　文学でも『サテュリコン』やオヴィディウス、ウェルギリウスらの著作の中でホモセクシュアリティが賞賛されているが、歴史上忘れがたいのはハドリアヌスの同性愛であろう。ハドリアヌス皇帝(A.D.117-138在位)は法律の法典化や、ブリタニアのSolwayとTyneの間に築いた城壁で有名な、平和と繁栄をもたらした名君の誉れ高い人物であったが、(その前の皇帝トラヤヌスやその妻か、もしくはその両者とも情を通じていたという噂があり、)ローマにギリシア文化を広めた。皇帝は帝国

を常に旅して回っていたが、その際、ギリシア移民出身の美少年アンティノウスを見い出す。少年は皇帝より34歳年下で、公の任務にはつかなかったが、ハドリアヌスの付添いで愛人、常に旅のお供をした。A.D.130にエジプトを訪問した際、20歳のアンティノウスはナイル河で溺死しているが、真相は不明である。諸説の中に、アンティノウスの死を神への自発的いけにえと考えるものがある。数年ナイル河が氾濫しなかったため、干ばつ・飢饉が起き、エジプト人たちは美青年を例年ナイル河にいけにえとして、神に捧げてご機嫌をとることを信奉していた。アンティノウスは、ナイル河での死を恋人への最高の贈り物と考え、自殺の道を選んだのではないかというものだ。アンティノウスの死に、ハドリアヌスは悲嘆に暮れ、少年を神格化しアンティノポリスという新しい都市を築き、新しい星にはアンティノウスという名を付けた。

アンティノウス

　300年代後半、ローマ帝国にキリスト教が採用され、続く1世紀でローマ帝国が滅亡するが、ホモセクシュアリティはキリスト教教義のもと、政治勢力と結びついて揺らいでいく。神聖な結婚と生殖を伴わない性的関係、男性同士の性関係はキリスト教の神の嫌悪するところであり、死刑に処せられた。しかしホモセクシュアリティはサブ・カルチャーとして生き残り、ふたたびルネサンスで花開いていく。

　ホモセクシュアリティはルネサンス期イタリアと北方ヨーロッパで栄え、「イタリアの悪」と呼ばれ、男色の厳しい禁止令にもかかわらず、ヴェネツィアがそのサブ・カルチャーの中心となった。15世紀を通じて当局は男色に対し、罰金、絞殺、火あぶり等の刑を課し、"active"な

第7章　E. M. Forsterと地中海の誘惑

役割の方がより厳しい罰を受け、"passive" な役割の者は犠牲と考えられた。ルネサンス期のホモセクシュアルの代表者として、二度告発されたレオナルド・ダ・ビンチ、フィレンツェのアカデミアにあるダビデ像で完全な男性美を表現したミケランジェロ、チェリーニ、カラバッジオ、さらに多くの法王もいた。ルネサンスはギリシア学問の復興と結びつき、ギリシア文化の再発見を目論み達成したが、その中には新プラトン主義の洗礼を受けたソクラテス的愛の紹介も当然あった。後世の世代からもイタリア・ルネサンスはホモセクシュアリティのインスピレーションであり、正当化の源泉であり、なおかつ西欧文明における絶頂点であったとも考えられる。

　北方ではフランスのモンテーニュ、オランダのエラスムス、イギリスのフランシス・ベーコン（Francis Bacon）らは純粋な男性間の友情を異性間の性関係よりも崇高であると考えたけれども、ホモセクシュアリティは1530年代に重罪とされ、火あぶりの刑に処せられた。例えばShakespeareやスペンサー（Spenser）、クリストファー・マーロウ（Christopher Marlowe）の著作に見られる文学上のホモセクシュアル的表現に対する寛容さと、法律上の男色に対する厳しさとは極端な対照をなしていた。

　話を19世紀イギリスに戻すと、イギリス人にとっても、ギリシア・イタリアといった地中海地方はとりわけ強烈な魅惑の地となっている。古代遺跡やルネサンス芸術、強く明るい太陽の下の日光浴、自国を離れ、エキゾチックな外国での体験などの目的と並んで "homo" にしろ "hetero" にしろ性的な目的があった。前述のように、実際問題としてホモセクシュアルの場合は自国では重罪の宣告を受けかねなかったため、外国へ行くことは切実な問題でもあった。

　もちろん古代ギリシア・ローマ、ルネサンスと十分にホモセクシュアルの土壌を備えていた地中海地方ではあるが、さらにイタリア南部にはハンサムな若者が多く、イタリアでは人は性本能がとても強い（ら

しい）ので、司祭や法王もホモセクシュアルな行為にふけっていたそうで、J. A. Symonds によれば、イタリアの兵士は同じ兵舎の同僚に誘惑されないように、下着をつけたまま寝るよう要求されていたそうだ。

　1864 年 Thomas Cook はポンペイへの最初のツアーを企画し、1883 年にオリエント・エキスプレスがロンドン、パリからヴェネツィア、イスタンブールへと開通し、それに伴ってホテルも豪華になり、また長期滞在用のペンション、貸家が完備するようになり、金持ちには家を建てる人も出てくる。ポルトガルやスペインは後進国と見なされ、ギリシアも独立戦争のため、イタリアに一番人気が集まった。

　ホモセクシュアル旅行者は貴族や中産階級出身者が多く、殆んど大学教育を受けていたので、古代ギリシア・ローマ文化に造形が深く、翻訳して紹介する仕事をし、自らを古典文学の登場人物に準らえ、イタリアの若者は戦士やスポーツ・マンや酒酌をする美少年に見立て、自らは円熟した大人の男性、つまりゼウスやハドリアヌスの役をした。「北方の知識人たちは南方で自らのうちに本能的な人間性を再発見する。」[14] と Pemble が語っているように、商業・産業化された社会を離れて、"innocent" で "natural"、"savage" で "primitive" な世界を南方に見出す。偏狭な道徳家はホモセクシュアリティを退廃と考えるが、南方ではそれをより "pure" な状態に帰すと考える。

　イタリアではホモセクシュアリティは刑罪にはならない。旅行者は、自分の住み家、仕事ばかりでなく法律からも解放されることを願っている。特にホモセクシュアルの人は一般道徳や宗教の教義や己の良心との葛藤に直面せざるをえないし、罪と差恥心と社会の非難を乗り越えねばならない。それゆえ外国、南方へ行った時にのみこれらの縛りから解放され、またそこが自己実現の場ともなりえた。

　旅行者は南方で文化的心理的ショックもしばしば受けた。文化的にきわめて重要な地に足を踏み入れ、しかもその地を訪問できるなどとは夢にも思わなかったために、非現実に思われ、実例としてはスタンダール

が1817年フィレンツェのサンタ・クローチェ教会内で、ミケランジェロやガリレオ、マキャベリの墓を見学した時、心臓の動悸がし、めまいを覚えた。後の医学の専門家はこの症状を「スタンダール・シンドローム」と名づけたが、偉大な文化遺産である重要な場や芸術作品を目のあたりにした旅行者がかかる特有の病気で、一時的パニックや息切れ、めまい、脈拍が早くなったりといった、身体の一部の感覚喪失が起きるものであり、感受性が豊かで、人間関係の稀薄な人、年齢は20〜40歳で独身の旅行者が多くかかるという。Forsterの短篇小説 "Albergo Empedocle" のユースタスの奇妙な態度や、その他、地中海を訪れ、風景や芸術作品、個人的接触によって圧倒され、その体験を綴った多くのホモセクシュアルの人々にもこういった傾向は見られる。

　北方の旅行者と南方の人との心理的文化的関係は複雑だった。外国人文学者や芸術家は相手に10代の若者か結婚適齢期の青年を好み、若者のほうはその報酬として金銭や服や住み家を手にすることができた。しかも外国人たちはむしろ労働者階級の若者を好んだため、若者のほうは経済的に助かったし、上の階級の若者に比べて、教会の教えに従わない傾向も強かったせいもある。ホモセクシュアルのイギリス人は文化遺産にインスピレーションを抱きつつも、その同時代のイタリアの状況には批判的だった。遺跡や古代ギリシア・ローマの英雄を賞賛しつつ、現実のイタリア人には失望した。その美しさ、素朴さ、子供っぽさ、気さくさには打たれたものの、旅行者は貪欲な商人、不正直な召し使い、とんでもない聖職者、しつこい托鉢修道士などは持て余し気味であった。

　イタリアでは、ナポレオン法典によって、事実上ホモセクシュアルは解禁となっていた。その後イタリア統一以降も新憲法はホモセクシュアルを刑罪とはせず、ファシスト政府の時ですら無事だった。けれどもイタリアでも道徳的非難を免れることはできなかった。ローマ教会がホモセクシュアルを規制する役目を受け持つため、国家がこれを犯罪と見なすことを選ばなかった。このことは殆んどのカトリック教国

家、スペイン、ポルトガル、フランスにも見られる状況だという。カトリック・ヨーロッパでは教会が道徳と個人のふるまいに関しての権威を持ち、したがって国家がそれに関与することはしない。けれどもプロテスタント・ヨーロッパではキリスト教の宗派・分派が星の数ほども蔓延・拡大しているために、道徳の単一基準を定めることができないし、非道徳的行為と見なされるもの、個人の活動・ふるまい、ないしは治安維持のための拘束をする、ローマ教会のような統一した代理機関が成立しえない。そこで、国家が法律という手段で関与してくることになる。カトリック・ヨーロッパでは、公然とオーソドックスな信仰に挑戦するあからさまな生活様式を行なわないかぎり、ホモセクシュアルは秘密裏に好きなことをしてかまわない、といった社会的合意に近いものが教会との間に存在するという。ましてや、イタリアに滞在する外国人ホモセクシュアルは教会の道徳的指図を受けないし、相手のイタリア人にしても、たとえ教会の秩序に背いても、罪を清めれば済む。プロテスタントは己の道徳を完璧なものにし、己の罪や悪を取り除くことを求めるため、自分の欠点・弱点を認めることは難しいが、カトリック教徒は自己の罪を水に流す告白と罪の赦し、という制度がある。Dall'Orto によれば、カトリックとカルヴィン派とでは感情と道徳的態度に根本的な相違点がある。カトリックでは神は人間を導くもので、それが神の義務である。だから神は人間が行った行為の責任を取ってくれる。告白を通じて人間は定期的に良心を出発点に戻すことができるから、罪を犯さないようにしようと気を病む必要がないのだ。つまり罪を告白し、懺悔がなされ神の赦しが受けられる。要するに、カトリックとプロテスタントでは道徳に関する精神構造がまったく違う、というものである。説得力は十分あるが、ただ Joyce の *A Portrait of the Artist as a Young Man* などに描かれるカトリックを考えると、必ずしも割り切れないものもあるし、アイルランドを例外的に考えるべきか、むしろ北方と南方と区分するべきか、議論の分かれるところであろう。

IV

　イギリス人ホモセクシュアルの人が南方へ旅をする一般的な歴史的、社会的、文化的な背景を大急ぎで見渡してきたが、この代表的作家の具体的作品を検討してみたいと思う。ホモセクシュアルを抜きにして、イギリス人が南方に魅惑される小説を書いた先駆者はGeorge Eliotで、*Middlemarch*（1871年）のDorothea Brookeや、George Gissingも *The Emancipated*（1890年）のMiriam Baskeで、共にイギリスの偏狭なピューリタンの教えで育った女性が初めて訪れたイタリアの陽気で開放的な空気や偉大な文化・芸術遺産を目のあたりにして、凍りつき麻痺した感性・感覚が解放され、幻想から解き放たれ、本来の自由を生まれて初めて体験する、という精神の覚醒物語を描いているが、E.M.Forsterも *A Room with a View* と *Where Angels Fear to Tread* といくつかの短篇がこの系譜に入れられよう。二つの文化の出合い・衝突といえば、アメリカとヨーロッパの文化間の衝突を描いたHenry James という先輩がいるものの、今では文化衝突はForster の専売特許の感がしないでもない。Forster は後に *A Passage to India* でアジアとの文化衝突を描くが、これはインド貴族でイギリス留学をしていたボーイ・フレンドのマスード (Masood) によってインドへの興味を抱き、実際に訪れ、Masood に再会した成果がインスピレーションとなって生み出された作品であった。続いてForster は赤十字の仕事で行ったアレキサンドリアに関しては、*Alexandria: A History and a Guide*（1922年）や *Pharos and Pharillon*（1919年）の著作で古代ギリシア・エジプトの文化史や案内、伝説的歴史に関するエッセイを書き、また死後出版された自己のホモセクシュアリティを扱った *Maurice* においてもギリシア的愛への傾倒が窺える。またBeauman の伝記では、これまで以上にかなり当時のForster のボー

イ・フレンドたちの実体が明らかにされてもいる。ただアレキサンドリアも地中海地方に間違いはないし、イタリアと並んでギリシアも北アフリカも Forster 作品の地中海の重要な核に相違ないのだけれども、ここでは初期のイタリアものの中から A Room with a View を選んだ。それは作家の考えや思いが直接表現される紀行文やエッセイよりも、登場人物たちのフィルターを通して語られる小説の方が、より客観化され、分化して立体化され、その結果浮かび上がってくる一つの土地のイメジの方が、むしろ読者は個々の様々な年齢、体験、性別によってより自由に、多義にわたって、感動したり、回顧したり、憧れたり、考えたりできるであろうし、そしてそれも書き手の考えや個人的な思いの押しつけではなく、それらはすべて読者の手に任せられていよう。

　A Room with a View は 1908 年の出版で第三作となっている。二度書き直しをし、その間二つの作品が先行して世に出てしまったためだが、オリジナルでいえば第一作だ。中産階級の良家の令嬢 Lucy Honeychurch は Miss Bartlette とイタリア旅行をし、フィレンツェの宿で出合う階級の下の Emerson 親子や、その地での様々な体験を通していつしか心の中に精神的成長が芽ばえ、本国に帰った時、釣合いのとれた結婚相手と思っていた Cecil Vyse が自分にはふさわしくなく、つまらない人間であると発見し、婚約を解消し情熱を信じて、George Emerson の胸に飛び込んでいく。もちろん最初の頃の Lucy は眺めの悪い人生を送っていた。つまりイギリス中産階級の慣習に従う因襲的な形式主義の一員であった。それが自由主義者 Emerson との部屋の取り換え＝より眺めの良い部屋→より眺めの良い人生への暗示があり、次にフィレンツェの街を歩いていると、Dorothea Brooke のように開放的な生命力にあふれたイタリアの雰囲気に徐々に感化を受けていく。さらに Lucy の精神的"virginity"の喪失は、シニョリア広場で目のあたりにするイタリア人2人の掴み合いの喧嘩の現場にちょうど居合わせ、流血の場を目撃したことだった。これは生きるという欲望を実感した George にとって

第7章　E. M. Forster と地中海の誘惑

も、同時に異性への目醒めの啓示にもなっていた。Lucy の次のイニシエーションは近くの渓谷へのピクニックで、そこで George に抱きしめられ、キスされたことだった。けれども自分の心の中の変化に気づいていない Lucy は本国に帰り、Vyse と婚約する。俗物的インテリでプライドが高く、教養も才能もあり、肉体的にはどこも欠点もないのに、中世の禁欲主義（ホモセクシュアル）の雰囲気漂う Vyse に、イタリアで鮮烈な光と影を与えられて成長し、自然な人間の姿を自覚できるようになった Lucy は、相手に未発達な心情を見出して我慢できなくなったのだ。内面の自覚に気づいていない Lucy に Emerson 父が真実を直視するよう説得する。つまり Thornton 的な偽善的世界と本能的イタリアの自然そのものとが、無垢な少女の目を通して描かれる。以上がごく基本的な *A Room with a View* の読まれ方であろう。

　Lucy がサンタ・クローチェ教会を見学するとき携帯していたのは Baedeker のガイド・ブックだ。

シニョリア広場

> Lucy said that this was most kind, and at once opened the Baedeker, to see where Santa Croce was. 'Tut, tut! Miss Lucy! I hope we shall soon emancipate you from Baedeker. He does but touch the surface of things. As to the true Italy—he does not even dream of it. The true Italy is only to be found by patient observation.'[15]

ご親切にありがとうございます、とルーシーは言い、すぐさまサンタ・クローチェはどこにあるのか見ようとガイドブックを開いた。
　「駄目、駄目、ルーシーさん。ガイドブックと首っぴきはおやめなさいな。ガイドブックは物事の表面をかするだけ。イタリアの本当の姿というものは、これっぽちもガイドブックには出ていないのよ。イタリアの本当の姿を知るには根気よく観察をしなければ」

　ガイド・ブックに書かれていることは単なる情報や知識にすぎないから、根気強く観察するようにと Miss Lavish は Lucy に注意を与えている。ヴィクトリア朝後期とエドワード朝の間、赤い表紙の Baedeker と Murray のガイド・ブックは、今日なら、日本の若者の『地球の歩き方』のように、イギリス中産階級旅行者のトレード・マークであった。Buzard が[16]指摘しているように、*A Room with a View* の原型 'Old Lucy' では、実はサンタ・クローチェ教会に行ったとき、Lucy は Baedeker ではなく、Ruskin の *Mornings in Florence* を手に持っていた。これは Ruskin が Baedeker や Murray の知識・情報優先のガイド・ブックとは違う、イタリアの真の芸術遺産を旅行者に伝える意図で書いたインテリのガイド・ブックであり、当時知識人層に広く読まれ、E. M. Forster もその 1 人だった。
　The Beaten Track での Buzard の終始一貫の主張は "traveler" と "tourist" の関係だ。そこでの "travel" の語源 "travail" つまり、「骨折り」とか「仕事」の意味を含む元来の「旅行者」が、まわりが何もかも御膳立てしてくれる大衆の「観光客」に取って替わる、というツアー論の著作に、一般に見られる考えを進めて、"traveler" と "tourist" を優劣区別して文化人対一般大衆といったニュアンスの図式を展開するのには納得しがたい感がある。けれどもアーリの『観光のまなざし』[17]の中で述べられている、

第7章　E. M. Forster と地中海の誘惑

「多かれ少なかれ瞬時であるようなまなざし（ニュージーランドの最高峰マウント・クックを見る・写真を撮るという行為）も、やや露出時間を要するようなまなざし（パリの＜ロマンス＞を見る・体験する行為）もある。日本人観光客は、長い＜深い＞参入が必要だろうと思われるパリのロマンス体験を、ほんの2、3時間でするために飛行機で運ばれて来るのである」という意見ならば、文化人の臭みがなくて同意できる。プラド美術館の『女官たち』の前で小1時間過ごすことなどありえなくて、記念の証拠写真を撮って、次に王宮、ブランドのロエベで買物、次の観光地トレドへと機械的に分刻みで進むのか、つまり "anti-tourist" の定義をどこに置いてくるかであろう。ヨーロッパ旅行中、私が朝から晩まで美術館巡りをして、この眼でじかに一目見たかった名画の数々を見られた喜びを、コンパートメントに乗合わせた年配の立派な男性に興奮気味におしゃべりした時、ベルギー在住のユネスコで高位の職につくこの老紳士が、「私ならカフェに一日中座って、人々を観察する方がよっぽど人生を学べると思うね」と語っていたのが印象に残っている。その時は名画の宝庫ヨーロッパに住み、電車1本でヨーロッパ中を隈なく移動可能だから、こんな気楽・贅沢が言えると感じたが、一面その言葉は突いていた。要は、文化人対大衆という旅人の属する階級ではなく、個々人の旅の質と深さの問題だ。

　話を Forster に戻すと、Baedeker のガイド・ブックに引きずられているイギリス人観光客を Forster は軽蔑していた。だから 'Old Lucy' では Lucy に Ruskin の *Mornings in Florence* を、まわりの観光客に Baedeker を持たせていた。

> She was deposited on the steps of Santa Croce, and when a cripple had slammed the church door in her face in order that he might have the privilege of laboriously opening it for her, she found herself in an enormous ice cold barn, full of red nosed people carrying red books in their hands. She had

Ruskin's 'Mornings in Florence' with her, and Santa Croce was her first experience of that invaluable and exasperating book. She began by finding a sepulchral slab, the book informing her that if she did not like it she was to leave Florence at once. [18]

サンタ・クローチェ教会の上がり段の上にルーシーは置きざりにされた。そしてわざわざルーシーのために扉を開けてやる特典に与かりたいとした身障者に、面前でばたんと扉を閉められてしまったとき、手に赤い本を携え、鼻の頭を赤くした人たちで一杯の、氷のように冷たい巨大な納屋の中にルーシーはいるのだった。ルーシーはラスキンの『フィレンツェの朝』を手にしていたが、サンタ・クローチェ教会は、その極めて有益にして癪に触る本の初体験というわけだった。まず、或る墓石を探すことから始めたが、その書物によれば、もしこれが気に入らなければ、たった今、フィレンツェを出て行くがいい、というものだった。

She departed hurriedly through a side door, but the majority of visitors continued their inspection unheeding. Those who trusted to Baedeker began in an orderly manner with the right aisle, worked up it into the right transept, where they disappeared into a door leading to the sacristy and chapel, to emerge presently & inspect in turn the chapels to the right of the choir, the choir, the chapels to the left of the choir, the left transept and finally came down the left aisle and departed exhausted & frozen into the warmer air outside. A Baedeker transit lasted any time between two hours and a half and ten minutes, and as Lucy was sitting in the left aisle, she was near the end of it and the objects of interest near her <were neglected and despised> received less than their due proportion of attention. But those who trusted to Ruskin's Mornings in Florence visited her early, for the tomb of Carlo Marsuppini, under which she sat, <was> \is/ selected by the great purist as a foil to the excellencies of the sepulchral slab near the door. [19]

ルーシーは脇の扉から慌てて出たが、大方の見学者は注意も払わず、参観を続

けた。ベデカー頼みの人たちは実に従順に、まず右側廊から始め、そこを右袖廊へと進み、そこで聖具室・礼拝堂に通じるドアに吸い込まれていったかと思うと、まもなく姿を現し、今度は、聖歌隊席右の礼拝堂から、聖歌隊席、さらに聖歌隊席左の礼拝堂、そして左袖廊を観覧し、最後に左側廊へと戻ってきたが、疲れきって、冷え切った状態で、暖かい空気の外へと出て行くのだった。ベデカーの通過というのは、2時間半から40分の間で済むのだった。左側廊に、ルーシーが坐っていたとき、その端にいたのだが、すぐそばにある興味深い対象は＜無視され、蔑まされ＞当然寄せてもらえるはずの注目を集めることもなかった。けれども、ラスキンの『フィレンツェの朝』を頼みにしている人たちは早くからルーシーのところにやってきていた。というのも、今坐っているところの下にはカルロ・マルズッピーニの墓というのがあり、それは、この偉大なる純粋主義者が、扉近くにある墓石の美質の引きたて役として、選んだもの＜だった＞だからだ。

　ところが完成した *A Room with a View* では、Lucy が手にしているにはペダンテイックな Ruskin のガイド・ブックではなく、まわりの観光客と同じ Baedeker に格下げされ、おまけにサンタ・クローチェ教会内部の詳かな描写をすべて切り捨て、Emerson との遭遇やとりとめのないいくつかの冗談で終わらせてしまう。Forster の関心は教会の歴史と文化背景を語ることから Lucy の個人的成長に力点が移っていったことは明らかだ。
　もちろんこの作品の中のあちこちに当時のイギリス人の旅行ブームを茶化した文章がちりばめられている。ペンションの女主人はロンドンのコックニーの英語を話すし、そこには Victoria 女王や桂冠詩人の絵が壁に掛けられている。イタリアで金を持ち歩くために Lucy は首から "circular note"（取引銀行宛信用状）をぶら下げているし、マキャベリを聖人と勘違いしている観光客もいるし、アングロ・サクソンの旅行者の

視野の狭さと物の表面しか見ないことを *Punch* 誌から引いて、"poppa, what did we see at Rome?" And the father replies:"Why, guess Rome was the place where we saw the yaller dog." [20] と何を見物したのか、川も町も宮殿もごちゃごちゃになって判らなくなっている様を笑ってもいる。

　Forster の目には観光客がイタリアで自由を楽しんでいるのではなく、決められた食事と汽車の時間の旅行日程に従って旅を続け、そこに暮らす本物のイタリア人は自分たちの役に立つのでない限り、脇に押しのけたまま、ただ自分たちは先に進むという、まるで囚人のように思われた。イギリスで外国人にこんなふるまいをされたらどうだろうかと、そこで本物のイタリアを満喫する旅を Lucy にさせようとする。その中でシニョリア広場の殺人事件とフィエーゾレ渓谷キス事件が "anti-tourist" のキー・ポイントになっている。Forster の研究家たちはこの流血事件が起きる広場の描写場面に、Lucy の生と死のはざまの体験を読みとる。「非現実の時間、未知のものが現実になるとき」の含意、広場の光と影の効果、広場のネプチューン像の象徴性など、もちろんこれらの解釈は大変有益なものだが、地べたを這い擦りまわっている私の頭に浮かぶのは、『ローマの休日』や『旅情』や『ヴェニスに死す』などの映画からローマやヴェネツィアやリド島を取り除いてしまったら、作品として成り立つだろうか、という疑問だ。もし『ローマの休日』で、ヘプバーンがローマの歴史や文化をたらたらしゃべっていたら、あるいは『旅情』で、オールド・ミスのもう1人のヘプバーンがヴェネツィアのかつての経済繁栄の講釈を垂れていたら、これらの映画は不朽の名作に成りえていただろうかと。つまりある観光地を背景としたラヴ・ストーリーにとって、その観光地そのものがそのドラマの不可欠の要素になっているため、その地を取り除いてしまえば、ありふれた失恋もののロマンスに成り下がってしまう。逆に、その観光地の歴史と文化遺産を紹介する意図の映画をドキュメンタリ・タッチで制作しても、政府広報のようで、多くの人を惹きつける力は持ちえないだろう。優れた観光映画というの

は、観光地とその文化・歴史遺産が背景に収まって、しかも出しゃばらず、映画ストーリーの引き立て・盛り立て役、つまり「効果」になって、登場人物を支えているのではないか。とすると原型の Lucy が当初、手にしていた Ruskin のペダンティックな雰囲気や、サンタ・クローチェの詳細な教会内部描写のままであったとしたら、これはいわば政府広報か退屈な大学の講義で、読者はつまらなくて、途中で放り投げてしまったのではないか。A Room with a View は現在のように Lucy の個人的成長に力点が移ったため、ちょうど『ローマの休日』の王女様がローマで数々の新鮮な体験を積むように、Lucy もフィレンツェで数々の新たな人生体験を積む、という展開になった。もちろん Forster はまったく意図していなかっただろうが、結果として、『ローマの休日』が一流の観光映画だとしたら、A Room with a View を一流の観光小説にしてしまう一因となった。

　イギリスの狭い因襲の中で育った少女が、フィレンツェという文化遺産の宝石箱に紛れ込んで、フィレンツェ共和国時代には行政の中心だったヴェッキオ宮殿が見下す、いわば歴史の生き証人シニョリア広場で生と死のはざまの体験をし、しかも手にしているのはすぐ近くのウフイッツィ美術館所蔵の「ヴィーナスの誕生」のコピーで、フィエーゾレ渓谷でキスされ、愛や美や真実に目醒め、因襲を捨て新たな人生を発見するとしたら、読者はそんな体験をさせてくれる都市をぜひ一度訪れてみたくなるであろう。言いかえれば、フィレンツェの観光名所をこれほど非常に効果的に使っている Forster の "anti-tourist" が、純粋に旅の質と深さであると果たして言い切れるだろうか。例えば山村美紗ミステリーもの（京都化野、念仏寺の殺人の背景に水子供養の哀れな女の姿があった、という水子と念仏寺の設定）に見え隠れする舞台設定のあざとさ、つまり、意地の悪い見方をすれば、観光名所受け狙い的発想が Forster の頭をちらっとでも掠めたりはしなかったのだろうかと、現代のメディアでミステリー漬けの人間はひねくれたくもなる。

予期せず観光小説の要素を備えていたから、*A Romm with a View* は恰好の映画化のターゲットになった。Forster 自身気づいていなかったかもしれないが、Forster ほど映像化に適した作品を書いた作家も珍しいのではないか。その 6 つの長篇作品のうち *The Longest Journey* 以外の 5 作品が映画化され、すべて成功を収め、*A Room with a View* は 2 千万ドルの興行収入を得ている。映画論をも含めた E. M. Forster 評論集の中で、Forster 作品の映画化を巡って Hutchings [21] が寄稿しているが、古今東西同じように、同氏も原作を損なうものと映画化を好意的に見ていない。「エドワード朝時代のテーマ・パークだ」、「エドワード朝のノスタルジー化だ」と主張し、例えば *A Room with a View* を取りあげて、プッチーニのオペラ『ジャンニ・スキッキ』のアリア「私のお父さん」の音楽の使い方は効果的であると持ち上げはするものの、「Emerson 父の社会主義者像がよく表現されていない」とか「ベートーヴェンのピアノを弾く順番がサンタ・クローチェ見学の後でなければ、イタリアの生命力を表さない」とか、「Vyse がゲイであることを表面に出しすぎてる」、「ピクニックでは一面がすみれのカーペットではなくなっていた」等の不満を並べ、総括して、Forster にとって "tourist" 体験は階級やナショナリズムや性の既成制度などの価値観に疑問を投げかける挑発的な態度であった。これらの疑問が Forster 作品のもっとも現代的側面である。しかし映画化によって、Forster の挑発的疑問の態度は端に追いやられ、Forster が疑問に思っていた文化そのものを Forster の小説が代表しているように扱われてしまった、と述べている。

　しかしこれは映像に限ったことではないのではないか。翻訳のあとがきでも必ず「エドワード朝は性や肉体をことさら軽視するヴィクトリア朝的因習・狭量な宗教、道徳面の既存の価値観、階級社会に縛られた時代だった」、[22] という説明から始められているわけで、結局社会通念の違いを読者に教えなければいけないからだ。

　社会通念というのは時代とともに変遷する。日本語でも、身近なと

第7章　E. M. Forster と地中海の誘惑

ころでは少し前までは結婚や離婚、再婚をめぐって、「片付く」、「出戻り」とか「後家」と差別して表現されたのに、今では離婚を「バツ1」、「バツ2」と言い、市民権を得るようになった。けれどもその当時矢面に立たされていた人は、その時代の社会通念、つまるところは精神的暴力との苦しい戦いでだったはずだ。責めようにも相手は実体のない化けものであるから、責任の在り処を追求できない。しかも大半の人々がその通念の不当性に気づいた頃には、たえず新陳代謝している通念は跡かたもなくすでに無くなってしまっているのであるから、始末が悪い。ノスタルジーで済まされるはずもないが、社会通念が変化した今、諦めの道しかなさそうだ。人は真っ白なキャンヴァスの上に、一生を使ってたった1枚の自分なりの人生の絵を描いて、それで人生の仕事は終わりにしていいはずなのに、たまたま生き合わせた時代の社会通念によって人は手かせ、足かせをはめられ、（この通念の縛りがなければ、どう生きたらよいのか判らない人も多いだろうが）随分歪んだ人生の絵を描かざるをえないでいる。

　裕福な家庭と高い教育といった何不自由ない環境で育った Forster が一体どのような社会通念と戦わねばならなかったか、それは言うまでもなくホモセクシュアリティだった。*A Room with a View* でも Cecil Vyse の描写や Freddy と Beebe 牧師と George Emerson との森の中の Sacred Lake での裸の水浴の場面にホモセクシュアリティの傾向は窺い知ることはできる。そもそもこの作品に対する私の疑問は、すでに多くの大作家たちが小説全体の舞台や一部の舞台をイタリアに設定して、特に *Middlemarch* や *The Emancipated* に見られる厳格なピューリタンの教えに基づく教育を受けたイギリスの少女がイタリアで偏狭な考え方から解放され、人生の真実を知るという、いわば地中海覚醒パターンの小説の伝統を今さら何ゆえ繰り返してきたのか、柳の下にどじょうを3匹、4匹と本気で見つけ出そうとしたのだろうか、ということだった。明らかにその意図と質に違いがあるはずだ。答はホモセクシュアリティ覚醒だ

ろう。当時ホモセクシュアリティが犯罪視されていた時代に育ったE. M. Forster に、罪悪感、社会からの疎外感、孤独感を抱かせて、弱者、被差別者の立場に立たされ、その呪縛からの解放をイタリア・ギリシア旅行で勝ち得たからにほかならないからではないのか。

さらに多くの評論家が異口同音に唱える疑問がある。たしかに George Emerson は生命力を表すかもしれないが、ハッピー・エンドとはいい難く、女性を果たして幸せにできるのだろうか、すべてが充足したのではなく、先の可能性に期待する不安定な終わり方だ。あるいはイタリアを賛美しすぎているのではないか。狭量な因襲・道徳、偽善のヴィクトリア朝イギリス対自然・本能・開放感のイタリアという図式の中で、イタリア的なものを一方的に礼賛する姿勢に、読者には思わず一歩退いてしまう現実感がある。そこで Lucy イコール若き悩める E. M. Forster と考えると、[23] この作品は随分すっきりしてくる。表面上は自分よりも階級の下の若者との結婚話という新しい女性の自由恋愛の形を描きながらも、実は、その底流で自分が育った階級や伝統的因襲に揺れていた無垢の少年が、イタリアでの様々な体験やイニシエーションを通じて、自然の欲望に従順であることを学ぶ、つまり己の性のあり方を確認する、と考えることも可能だろう。

初稿の "Lucy Story" は 1903 年に構想が練られ、1907 年の 'New Lucy' を経て、現在の *A Room with a View* の形に出来上がるのが 1908 年、*Where Angels Fear to Tread*（1907）と、*The Longest Journey*（1907）の 2 冊を上梓した外に、この間 E. M. Forster は家庭教師にドイツへ出掛け、*Howards End*（1910）の着想を得ている。そして Edward Carpenter の思想、*The Intermediate Sex*（1906）に出合ったのもちょうどこの時期に当たる。当時 Carpenter は [24] ケンブリッジでの学究生活を捨て、ミルソープの田舎で肉食も酒も断ち、シンプル・ライフを始めていたが、詩人で社会主義者、自らホモセクシュアルで、またその論文を書き、労働者階級の青年 George Merrill と同棲を始めていた。Carpenter は愛と調和、アウ

トドア・ライフ、性に対する自由な態度などを説く、一部から賢人との誉れ高く、いわば教祖のような存在だった。Carpenter の同性愛に関する論文を読み、そしてイタリアで自由な空気に触れた E. M. Forster は人生で初めて自由と解放感を味わった。そして 1913 年に Lowes Dickinson の紹介で、実際に 2 人は逢い、この会見によって E. M. Forster は大いに勇気を与えられ、Maurice を執筆する。そしてまた、A Room with a View の Emerson 父は Edward Carpenter の主義・主張の代弁者となっている。Emerson 父は自然の生活の代表で感情を自由に表現し、また女性解放論者でもある社会主義者だ。"And he [son] has been brought up—free from all the superstition and ignorance that lead men to hate one another in the name of God. With such an education as that, I thought he was bound to grow up happy." と語り、Lucy にも "Let yourself go. Pull out from the depths those thoughts that you do not understand, and spread them out in the sunlight and know the meaning of them."[25] この発言もヴィクトリア朝を引きずった窮屈な因襲を背負った少女に対して向けたのではなく、その因襲と宗教道徳を背負ったホモセクシュアルに向けたものと読み直すことができるし、不思議と何か納得できる。さらに Emerson 父はサンタ・クローチェ教会で詩の一節を吟じている。

   'From far, from eve and morning
   And yon twelve-winded sky,
   The stuff of life to knit me
   Blew hither: here am I. [26]

   「彼方より、あしたに夕に、
   風起こる四方の空より、
   生命の素材、此方に吹き来たりて
   我を編む。我ここにあり。(p.41)

これは同じくホモセクシュアルの A.E.Housman の詩 *A Shropshire Lad*（『シュロプシャーの若者』）からの引用だ。Housman が 1 人の男性を愛したという個人的体験に基づくもので、E. M. Forster がケンブリッジの学生時代に愛読した作品だ。小説の最後で Emerson 父の、Lucy に George との結婚を説得する発言でも同質のものが読みとれる。

 'I only wish poets would say this, too: that love is of the body; not the body, but of the body. Ah! the misery that would be saved if we confessed that! Ah for a little directness to liberate the soul! Your soul, dear Lucy! [27]

 「わしは詩人たちにこういうことも言ってほしかった。愛は体のものだ、体そのものではないが、体に属しておるのだということです。ああ、それを認めさえしたら、じつに多くの悲惨が救われるのです。魂を解放するほんの少しの正直さえあったなら！ ルーシー、君の魂を解放したまえ」(pp.317-18)

 'Now it is all dark. Now Beauty and Passion seem never to have existed. I know, But remember the mountains over Florence and the view. Ah, dear, if I were George, and gave you one kiss, it would make you brave. You have to go cold into a battle that needs warmth, out into the muddle that you have made yourself; and your mother and all your friends will despise you, oh my darling, and rightly, if it is ever right to despise. George still dark, all the tussle and the misery without a word from him. Am I justified?' Into his own eyes tears came. 'Yes, for we fight for more than Love or Pleasure: there is Truth. Truth counts, Truth does count.' [28]

 「今は闇の中です。たしかに今は、美も情熱もかつて存在しなかったかに見える。だが、フィレンツェを見下ろす山々やあの眺めを覚えておいでか。ああ、

第 7 章　E. M. Forster と地中海の誘惑　　221

もしジョージが君に一つキスをしさえすれば、君は勇敢になるはずだ。熱を必要とする戦いのなかに、君が自分でつくり出した泥沼のなかに、君は冷えた体で入っていかなければならん。君の母上もまわりの方々も君を軽蔑するだろう。軽蔑しても解決にはならんが、もっともなことだ。ジョージの前途も決まらず、あれから一言の応援もない今、君には苦悩と悲惨です。そんなことを君にさせてよいのだろうか？」彼自身の目に涙が浮かんだ。「よい。わしらは愛とか快楽以上のもののために戦うのだから。真理のために。真理が大事だ、真理がたしかに大事だ」(p.321)

　当時女性が人間としての魂の解放を求めたと同じくらい、ホモセクシュアルも魂の解放を求めていたことが、ここから切々と伝わってこよう。
　前述した "anti-tourist" のもう一つのキー・ポイント、つまりフィエーゾレ渓谷のキス事件に触れる必要があろう。映画ではおそらく一面すみれの谷が見つからなかったためか消えてしまっていたが、小説作品の中の他の箇所でもすみれを何度か効果的に配置して、Lucy が George に抱きしめられ、キスされる場面を想起させるように仕掛けが施されているが、すみれが一気に満開の花を咲かせるフィレンツェのクライマックスの場に、なぜすみれの青 (blue violet) が使われたのだろうか。Beauman によれば、性の情熱と自由の象徴として Forster が青を使うとき、J.A. Symonds の In the Key of Blue を念頭においているという。[29] この作品は詩人のヴェネツィアの少年に対する情熱が、詩の中では青と少年の美という形を装って表現されている。つまり A Room with a View におけるフィレンツェのクライマックスで生命の躍動と愛の象徴としてすみれが使われているのは、ホモセクシュアルのそれであることが暗示されている、ということになる。
　イタリア旅行を通じて、ヴィクトリア朝の偏狭な因襲・道徳で育った少女が新しい自由や解放感を味わうという、Dorothea Brooke、Miriam

Baskeらの小説伝統のパターンを借りて、E. M. Forsterは自らのホモセクシュアルの魂の解放を秘かに宣言したのだとも読みかえられる。表面上はLucyのイタリア覚醒ストーリーを描きながら、底流で自己のホモセクシュアル覚醒ストーリーを吐露するという、二重構造を読みとることは不可能ではないだろう。そして読者がこの作品をどの側面で付き合おうと、それは読者の自由に委ねられているのだ。

　最後に、自らがホモセクシュアルであることを隠し通し、その告白の書である*Maurice*を死後まで公表しなかったことを考えると、それは社会通念の根が明らかに張ってはいないホモセクシュアル容認を、まだ成熟していない一般市民に突きつけ、混乱を引き起こすよりは、独り胸にしまい込んで、いわば子供の段階にある一般市民が円熟して大人になり、これを受け入れられる土壌ができるまで時を待つという姿勢であろう（しかも最近の諸研究では、[30] ホモセクシュアリティは遺伝子によるもので、後天的、つまり何ら本人のせいではないとも証明されたが）、Oscar Wildeの「芸術家の使命は芸術の世界にあり、現実の世界を生きることなんか下男に任せておけ」的な、世間知のないお坊ちゃまらしい考え方のひ弱さと比較すれば、E. M. Forsterは大人だったのか、あるいは紛れもないヴィクトリア朝の栄華を築いた中産階級、Thornton家一族の一員だったのかという思いが、今さらのように脳裡を掠める。

註

1. エリック・リード『旅の思想史』伊藤誓訳（法政大学出版局、1993年）pp.279-92。
2. 18世紀のホモセクシュアルの状況にしては、海保眞夫「法の前の平等まで」、『文学』第6号（岩波書店、1995年）pp.162-67参照。
3. 近藤和彦『民のモラル』（山川出版社、1993年）pp.45-46。
4. スタンリー・ワイントラウブ『ヴィクトリア女王』下巻　平岡緑訳（中

央公論社、1993年) p.355。
5. Robert Aldrich, *The Seduction of the Mediterranean,* (London: Routledge, 1993), pp.69-70 なお本章では多くの箇所で同書から参考にさせていただいた。
6. Nicola Beauman, *E. M. Forster,* (N.Y: Alfred A.Knop,1994), p.13.
7. E.M.Forster, *The Longest Journey,* (Harmondsworth: Penguin Books,1975), pp.27-28. 邦訳は『果てしなき旅』(下) 高橋和久訳 (岩波書店、1995年) p.46 による。
8. Beauman, p.14.
9. Beauman, pp.68-70.
10. ワイルド裁判についてはモーリス・ルヴェ「オスカー・ワイルド裁判」『愛とセクシュアリテの歴史』福井憲彦他訳 (新曜社、1988年) pp.317-427 や、ほかに、Neil Miller, *Out of the Past,* (N.Y.: Vintage Books, 1995) 参照。
11. 「使徒会」に関しては、ディーコン『ケンブリッジのエリートたち』橋口稔訳 (晶文社、1988年) 参照。
12. P.N.Furbank, *E.M.Forster: A Life,* vol.1 (London: Secker & Warburg, 1977), p.9.
13. ハルプリン『同性愛の百年間』石塚浩司訳 (法政大学出版局、1995年) 参照。
14. John Pemble,*The Mediterranean Passion,* (Oxford: Oxford Univ. Press, 1987) 参照。
15. E.M.Forster, *A Roomm with a View,* (Harmondsworth: Penguin Books, 1978), pp.36-37. 邦訳は『眺めのいい部屋』北條文緒訳 (みすず書房、1993年) による。同書からの引用箇所はページ数を括弧で示す。
16. James Buzard, *The Beaten Track,* (London: Oxford Univ. Press, 1993), pp.287-92.
17. ジョン・アーリ、『観光のまなざし』加太宏邦訳 (法政大学出版局、1995年) pp.102-03。
18. E.M.Forster, *The Lucy Novels,* (London: Edward Arnold, 1977), p.22. なお、邦文は拙訳による。
19. *Ibid.*, p.23.
20. *A Room with a View*, p.81.
21. Peter J. Hutchings,"A Disconnected View: Forster, Modernity and Film," *E.M. Forster,* (London: Macmillian, 1995), pp.213-28.
22. 『フォースター著作集』(みすず書房)、その他翻訳を参照。
23. Beauman, pp.102-3.
24. 都築忠七、『エドワード・カーペンター伝』(晶文社、1985年) 参照。

25. *A Room with a View*, p.47.
26. P.N. Furbank, pp.152-53.
27. *A Room with a View*, p.223.
28. *Ibid.*, p.225.
29. Beauman, p.122.
30. 「《座談会》日本文学における男色」、『文学』(岩波書店、1995) 第6巻第1号、p.3。

第 8 章

コスモポリタン画家 John Singer Sargent のこと

　何も地中海に憧れたわけではなくて、ご本人の意思にかかわらず、親の意向によって無理やり地中海にかかわらざるをえなかった人間がここにいる。れっきとしたイギリス伝統の肖像画家だが、イギリス人ではなく、アメリカ人であり、しかも生まれはフィレンツェで、20歳過ぎまで祖国アメリカの土は踏んだことがなかったのだ。なぜこのようなねじれが起きてきたのだろうか。19世紀も末期になると、イギリスには国力に翳りが見られ、代わってドイツ、アメリカが台頭してくる。とりわけ、南北戦争以降にわかに金持ちになったアメリカ人たちは大挙してヨーロッパにやってきた。ここで思い浮かべるのは Henry James だろう。伝統も洗練もない無垢なアメリカ人がヨーロッパの栄光の歴史や豊饒で奥深い円熟した文化に憧れて大陸に渡ってきて、いろいろな経験をしていくが、風俗習慣の違いから傷つき、道徳・倫理観の相違に悩み、挫折を味わう、というのがその得意のテーマである。John Singer Sargent（1856-1925）はまさにこれを地でいく親を持ち、事実、ヨーロッパで Henry James の庇護を受けたコスモポリタンだった。

I

当時はアカデミーに代表される体制と印象派の対立していた時代であったから、印象派の影響を強く受けた絵を発表していた Sargent は、1880年代には進歩的でモダニスト、むしろアヴァン・ギャルド傾向の画家に分類されていた。20代の若い Sargent は大胆で、挑発的な画風にどんどん挑んでいき、この頃は "good taste" を求める画家では全くなかった。この時代を代表する作品に 1882 年にサロンに出品した *El Jaleo*、1883 年出品の *The Daughters of Edward D.Boit*、1884 年出品の *Madame X* が挙げられよう。

　1856 年 1 月 12 日に John Singer Sargent はフィレンツェで生まれた。父はフィラデルフィアの病院に勤務する有望な外科医、母もヨーロッパに憧れるアメリカ人であった。1854 年に夫妻がヨーロッパに向けて出発したときには、少なくとも夫の Dr. FitsWilliam はまさかこの船出で永久に職業の医師を辞めることになろうとは夢想だにしていなかった。アメリカで暮らすこの夫妻の長女が 2 歳で死んだとき、つまり、結婚 3 年目の終わりには、2 人の歯車が狂い始め、また娘を亡くしてから妻 Mary の精神的に不安定な状況も一向に直らなくなったのだった。そこで健康回復のため、妻の母を伴って 3 人でヨーロッパへと保養の旅に出掛けた。当初はフィラデルフィアにじきに帰れると信じていた夫は、病院に休暇願しか出していなかったし、意欲的にパリでもヨーロッパでも新しい医学を医者仲間から盛んに吸収していた。

　ところが妻はアメリカに帰る気などさらさらなかった。四の五のと理屈をつけてはヨーロッパ滞在をずるずる引き延ばしていった。何よりもヨーロッパの洗練に憧れ、フォロ・ロマーノやポンペイの遺跡を見、ニースのオペラを鑑賞する、そんなヨーロッパの伝統文化に浸る人生を送ることだけを夢見ていたのだからだ。それでは夫婦はヨーロッパでの生活費をどう捻出していたのだろうか。夫は給料が無くなったものの、わずかな鉄道株の配当金がはいり、さらに妻の Mary には父の遺産相続からの利子で年に約 $700 の収入があった。Sargent の伝記を書いている

第8章　コスモポリタン画家 John Singer Sargent のこと

Olson はこの収入額のことを「金持とはいえない」と評している。[1] 事実、Sargent をモデルにしたといわれる短篇小説 The Pupil の中で、生涯の友である Henry James はこんな風に描写している。

> I don't know what they live on, or how they live, or why they live! What have they got and how did they get it? Are they rich, are they poor, or have they a *modeste aisance*? Why are they chiveying me about—living one year like ambassadors and the next like paupers? Who are they, anyway, and what are they? I've thought of all that—I've thought of a lot of things. They're so beastly worldly. That's what I hate most—oh I've *seen* it! All they care about is to make an appearance and to pass for something or other. What the dickens do they want to pass for? [2]

> あの人たちは何で生計を立てているものやら、どんな生活をしているものやら、それにそもそもなんでまた生きているものやら、私には解からないのですよ。一体、何を手に入れたのでしょうね、しかもどんな風に手に入れたのでしょうねえ。金持なんでしょうか、貧乏なんでしょうか、それとも、そこそこのゆとりはあるってことでしょうか。なんでまた、この私をしつこく悩ますのでしょうね——或る年には大使みたいな生活をしていると思ったら、次の年には貧乏人みたいな生活なんですから。ともかく、あの人たちは一体何者で、なにをやっているんですかね。すっかり考えたんです——あれこれ随分とね。ひどく俗っぽい人たちなんですよ。そこのところが一番嫌いですね——ええ、この目でちゃんと見ましたよ。関心があることといったら、公の席に出て、何かかんかの人間に見られたいってことなんですから。一体全体、あの人たちは何に見られたいというのでしょうね。

Sargent に限らず、当時アメリカから数多くやって来た人たちの、収入の安定しない大陸での生活の断片がここに窺えよう。実際、当時のパリ

やロンドンやイタリアの主要都市にはコロニーを形成していたアメリカ人たちがかなりの大勢いた。ところが、Sargent 一家の生活は、Mary の母が 1859 年に死亡し、独りっ子だった Mary がすべてその遺産を相続したことで、飛躍的に豊かなものに変わる。総額で $45,000 に上り、恐らく現代なら $242,000 くらいで、その利子で年 $12,000 あるいは £10,000 の生活は出来る事になっていただろう。さてここで浮かび上がってくる事実は、Sargent 家の家計は以降生涯にわたって妻が経済的に支えるものであったということだ。ただし、妻の Mary が亡くなったとき、殆んどお金は残っていなかったという。

　それではこの一家は大陸でどのような生活を送り、その中で少年 Sargent はどのような子供時代を過ごしたのだろうか。一家は一つ所に定住することは決してなく、大陸のあちらこちらを数月ごとに旅をしてまわり、放浪の生活を続けた。これを再び *The Pupil* からの引用で再現してみよう。

> A year after he had come to live with them Mr. And Mrs. Moreen suddenly gave up the villa at Nice. Pemberton had got used to suddenness, having seen it practised on a considerable scale during two jerky little tours—one in Switzerland the first summer, and the other late in the winter, when they all ran down to Florence and then, at the end of ten days, liking it much less than they had intended, straggled back in mysterious depression. They had returned to Nice "for ever" as they said; but this didn't prevent their squeezing, one rainy muggy May night, into a second-class railway-carriage—you could never tell by which class they would travel—[3]

同居をはじめて 1 年後、突然モリーン夫妻はニースの別荘を処分した。突然には、ペンバートンはもう慣れていた。なにしろ、急にちょっと二回ばかり旅に出たときに、大掛かりに行なわれる、この突然を目の当りにしたからだった——一度は最初の夏にスイスで、二度目は冬の終わりにフィレンツェへ向かったと

第 8 章　コスモポリタン画家 John Singer Sargent のこと　　229

きのことだったが、予想ほどそこが好きになれないというので、10 日目には得体の知れないふさぎの虫にとりつかれて、針路変更をして引き返してしまったのだった。「永住」すると言って、ニースに戻ってはくるものの、それなのに雨の降る蒸し暑い或る 5 月の夜、二等列車に無理やり乗り込んでいくことには何の支障もないのだった―いやはや、一体、この人たちは何等に乗って旅をしているのか、分かったものではない。

Sargent 一家の暮らしはまさにこれの繰り返しであった。だから、学校にも満足に通えなかったし、兄妹以外には友達も出来ず仕舞いであった。それでもコスモポリタンの通過せざるを得ない自らの文化的社会的かつ語学的アイデンテイへの疑問、つまり Sargent は大陸で英語を話すのは変なことと気づくと、イタリア語、ドイツ語、フランス語と数か国語の言葉が話せるようになったし、音楽にも強く、ピアノの名手でもあった。人当たりがよく、まわりの人を不快にすることも無く、よく気のつく、好感の持てる人柄もやはりコスモポリタンの人生から育まれたものといえよう。ただし、James の描く線の細い痩せた青白い青年とは違い、Sargent は日本の相撲取りのような、逞しい巨体の持ち主であった。

　そんな Sargent が幼い頃から、その類まれなる才能を示したのが、絵を描くことであった。父はそれに早くから気づき、息子を一流の先生につけることを決めた。父と子はパリに行くと、1860 年代にはサロンで最初の賞を獲得し、当時評判を取り、名を上げてきていた若手の肖像画家 Emile Carolus-Duran のアトリエを早速訪れたのだった。Duran は熱心に指導に当たっており、その教えを乞いに集まっていた画学生たちが共同でアトリエの家賃を払っていた以外、授業料も一切取ることはしなかった。当時は、とりわけ外国人には、フランス国立高等美術学校（the Ecole des Beaux-Arts）は筆記試験や推薦状など要求があり、そのため入学が難しく、最初は画家に直接の個人指導を仰ぐ道を取るのが一般的

だった。だから Duran のアトリエでも、25 名の学生のうち、3 分の 2 がイギリス人かアメリカ人であった。1874 年の 5 月のこと、その第一日目に少年 Sargent はアトリエ入学試験の絵を描いて見せて、まわりの画学生たちの度肝をぬいたし、それに恐らく Duran 先生も内心そうだったのかもしれない。いずれにせよ、Sargent は Duran 先生の大のお気に入りになり、「ベラスケス（Velázquez）をよく学べ」、あるいは、「最小限のものから、最大限のものを表現せよ」[4] といったその教えと、さらには師の画風とを実に忠実にマスターしていったのだった。先生の推薦もあって、無事、美術学校に合格した。

　Sargent は 1877 年に *Fanny Watt* でサロンに出品が決まり、第三位のメダルを獲得する。さらに、1880 年肖像画 *Mme.Pailleron* をサロンに出品すると、入選は逸するものの、これが肖像画の注文を受けるきっかけになった。そして翌年、その注文を受けた肖像画の中の一つにより、サロンで二位のメダルを獲得した。これに先んじて 1879 年から 80 年にかけては、スペインから北アフリカに至る地中海の旅に出かけている。プ

図 1　*El Jadeo*

第 8 章　コスモポリタン画家 John Singer Sargent のこと

ラド美術館ではベラスケスの模写に励み、あるいはフラメンコに心惹かれた。この旅の成果である初期の傑作 *El Jaleo*（図 1）では、先生である Duran とベラスケスの技の融合が見られるばかりでなく、白と黒の、濃さと薄さとを巧みに操り、ほぼこの 2 色だけで全体のコントラストを表し、フラメンコに酔いしれ奏でる者たちと、踊る者とに魂を吹き込み、その描写する神経は指の先々にまで行き届き、今にも画面から飛び出して、動き出しそうな躍動感に溢れ、情念と苦悩とを表現するのに見事な効果をあげている。その上、パリで日々感じざるをえない新しい波、つまり印象派という画家達の影響もこの絵画では大きい。いや、それどころか同じテーマで描いている 1862 年のマネ（Manet）の作品よりも出来栄えから言えば、数段上をいこう。この成功により、Sargent の人生は今や飛ぶ鳥を落とす勢いで、どんどん画家として評判を取っていくことになった。

　1882 年発表の *The Daughters of Edward D. Boit*『ボイト家の娘たち』（図 2）は Sargent の評価を決定的なものにした。ただし、Sargent の絵には大きく二つの方向性があり、一つは肖像画であり、もう一つは印象派の影響を受けた風景ないし、風俗画だ。例えば 1882 年にパリで開かれた国際画家彫刻家協会の展覧会に出品した *A Street in Venice*『ヴェネツィアの裏路』（図 3）は酷評されているが、この作品はヴェネツィアのありふれた、うらぶれた裏

図 2　ボイド家の娘たち

通りとそこにたたずむ娘たちを、印象派の手法で地味にくすんだ色調で描いたものであり、サン・マルコ広場などの名所のあるきらびやかで華やかなヴェネツィアとはとても同じ街とは思えない。

Mr.Sargent leads us into obscure squares and dark streets where only a single ray of light falls. The women of his Venice, with their messy hair and ragged clothes, are no descendents of Titian's beauties. Why go to Italy if it is only to gather impressions like these?[5]

ミスタ・サージェントはたった一筋の光が射すきりの人目につかない薄暗い裏路へと案内してくれる。サージェントの描く、ぼさぼさ頭にぼろを纏ったヴェネツィアの女達は、到底ティツィアーノの描く美人の末裔ではない。こういった印象を得るためだけだというのなら、何故イタリアになんか行くのだろうか。

図3 ヴェネツィアの裏路

人々が憧れて世界各国からわざわざ観光にやってくる光溢れるヴェネツィアより、影のヴェネツィアに Sargent は惹かれた。

実は The Daughters of Edward D. Boit も A Street in Venice と同じ路線で描かれたものには違いなかった。けれどもこちらは絶大な支持をうることになった。縦横とも 2 メートルをゆうに越える

第 8 章　コスモポリタン画家 John Singer Sargent のこと　　233

意欲的な作品であり、例えば四隅に遊び心があり、しかもそれぞれ規則性を持っているのだが、まずベラスケスの 1656 年の作、『女官たち』の構図をベースにして、さらに縦の構図と横の構図を自由自在に駆使し、印象的な光と影のコントラストに彩られた、ミステリアスな雰囲気をかもし出す中に、巧みに正式の大作の肖像画を描きこんでいったのだった。ここでも筆さばきはあくまでも力強く、色調は強烈な濃淡に終始した仕上がりになっている。Sargent の友人で画家、Boit の 4 人の娘達をモデルに描いたものであるが、この一家もまたヨーロッパ大陸をあちこち放浪しているアメリカ人たちの典型であった。子供たちがばらばらに配置され、しかも光の中に据えられたり、影に隠されたりしていること、また絵全体が小さな子供たちには大きすぎる空間になっていることなどで、その心理的な不安感が読み取れよう。あるいはふと『不思議の国のアリス』の摩訶不思議な世界を思い浮かべるかもしれない。年齢の違う 4 人の少女たちが、実は独りの少女の成長過程を描いているようでもある。聳え立つような有田焼の壺は一家の美意識とか、異国趣味を表現しているし、さらにこれらの壺に傷があることで、一家の度重なる旅の歴史をも物語っていよう。幾十もの解釈ができる奥深い作品であることは間違いのないところだ。

II

　Sargent は、画家としては怖いもの知らず、これまで挫折を知らぬ人生だったから、まさかその先にぽっかりと落とし穴が待ち受けていたとは知る由も無かった。事実、『Boit 家の娘たち』で大評判を取ってからというもの、Sargent のもとへは肖像画の注文が次から次へと舞い込んできた。まだ若く、当然、絵画に対しては希望が高いし、アヴァン・ギャルド的なものに傾いてもいた頃だった。パリ社交界で噂の女

性は Madame Gautreau だった。Sargent は自分のほうからぜひ夫人の肖像画を描かせてくれるようにと依頼した。この女性はもともと、旧姓を Virginie Avegno といい、ルイジアナの大農園で育ったか、あるいはパリではそういう育ちだということになっていたアメリカ人であったが、その父は南北戦争で戦死し、そこで母と娘はパリに渡り、娘は金持の銀行家 Pierre Gautreau と結婚したのだった。1880 年に Dr. Pozzi の肖像画を描いた縁で、たまたまこの医者が夫人の愛人の 1 人だったところから、Sargent も出合ったものであり、1883 年の始めに、夫人はモデルを引き受けてくれた。もっともじっと坐っていてくれるモデルではなかった上に、画家のほうも何遍も何遍も描き直しし、けれども出来栄えはなかなか納得がいかなかった。それでも、ついに完成をみたとき、Sargent はこの作品がこれまでの自分の仕事の集大成になる、少なくともそうあってほしいと願った。とうとう、じりじりと不安で一杯の気持ちを抱えて、1884 年のサロンにこれを出品し、評価を仰ぐことになった。

　客は、とりわけ女性たちはこの絵を前にしてみな嘲笑した。その日の夜、Sargent が Boit と外で食事の最中に、怒り狂った Gautreau 夫人と母親とがアトリエに押しかけてきた。母親だけがもう一度やってきて、「娘はパリ中の笑いものだわ」、「娘はもう破滅よ」、「娘は悔しさで悶死するわ」、「あの絵をはずしてちょうだい」と夜中の 1 時過ぎまで押し問答が繰り返された。「それはサロンの規則に反するし、自分の主義にも反するから」と断ったものの、[6] Sargent は生まれて初めて大きな打撃というものを味わった。絵画の前で人々が夫人に関して囁きあったことは、もうすでに社交界では周知のことであった。それでも毎週毎週、この絵をめぐって大騒ぎが繰り広げられていった。さらには今回、問題になったのは絵それ自体にたいする批判だった。「不快だ」、「汚らわしい」、「うんざりする」と、人々は口々に嫌悪感を表した。サロンに展示された絵（図 9）では、Gautreau 夫人の一方の肩からストラップがずり落ちていた。また、顔だけではなく、肌に化粧を施して（あるいは砒素を飲

第 8 章 コスモポリタン画家 John Singer Sargent のこと 235

んで、肌を白くしていたとの噂もあったが)、耳以外の露出された肌全体がラベンダー色に、あるがままに色づけられてもいた。胸の大きく開いたラインも夫人の傲慢さを物語るようにも映った。こういうエロティックな姿は、たとえパリであっても、1世紀前には礼儀にかなわない、恥ずべきことであった。(サロンが終ってから、Sargent はストラップを肩にかけるように描き直しして、現在私たちが目にしているような絵にし、タイトルも *Madame X*（図10）と変更した。）いや、Madame

図9　マダム・ゴートロー　　　　図10　マダム・X

Gautreau の不倫など、パリっ子なら誰でもみんなのよく知っていることだったから、そのこと自体は人々の噂にのぼっても、誰も礼儀に反するとは思いもよらなかった。ところが画家がそういう夫人の姿を絵画の形で表現して、サロンに出品し、人々の目に触れることになったとき、Sargent はパリ社交界における公共道徳のコードを越える行為に及んでいたことになったのだった。この絵自体は今から見ると、別にどうと言

うほどのものでもなく、パリにはもう住めないという感覚は正直ぴんとこない。ともかくも時代は19世紀のこと、パリのマスコミに叩かれ、初めて挫折感を味わったSargentはパリから逃れることにしたが、そこから救い出してくれた人物はやはりHenry Jamesだった。

III

　SargentはHenry Jamesの招きで、海峡を渡り、イギリスへとやって来たのだが、考えてみればここは肖像画のお膝元だった。イギリスは絵画ではヨーロッパ大陸に遅れをとり、美術で唯一肩を並べられるジャンルがあるとすれば、風景画と肖像画くらいであった。肖像画では、Henry VIII世が雇い入れたHolbein、Charles I世のご時世にはVan Dyckといった名人の存在が常にあった。18世紀にはGainsboroughとReynoldsという二大肖像画家時代があったものの、時代は貴族から中産階級へと徐々に支配階級が移行していくにつれ、肖像画というものも変質していかざるをえなくなった。貴族にとって肖像画というのは、その屋敷に飾る代々の当主ないしその家族の、子孫に対して残していく記念写真の意味合いが強かった。それ以前の王たちには政略結婚のためのお見合い写真だったり、王の権力の象徴だったりがその役目に含まれていた。イギリスの中産階級はピューリタニズム精神の担い手であるから、家庭的で、倹約、自制、貞節、義務感などを旨とし、華美を嫌うので、絵画の好みも、部屋に飾るフランドルの風景画であったり、ささやかな家族の肖像画であったりした。また中産階級の場合、肖像画にしても、その用途は子孫への記念というよりは、むしろ自分たちがいきいきと活躍した生活の場面を、その証として自分たちのために記録することにあった。さらには1830年頃、肖像画にはとんでもない脅威が出現するが、これが言わずと知れた写真である。一夜にして、肖像画を食いつぶしたといわれ

第 8 章　コスモポリタン画家 John Singer Sargent のこと　　237

るように、Victoria 女王も大の写真好きで知られ、つまり一番のお得意さんであるはずの王室までもが写真に向かった時代であり、それによりあれよあれよという間に肖像画は質的には衰退の一途を辿るのだが、その衰退期に現れたのが Sargent であった。ちなみにこの衰退時期に出てきた二大肖像画家といわれる Sargent と Whistler の 2 人はともにアメリカ人であった。

　さて、イギリスに着いた Sargent はかねてより依頼を受けていた "ugly" な Vickers 三姉妹の肖像画に早速取り掛かった。そしてこれを機に Sargent のイギリスでの仕事がスタートを切ることになったのだ。この地で Sargent は注文依頼された肖像画を描く一方で、親しい友人達やその家族の絵を手がけていき、例えばその中には作家の Robert L.Stevenson もいた。1885 年の夏、Sargent はフィラデルフィア出身の画家 Edwin Austin Abbey に出合い、2 人でテムズ河でのボートの旅を楽しむことになったのだが、ところが運悪く、Sargent はボートから落ちて、頭を強く打ってしまった。心配した Abbey がエイボン川沿いのストラットフォードから 12 マイルほど南にあるブロードウェイ村での休養を提案したところ、Sargent も同意し、そこに滞在することに決めた。ここには Abbey ばかりでなく、同じアメリカ人でアントワープの王立美術アカデミーで研究している肖像画家 Francis Davis Millet とその家族もいた。ここのいわばアメリカ村には、他に、のちのアメリカ・ルネサンス運動のリーダー的存在になる Edwin Blashfiel や風景画家の Alfred Parsons、挿絵画家 Frederick Barnard とその家族などがいたし、それに夏のシーズンには批評家 Edmund Gosse や、この地を「ピクチャレスク」と呼んでいた、もちろん Henry James も集まってきたのだった。ほぼ 30 年後に Gosse はこの頃のことを以下のように記している。

　　The Millets possessed, on their domain, a medieval ruin, a small ecclesiastical edifice, which was very roughly repaired so as to make a kind of refuge for us, and there, in the mornings, Henry James and I would write, while Abbey and Millet painted on the floor below, and Sargent and Parsons tilted their easels just outside. We were all within shouting distance, and not much serious work was done, for we were in towering spirits and everything was food for laughter.[7]

ミレー家の所有する土地には、中世の廃墟、つまり小さなキリスト教会の建物があったが、その修繕たるや余りにぞんざいだったため、隠れ家といった趣があって、午前中、ヘンリー・ジェイムズと私はそこで執筆をしていたが、下の階ではアビーとミレーが絵を描き、すぐ外にはサージェントとパーソンズがイーゼルを傾けていた。私達はみな大声で叫べば聞けるところにおり、さして真剣な仕事もしていなかった。なにしろ私達は元気に溢れ、何もかもが笑いの種になっていたからだった。

　みんなはここでの穏やかな日々に心和ませ、愉快に楽しくつかの間のシーズンを過ごしたのだが、また17世紀以来、建物一つ新たに建築されることもないここでの生活は、時間もゆったりと流れるように進むかのようであり、実り多い作品が、集ったどのメンバーにも、この地で仕上げられていくことになったのだ。
　この土地とそこでの暮らしはSargentに何気なく日頃から目にしていたフランス印象派のアヴァン・ギャルドな作風を見つめ直すきっかけを与えた。何よりも景色に、つまり真っ青な空にも、咲き誇る綺麗な花にも、青々とした木々や葉の緑にも、そしてふりそそぎ溢れる光にも、Sargentは新たに鮮烈な感触を覚えた。この地で生まれたのが1885年の夏に描き始めた、その代表作 *Carnation, Lily, Lily, Rose*（図11）である。タイトルの『カーネイション・ユリ・ユリ・バラ』は当時流行った歌の一節からとったものだが、これまでの日々の生活の中で恐らく培ってきた印象

第 8 章　コスモポリタン画家 John Singer Sargent のこと

図 11　カーネイション・ユリ・ユリ・バラ

派の手法を用いて、Sargent は、移ろいやすい光のほんの一瞬、つまり黄昏近いひと時に異国の提灯を点し、遊ぶ子供たちの姿を巧みにまた実に可愛らしく捉えている。まさに暮れようとする光も、取り囲む青葉も綺麗な花々も、そして子供たちの可憐な姿もやはりほんのつかの間のものにすぎず、だからこそ、その一瞬を永遠に描きとめようとするかのようだ。実際、日没直後のごくわずかな時間だけをこの絵の制作に当てたという。当初は Millet の幼い娘をモデルにしたが、髪の毛が黒く、金髪のほうがいいと考えた Sargent は当時 7 と 11 歳だった Barnard の子供たちに代えた。がしかし、Gosse が以下のように述べているように大変厳密に時間に左右される作業となったのであった。

> Everything used to be placed in readiness, the easel, the canvas, the flowers, the demure little girls in their white dresses, before we began our daily afternoon lawn tennis, in which Sargent took his share. But at the exact

moment, which of course came a minute or two earlier each evening, the game was stopped, and the painter was accompanied to the scene of his labours. Instantly he took up his place at a distance from the canvas, and at a certain notation of the light ran forward over the lawn with the action of a wag-tail, planting at the same time rapid dabs of paint on the picture, and then retiring again, only with equal suddenness to repeat the wag tail action. All this occupied but two or three minutes, the light rapidly declining, and then while he left the young ladies to remove his machinery, Sargent would join us again, so long as twilight permitted, in a last turn at lawn tennis.[8]

サージェントも加わっていた午後の日課のテニスを始める前に、イーゼルとカンヴァスと白い洋服を着込んだはにかみがちの少女たちは準備万端整っていた。もちろん、日を追うごとに1、2分づつ早くはなるものの、夕刻の或る正確な時になると、テニスのほうは中断、画家は大仕事の現場へと連れ出された。すぐさま、カンヴァスからやや離れた位置につくと、光の或る表示で、サージェントはセキレイみたいな仕草をしながら、芝生を先のほうへとさっと走っていくと、同時にあわただしく絵の具を絵の上にべたべたと塗った。それから突如としてまた、セキレイみたいな仕草を繰り返して再び退くのだった。これは全部ほんの2、3分の出来事だった。夕陽は瞬く間に傾き、そこで画材道具の片付けは若いお嬢さんたちに任せ、黄昏の光の中でできる限り、最後の一試合にサージェントは再び加わるのだった。

このようにアトリエの中ではなく、作品は外で描かれたが、さすがに11月にもなると、ユリも無く、すると造花を用いざるをえないし、子供たちも白い上着の下にセーターを着込まなければならなくなった。2年間の夏季にわたってこの作業は続けられ、1887年のロイヤル・アカデミーにこの絵画は出品されることになった。

IV

　当時、保守的でピユーリタニズムの土壌にあるイギリスの人々はパリの印象派など受け入れようとはしなかったし、ましてパリでスキャンダルをおこした外国人画家など、これまで本気で認めようとはしなかったが、さすがに Carnation, Lily, Lily, Rose には頑固で無骨なイギリス人も心動かさざるをえなくなった。イギリスでのこの作品のまれに見る成功と、パリの女性たちは、自分達も Sargent に Madame Gautreau のような作品を描かれるのを恐れ、もう誰もこの画家に依頼しなくなっていたために、やっとここにきて画家も本腰を入れ、イギリスを仕事の本拠地にすることを決めたのだった。もちろん、貴族や金持などから肖像画の依頼は Sargent に殺到し、以降は超売れっ子の肖像画家として持てはやされていく。

　依頼主たちの気に入りそうな、つまり自分たちのいかにもお金がありそうな絢爛豪華を余すところ無く、しかも "good taste" を忘れずに、Sargent はプロの冴えを見せて、次々と描いていった。（ちなみに、その 70 歳の誕生日を記念して、友人たちが Henry James に贈った Sargent の手になる肖像画（図12）は、あまりに男性支配の威厳に満ち満ちているとして、フェミニストの女性から、ロイヤル・アカデミーの展示場で傷つけられている。）さて、この頃から新たなお得意さんとなったのが、

図12　ヘンリー・ジェイムズ

にわか成金のアメリカ人たちであった。19世紀の半ばほどから、絵画の国際化という現象が起きてくるが、一つにはこれは印刷技術の向上で名画のレプリカが容易に手に入るようになったことや、それになにより、鉄道や蒸気船の発明とその目覚しい発達により、旅が容易にできるようになり、人々が外国に頻繁に訪れることが可能になって、むしろ外国の絵を買いたいという欲求が出てきたためであった。イギリスは世紀末には国力に翳りが見え始めるが、それに取って代わって台頭してきたのがアメリカ人であり、そんな金の力にものを言わせ、Sargentに自分たちの肖像画を描いてもらいたくて、はるばる海をわたってやってきたのだった。ちなみにSargentに依頼すると、肖像画の値段は今のお金で1千万くらいだったといわれる。アメリカ人には、肖像画を描いてもらうことは、自分達に無いヨーロッパ伝統文化の埋め合わせの一端を意味し、自らのルーツを求めることにもつながったであろうし、かつ自分たちの財力を顕示して見せることでもあり、さらには新興上流階級の証でもあったのだ。

　嬉しい悲鳴をあげたSargentではあったが、世紀が変る頃には、肖像画描きがつくづくいやになってしまい、親しい友人以外の依頼はすべて断ることにした。そして好きな風景画を水彩で気ままに描く道を選んだのだった。Edward VII 世からサーの称号を授けようとの内々の御達しにも、自分はアメリカ人であるからと断った。そのアメリカに対しては、愛国心に富んだ戦争画や、あるいはボストン公立図書館に広大な天井画を描いたことで、自らのアメリカ人たることの楔を打ち込んだのであろうか。

　しかしコスモポリタンのSargentにとって、心の故郷はいったいどこにあったのであろうか。Sargentはヴェネツィアを描いたとき、まばゆくきらびやかな観光名所ではなく、うらぶれた裏通りとそこにたたずむ何の変哲も無い市井の人々を描いた。そして、後半の人生で、自分を名だたる一流画家に押し上げてくれた肖像画をいとも簡単に捨て、むしろ

第 8 章　コスモポリタン画家 John Singer Sargent のこと　　　243

　その陰気で、取り立ててどうということもない、つまり光ではなく影のヴェネツィアの風景や、その他の町や田舎にしてもいずれもありふれた風景を、もう一度今度は水彩で描くことをはじめたのだった。Sargent の描く自然はあたかも家の中にくつろいでいるかのような自然、人が共存できるようにと、手の加えられた心地よい人工的な自然であって、広大な果てしない宇宙を前に卑小な人間の力ではなす術がないような、荒々しいダイナミックな自然ではない。偉大な風景画家には共通してある、大自然に潜む力とか、霊気、自然の持つ生命力、これらを表現する感受性が Sargent にはない。Sargent の風景を描いた絵を見る限り、こちらの種類の絵の方向性だけしかなかったとしたら、決して画家として Sargent は大成しなかっただろうし、自らが大嫌いだった肖像画があって初めて後世にまでその名を留めることにもなったのだと私には思える。Sargent は本質的に人物画家である。

　ともかく、根無し草のコスモポリタンとして心の中に求めた故郷は、私たちからすれば、なぜ取り立てて描く必要があるのかと疑問に思うような、観光客が押し寄せる光のヴェネツィアではなく、その影にひっそりと息づく市井の人のごく普通の暮らしであり、それがいわば、両親が次から次へと国や町を放浪してまわったために、とうとう手に入れず仕舞いにおわった平凡な家庭の暮らし、平穏無事であったのだろうし、それが Sargent の無いものねだりの憧れだったように、このそうしたありふれた風景が物語っているようにも思うのだ。1913 年以降、Sargent はヴェネツィアには二度と足を踏み入れてはいない。イギリス人観光客でごった返すヴェネツィアは自分の故郷ではもはやないからだったという。Sargent はロンドンの家で暮らし、明日、アメリカに発つという日にひっそりと亡くなっている。

註

1. Staley Olson, *John Singer Sargent*, (N.Y.: St.Martin's Press, 1986), p.4.
2. Henry James, *The Pupil*, in the Vol.IX of *The Novels and Tasks of Henry James*, (N.Y.: AMS Press, 1936), p. 549. なお、邦文は拙訳による。
3. *Ibid.*, p.528.
4. Carter Ratcliff, *John Singer Sargent*, (N.Y.: Abbeville Press Pub. 2001), p.39. さらに Sargent の絵画に関してはさらに以下のとおり参照した。J. Halsby, *Venice*, (London: Unicorn Press, 1990); Kilmurray and Ormond, *Sargent*, (Princeton: Princeton Univ. Press, 1998); 両同氏による *Sargent:The Early Portraits*, (New Haven: Yale Univ. Press, 1998); Adelson et al., *Sargent Abroad*, (N.Y.: Abbeville Press, 1997); Marc Simpton, *Uncanny Spectacle*, (New Haven: Yale Univ. Press, 1997); H. Honour and J. Fleming, *The Venetian Hours*, (Boston: A Bulfinch Press Book, 1991); ed. R. Bruce, *Sargent and Italy* (Princeton: Princeton Univ. Press, 2003).
5. Ratcliff, p.73. なお、邦文は拙訳による。
6. *Ibid.*, p.84.
7. *Ibid.*, p.94.
8. *Ibid.*, p.101.

初出一覧

第1章 「Gaskell のローマの休日」
「Gaskell 作品に見る Mediterranean Passion の描かれ方」
『国際文化学研究』第2号（神戸大学国際文化学部紀要 1994年5月）

第2章 「Disraeli の地中海再発見」
「ユダヤ人 Disraeli の地中海」
『ヨーロッパにおけるコスモポリタニズムとナショナリズム』
（『平成 6-8 年度科学研究費補助金研究成果報告書』1997年3月）

第3章 「イタリアの Dickens」
「Dickens のジェノヴァ滞在記—催眠術の日々—」
Kobe Miscellany 第26号（神戸大学英米文学会　2001年3月）
「*Little Dorrit* にみる夢と現実の間」
『国際文化学研究』第20号（神戸大学国際文化学部紀要 2003年9月）

第4章 「George Eliot と歴史と地中海」　書き下ろし

第5章 「死に至る旅 ― Gissing と地中海―」
Kobe Miscellany　第25号（神戸大学英米文学会　2000年3月）

第6章 「地中海の彼方のシャーロック・ホームズ」
Kobe Miscellany 第24号（神戸大学英米文学会　1999年3月）

第7章 「E. M. Forster と地中海の誘惑」
「ホモセクシュアル英国人と地中海 ― E. M. フォースターの

場合 ―」

Kobe Miscellany 第 21 号（神戸大学英米文学会　1996 年 3 月）

第 8 章　「コスモポリタン画家ジョン・シンガー・サージェントのこと」

Kobe Miscellany 第 28 号（神戸大学英米文学会　2003 年 3 月）

あとがき

　この連作を始めたのはほぼ 10 年前に遡る。ニュー・ハンプシャー大学で 10 か月を過ごし、帰りにヨーロッパに立ち寄った。その時にリール大学のクースティアス先生にお会いし、常々、疑問に感じていたことだが、「同じ島国でありながら、日本の小説には外国を描いたものがあまりないのに、どうしてイギリスの小説には外国を描いたものがこんなに沢山あるんでしょうね」と私が尋ねると、先生は 1 冊の本を紹介して下さった。それが John Pemble の *The Mediterranean Passion*（1997 年、国文社より邦訳）だった。ヴィクトリア朝とエドワード朝の人々がなぜかくも多く地中海を旅したのか、それを論じた本で、日本に帰るとさっそく読んだのだが、久しぶりに面白い本に出合え、一気に読み終えてしまったのを覚えている。ちょうどそんなときに山脇百合子先生から、ギャスケル協会で何か発表するように、との電話があり、そこで私はこれをギャスケルに当てはめられないかと思い立ち、調べてみたら、上手い具合に地中海に関わりあいがあった。渡りに船とばかり、地中海とギャスケルをテーマに発表をしたら、今度はこれを聞いていた小池滋先生が懇親会の席で「今のを連作にしてごらんなさい」とアドヴァイスしてくださった。こんな風にこの本は誕生のきっかけをみたのだった。
　ちょうどその頃はまた、私の勤務する大学の教養部改組の時期と重なり、一般教育の英語を教えて、あとは好きな小説を一生読んで生きていける、との甘い人生設計は露と消え、突如、私は「文化」を教えなければならなくなった。私の学生時代は殆んどがアメリカのニュー・クリティ

シズムの洗礼を受けた先生方ばかりだったし、その後の理論批評隆盛のもと、テキストの中に真実がある、作家の生涯や時代は余計なもので、純粋な批評を鈍らせる、との教えを受けていたから、作品ならそこそこ数多く読んでいたつもりだったが、時代背景や社会となると、当時の価値観からすると、何か時代遅れで恰好悪いものに思え、こんな風に否定されて教えられた分、そちらの知識はお寒い限りのままだった。それが一夜にして逆転させられてしまったようなものだった。好むと好まざるとにかかわらず、「文化」を講義しなければならなかった。そういうわけで、この連作で取り上げたそれぞれのテーマと「文化」を教えることとが、概ねうまく一致してくれたのはよかった。また、新学部では所属した講座がヨーロッパ文化論であり、単にイギリス一国を扱うのではなく、広くヨーロッパ全体を視野に入れて研究していくこととも重なった。

　しかしながら、この10年間、「文化」を講義してきて出た結論は、不幸にして「文化」を教えることは殆んど不可能に近いということだ。文学でChaucerやShakespeareからDickens、Joyceまで網羅して教えることのほうがよほど容易い。つまり、19世紀のイギリス文化関連のトピックスでは、例えば「近代スポーツの発生」とか、「医学史」とか、「王室」、「女性の地位」などを挙げてみても、これらは個々の分野の専門家、つまり女性論、スポーツのエキスパートとか、科学史家、歴史家などに委ねられるべきものであって、「文化」理論の学者は別として、所詮、「イギリス文化」を教える専門家というのは存在しえないように思えるのだ。それゆえ、拙著は浅く広くを扱った「文化」を講義することの危うさの典型でもある。それでも、たとえ文学テキストの中にのみ真実があるにしろ、実際のところこの歳月、作品の同時代の時代背景や社会をあれこれと調べ、学んできたことを一つも損には思っていない。いや、それどころか、大変な儲けものをさせてもらい、私の大きな宝物になったと感謝しているくらいだ。

　拙著に取り上げた作家たちは地中海に魅せられた作家、画家のごく一

あとがき

部であって、例えばピューリタンの偏った教育によって人生が大きく左右された、いわば Dorothea Brooke の男性版ともいうべき Ruskin や、その他にも D.H.Lawrence や Henry James など地中海の大御所が抜けている。けれども、この連作をこのまま続けていけば尽きることなく果てしなく続きそうだし、またその一方で、連作のうち、先に書いたものは今ではもう 10 年前のものとなってしまい、新たな研究がどんどん進んでいる昨今ではますます古くなるばかりなので、一応ここで区切りをつけることにした。しかし、数はわずかながらも、拙著が取り上げた地中海に惹かれた人たちを通して、同時にヴィクトリア朝の社会が抱えていた様々な問題点は透けて見えることと思う。また、当初のお手本だった Pemble の The Mediterranean Passion からもじょじょに離れ、曲がり形にも独り歩きが出来たようにも思っている。

なお、拙著の実現には、三つの科学研究費補助金「ヨーロッパにおけるコスモポリタニズムとナショナリズム」小野理子代表（平成 6 ～ 8 年度）、「ヨーロッパにおける文化の交錯とアイデンティティ」橋本隆夫代表（平成 10 ～ 13 年度）、「ヨーロッパのアイデンティティと民族意識」石川達夫代表（平成 14 ～ 17 年度）によって、多くの書物を手にすることができたお蔭でもあり、あらためてメンバーの皆様に感謝する。

最後に、拙著の出版をお引き受けくださった開文社の安居洋一さんのご好意に心からお礼を申し上げます。数々の無理難題に、懐深くお応え下さり、実現して下さったことを深く感謝いたします。

平成 16 年 6 月 7 日

石塚裕子

索 引

A

Adam Bede	100
Adler, Irene	168, 178
Adventures of Sherlock Holms, The	168-74, 188
Agnes Revill, Lady	147-9
"Albergo Empedocle"	205
Alexandria	99, 207
All the Year Round	14, 29
American Notes	66
Anatomy Act, The	76
Angels, Hosmer	169
Annabel, Lady	48-9
Apostles' Society	198
Armine, Ferdinand	44-5
Arnold, Dr.	175
Austen, Jane	15, 100
Austen, Sara	41-2

B

Bacon, Francis	203
Baden-Powell, Robert	181-4
Baedeker	134, 136, 209-14
Balzac	46
Bardo	119
Barnaby Rudge	100
Baske, Miriam	27, 138-43, 207, 221
Bentham, Jeremy	76, 193
Beryl Coronet, The	171
Besant, Annie	160
Blanched Soldier, The	185
Blessington, Lady	50
Boone, Hugh	171
Bork, Von	187
Born in Exile	132
Brontë, Charlotte	5, 75, 159, 188

Brooke, Dorothea	27, 122-7, 207, 208, 221, 249
Brown, John	161
Browning	137
Bruce-Partington Plans, The	179-80
Bulwer-Lytton	3, 99, 134
Burke, Edmund	193
Butler, S.	3
Buzard	31, 210, 223
Byron	40-3, 47-8, 50, 52, 66, 144, 193
By the Ionian Sea	133, 151-4, 157

C

Cadurcis, Plantagenet	48-50
Carlyle	113
Carnation, Lily, Lily, Rose	238-40, 244
Carolus-Duran, Emile	229-31
Carpenter, Edward	160, 193, 218-9
Carroll, Lewis	182
Casaubon	122, 125-6
Case of Identity, A	169
Case-Book of Sherlock Holmes, The	172, 185
Chapman	108-9
Queen Charlotte	6
Chimes, The	68
Circumlocution Office	86, 89
Clair, Neville St	170
Clay, John	170
Clennam, Arthur	84-6, 97
Clennam, Mrs.	85-6, 95
Collins, W.	14, 66, 74
Coningsby	36-7, 52, 54-7, 63
Contarini Fleming	36, 41, 50-2, 59, 63
Cook, Thomas	ii, 2, 32, 88, 134-5, 191, 204
Copper Beeches, The	169, 173-4

252

Corbet, Ralph 15-6, 21-6, 28
Cousin Philis 5, 10-3, 29, 32
Cranford 19, 28
Cromwell, Oliver 53

D

D'Israeli 38-9
Dancing Men, The 177
Dark Night's Work, A 5, 14-7, 28-30, 32
Darwin, Charles 74, 118
Daughters of Edward D.Boit, The 226, 231-2
Defoe 2
Demos 131
Dickens, Catherine 79, 81
Dickens, Charles iii, 1, 3, 14-5, 29-31, 33, 35, 37, 46, 65-70, 74, 77, 79-85, 87, 89-91, 93, 95-98, 106, 119, 133, 150, 171, 245, 248
diligence 4, 16, 31
Dino 119
Disraeli, B. iii, 35, 47-8, 50, 52, 54, 57-62, 87, 245
Disraeli, Issac 37-40, 46
Disraeli, Mary Ann 36, 45
Dixon 15-6, 24, 28
Dorrit, William 85-6, 89
Dostoevsky 46
Doyle, Conan 162, 187-9
Dunster 15
Dupotet 70, 76

E

Elgin marbles 144-5
Eliot, George iii, 1, 3, 10, 13, 27, 30, 74, 99-100, 108-11, 116, 118, 122, 134, 160, 207, 245
Ellinor 15-7, 20-8
Elliotson 68, 74-5, 77-8
El Jaleo 226, 230-1
Emancipated, The 10, 133, 137-43, 157, 207, 217
Emerson, George 208, 213, 217-21
Engineer's Thumb, The 179

F

Farady, Michael 74
Farbes 16
Ferrara 38
Finching, Flora 86
Five Orange Pips, The 177
Fleury, Gabrielle 132
Flintwinch, Affery 91-3
Forster, E. M. iii, 3-4, 97, 158, 191, 193, 194-9, 205, 207-8, 211, 213-22, 245

G

Gainsborough 236
Galindo, Miss 6, 8, 10
Gaskell, E iii, 1, 5, 11, 14, 16-21, 26-32, 74, 100, 106, 118, 245
Gaskell, Marianne 5
Gaskell, Meta 5, 18
Gautreau, Madame 234-5, 241
Gissing, G. iii, 3, 10, 27, 30, 99, 129-37, 143-8, 150-6, 207, 245
Gladstone, W. 39, 60, 74, 145
Gosse, Edmund 237-40
Gowan, Henry 86, 88-9
grand tour i, iii, 2, 4, 6-8, 65, 85-6, 90, 96, 124, 191-2
Great Expectations, The 171

H

Hamlet 101
Harrison, Marianne Helen, (Nell) 130-1, 133
Hatherley, Victor 179
health 3
Henrietta Temple 36, 43-5, 63
Henry Esmond 100
Henry VIII 236
Henry IV 101
Herbert, Marmion 48-50
His Last Bow 187, 189
Hogarth, W. 89
Hogarth, Miss 79
Holbein 236
Holder, Mr. 171

索引|

Holdsworth	10-3
Holmes, Sherlock	159, 161-3, 168-75, 177-80, 181-2, 184-8
Honeychurch, Lucy	208-21
Housman, A.E.	193, 219
Howells	19
Hudson, George	86
Hunt, Thornton	108-9
Hunter, Miss Violet	169, 173-4

I

Idlers	163
Illustrious Client, The	172
In the Key of Blue	221
Isabel Clarendon	131
Italian Institution, An	29-30

J

James, Henry	19, 47, 207, 225, 227, 229, 236-8, 241, 244, 249
Jane Eyre	159, 188
Joyce	46, 206, 248

K

Kaplan	79, 96, 98
Keble, John	144
Kim	181
Kingsley	113
King Lear	101
Kipling	166, 181
KKK	177
Korg	135, 156-8

L

Langley	147-9
Last Days of Pompeii, The	99, 134
Lawrence, D. H.	3, 249
Lawrence, Thomas	89
Leader	108
Lewes, G.H.	108-9, 113, 119, 134
Lewis, Wyndham	35-6
Life's Morning, A	131

Life of Charlotte Brontë, The	5, 16
Little Dorrit	30, 33, 66, 84-97, 245
Livingstone	15-8, 20-1
Longest Journey, The	195-6, 198, 216, 223
Louis	147-9
Lyndhurst	35, 47-8

M

Macaulay	104
Madame, X	226, 235
Mallard	138, 140-3
Man with the Twisted Lips, The	170-1
Marlowe, Christopher	203
Martin Chuzzlewit	66
Maurice	198, 207, 219, 222
Maurois, Andrè	57
Mazzini	108
Meredith, William	40
Memoirs of Sherlock Holmes, The	181
Merchant of Venice, The	101
Mesmer, Anton	70-2
Middlemarch	10, 122-8, 207, 217
Millet, Francis Davis	237, 239
Mill, John Stuart	75, 113, 145
Mornings in Florence	210-3
Murray	134, 210
My Lady Ludlow	5, 30-2

N

Ness	15-6, 22
Nether World, The	131, 134
Newman	113
New Grub Street	133, 146-7, 157
Nightingale	108, 160
noblesse oblige	147
Noble Bachelor, The	177-8, 184
nobody	90
Nonconformist	2, 12, 20
Norton, Charles	18-21, 32
No Name	14

O

O'Connell	45

Odd Women, The	132	Scandal in Bohemia, A	168-9
Oliver Twist	35, 77-9, 99	Scenes of Clerical Life	13
On the Origin of Species	118	Scott, Sir Walter	100-1, 105-6, 110-1
Othello	46	Scouting for Boys	181
		Shakespeare	46, 52, 101, 203, 248
		Shelley	48, 50

P

		Shropshire Lad, A	219
Palazzo Peschiere	67	Shylock	46, 54
Passage to India	196, 207	Sidonia	54-7, 62
Pater, Walter	113, 137, 193	Sign of Four, The	170, 184
Peel	61-2	Simon, Lord Robert St	177
Pemble	3, 31, 47, 63, 204, 223, 247	Sleeping Fires	133, 146-9, 157
Pharos and Pharillon	207	sodomy	192
Pickwick Papers	77	Speckled Band, The	169
Pictures from Italy	65, 84	Spencer, H	109
Popanilla	42	St. Cecilia	137-9, 141
Pre-Raphaelite	3	Stark, Lysander	180
Private Papers of Henry Ryecroft, The		Sterne	152
	133, 151-2, 154-6	Strand	161, 163
Punch	161, 213	Street in Venice, A	231-2
		Study in Scarlet, A	177, 184
		Sutherland, Mary	169
		Sybil	36-7, 57, 59, 87
		Sykes, Henrietta	43

R

		Sylvia's Lovers	100
		Symonds, J. Adington	193, 203, 221

T

Raphael	137-9, 141		
Reardon	146-7		
Red-Headed League, The	170, 173	Tale of Two Cities, A	100
Resident Patient, The	182	Tancred	42, 57-60, 64
Reuben	138, 140-2	Tanner, Tony	47, 63
Reynolds, Joshua	88-9, 236	Thackeray	3, 37, 100, 144, 157
Richard III	101	Thornton, Marianne	195, 198
Riddle of the Sands, The	180	Thyrza	131
Ridley	38, 57, 63-4	Times, The	41, 45, 180
Risorgimento（イタリア統一運動）	110	Tita	42
Romeo and Juliet	101	Tito	119
Romola	99-100, 108, 110, 111-22	Townshend	70, 79
Rothschild, Lionel de	54, 61	Tragedy of the Korosko, The	164
Royal Academy	88	travail	i, 210
Roylott	169	Trollope, A.	3
Ruskin	3, 15, 20, 47, 113, 137, 210-3, 215, 249	"two nations"	37, 87
Ryecroft, Henry	127, 155		

S

U

Sanders, Andrew	104-7, 127		
Sargent	iii, 225-43	Uglow	28, 32
Savonarola	110-9, 122	Unclassed, The	131

索引 | 255

Underwood, Edith	131

V

Valley of Fear, The	177
Van Dyck	236
Venetia	36, 47-50, 63
Venus	46, 215
Veranilda	97, 133, 151
Vivian Grey	36, 40-2
Vyse, Cecil	208-9 217

W

Watson, Dr.	168, 170, 175, 180, 184-5
Wells, H. G.	132, 135
Westminster Review	36, 108
Where Angels Fear to Tread	195, 198, 207, 218
Whirlpool, The	132
Whistler, J. M.	237
Wilde, O.	3-4, 160, 170, 193, 197, 222
Wilkins, Mr.	14-5, 28
Wives and Daughters	31
Workers in the Dawn	131

Y

Yellow Face, The	177
'Young England'	57, 61

あ行

アームチェア・ディテクティヴ	175
愛国心	165-6, 184, 187-8, 242
赤毛	170, 173-4, 188
アキレス	199
アテネ	133, 145, 147-8, 200
アヴァン・ギャルド	226, 233, 238
アフガニスタン戦争	182, 184
アムステルダム	53
アメリカ独立戦争	49, 50, 103
アリアドネ	122
Albert 公	73, 161
アルバロ	66

アルプス越え	iii, 4, 69, 88
アレキサンドリア	42, 207
アンティゴネ	122
アンティノウス	201-2
イースト・エンド	77
異端審問	37-8, 54
ウフィッツィ美術館	215
『異邦人』	27
印象派	226, 231, 238, 241
ヴァティカン	141
「ヴィーナスの誕生」	215
ウィーン	70, 163
ヴィクトリア女王	ii, 35, 160-1, 172, 193-4, 213
ヴェスヴィオ火山	134-5
ヴェッキオ宮殿	215
『ヴェニスに死す』	30, 199, 214
ヴェネツィア	8, 20, 38, 46-7, 49-52, 86, 94, 96-7, 136-7, 163, 174, 198, 202, 204, 214, 221, 231-2, 242, 243
ウェルギリウス	10, 11, 22, 136, 201
エジプト	42, 51, 164, 165, 202, 207
エドワード朝	210, 216, 247
エラスムス	203
オヴィディウス	201
O'Key 姉妹	77, 80
オカルティズム	71
オムダーマン	16
オランダ	53, 167, 203
オリエント・エキスプレス	204

か行

海上制覇	53
ガイド・ブック	2, 134, 209-11, 213
カイロ	42-3, 164
科学の進歩	29, 75
家庭教師（ガヴァネス）	i, 86, 88, 169, 173-4
家庭の天使	159, 160, 174, 193
ガニュメデス	199
家父長制	119, 159, 176, 193
カプリ島	136, 140, 201
カモラ	29
カラバッジオ	203
カラブリア地方	150
ガリレオ	205
カレー	1, 5, 198

救貧院	76
ギリシャ	iii, 40, 97, 137, 144-50, 155
禁酒大会	2
クラッパム派	195
クリーヴランド・ストリート事件	193
クリミア戦争	ii, 85, 185
啓蒙思想家	102
ゲットー	41
検疫停泊	43, 51, 68, 84
公開朗読会	68, 82-3
皇太子 Edward	171-2, 193
穀物法	62
Corvo 男爵	193
コロンブス	118, 121

さ行

再入国	52-3
催眠術治療（メスメリズム）	70-83
債務者監獄	44, 85, 87
債務者拘置所	44-5
佐藤唯行	53, 63
サブライム	69, 85
産業資本家	ii
サン・ゴダール峠	69
サンタ・クローチェ教会	110, 204-5, 209-13, 219
シエナ	81, 150
ジェノヴァ	66-7, 69, 80-2, 108-9, 245
シシリー島	29, 198
システィーナ礼拝堂	136
シナゴーグ	38-9
シニョリア広場	208-9, 214-5
社会小説	36
社交界小説	36, 48
『ジャンニ・スキッキ』	216
『集団改宗』	53
巡回裁判	16
巡礼	i, 3, 46, 57, 59, 153
蒸気船	ii, 1, 2, 5, 191, 242
称号	8, 14, 167, 172, 242
肖像画	88-90, 93-5, 142, 230-1, 233-4, 236-7, 241-3
『女官たち』	211, 233
新救貧法	35
新プラトン主義	111, 203
シンプルトン峠	69
心霊術	73, 168, 185

スーダン	164, 166
スエズ運河	61
スタンダール	204-5
スノビズム	193
スペイン	37-9, 42, 53, 63, 118, 204-5, 230
すみれ	216, 221
世紀末	89, 170, 173, 177, 180, 184, 188, 242
政治小説	36, 48
聖テレサ	122
青年イタリア党	108
聖ピエトロ寺院	109
ゼウス	199, 204
世界の工場	ii
セファーディン	38, 53
セルフ・ヘルプ	171
選挙法改正	ii, 42
千年王国	53, 112
漱石	194
ソクラテス	200, 203
ゾンバルト	60-1, 64

た行

『太陽がいっぱい』	26
大陸旅行	iii, 1-2, 10, 14, 19, 30-1, 85-7, 92, 137, 163
高橋裕子	173, 188
Douglas 卿、Alfred	197
田中治彦	182, 188
ダビデ像	203
ダ・ビンチ、レオナルド	111, 203
ダブリン	46
ダンテ	10-2, 110, 141-2
チェリーニ	203
『地球の歩き方』	210
血の日曜日事件	181
チャーティスト暴動	37
Charles I 世	236
中産階級	ii, 1, 3, 13, 37, 85, 89-90, 106, 134, 138, 159, 161, 163, 171, 179-80, 185,191, 193, 195, 204, 208, 210, 222, 236
ティツィアーノ	174, 232
ティベリウス	201
『デカメロン』	143
鉄道	ii-iii 2, 5, 10-1, 13, 16, 23-4, 29, 75, 85-7, 134, 161, 191, 226, 242

索引

De la Rue 夫妻	69-70, 80-82
デルヴィシュ	164
投機ブーム（熱）	41, 85, 87
ドーヴァー	1
トーリー党	35-6, 45, 47-8, 57, 61-2
トランビー・クロフト事件	171
トルコ	42, 145

な行

ナイル河	164, 202
中西輝政	180, 188
ナポリ	5, 8, 10, 29, 108, 110, 133-8, 150, 154-5, 166
ナポレオン戦争	ii, 85, 102, 106
南北戦争	179, 225, 234
ニュー・ウーマン	169, 173-4, 177, 218
ネロ	201
ノスタルジー	6, 8, 13, 28-9, 216-7
ノルウェー	163-4

は行

拝金主義	10, 28, 29
パウサニアス	200
パッケージ・ツアー	ii, 2, 88, 191
ハドリアヌス	145, 201-2, 204
パトロクロス	199
パブリック・スクール	ii, 39, 144, 182, 196
バブル	41, 87, 97
パリ	1-2, 3, 5, 41, 46-7, 67, 71-2, 98, 109, 133-5, 141, 163, 172, 196, 198, 204, 211, 226-7, 229, 231, 233-6, 241
パリ万国博覧会	3, 134
パルテノン	145
パレスティナ地方	42
ピクチュアレスク	69, 85
ピサ	109
ファン・ファタール	174
フィエーゾレ渓谷	214-5, 221
フィレンツェ	4, 7, 19, 41, 99, 108, 110, 111-4, 118-9, 121-2, 127, 136-7, 198, 203, 205, 208, 212, 215, 220-1, 226, 228
風景画	3, 138, 236-7, 242-3
フェア・プレイ精神	165, 168, 188
フェミニスト	132, 159, 241

『不思議の国のアリス』	233
物質主義	13, 29
腐敗選挙区	35
ブライアント・メイエ場	181
プラトン	200
フランス革命	6, 102-3, 106
プロパガンダ	37, 57
Beebe 牧師	217
ペテルブルグ	46
ベラスケス	230-1, 233
ベルリン	163
ヘレニズム文化	137
偏狭なピューリタニズム	10, 85, 125, 138, 140-1, 160-1, 193, 207, 216-8, 241, 249
ホイッグ党	35, 62
ボーア戦争	166-8, 182-5, 187
ボーイ・スカウト	181-4
帆船	ii
ボッティチェリ	111
ホモセクシュアリティ	iii, 199-210, 217-22
ポルトガル	38, 53, 204, 206
ボローニャ	137
ポンペイ	134, 136, 140, 204, 226

ま行

マーシャルシー監獄	85-6, 92, 95-6
Maidstone 選挙区	35, 47
マキャベリ	205, 213
マスード	207
マフェキング	183, 184
マルセーユ	5, 66, 68, 108, 135, 145
マルタ島	42, 51, 182
マン、トマス	30, 199
マンゾーニ	11-2
マンチェスター	iii, 30, 37, 130, 138, 111, 203, 205
ミケランジェロ	41, 108, 163, 198
ミラノ	38
麦わら帽子	111, 118
メディチ家	69, 109, 134
モン・スニー峠	203
モンテーニュ	

や行

山村美紗　　　　　　　　　215
ユダヤ教　　　　　38-9, 53-4, 59-60
ユダヤ商人　　　　　　　38, 53
ユダヤ人永久追放令　　　　52
ユダヤ人解放法　　　　　　54
ユニテリアン派　　　　　26, 39

ら行

ライヘンバッハの滝　　　　164
ライン川（地方）　　　　　1, 5
ラファエル前派　　　　　173-4
ラブシェール修正項　　　　192
リード、エリック　　　191, 222
リヴァプール　　　　　　　iii
『離散の成就』　　　　　　53
立身出世　　　　　　　13, 29
『旅情』　　　　　　　　　214
ルカーチ　　　　101, 102-3, 106, 127
ルネサンス　　99, 108, 111, 118, 122, 134, 136-7, 202-3
歴史小説　　99-108, 118, 120, 127, 133, 151
ロイヤル・アカデミー　　240-1
労働者階級　　2, 184, 199, 205, 218
ローマ　　ii, 1, 4-5, 7-8, 11, 16-7, 19, 30-1, 81, 86, 99, 109, 110, 122-5, 134, 136, 139, 142, 150, 155, 193, 198-9, 201-4, 214-5, 245
『ローマの休日』　　26, 214, 215
ロレンツォ　　　　　　　　111
ロンドン　　ii, 3-5, 8, 25, 37, 40, 43, 45-6, 53, 67-8, 70, 74-5, 82, 85, 96-7, 108, 131, 141, 143, 161, 163, 170, 180-1 192, 197, 198, 204, 213, 228, 243
ロンドン警視庁犯罪捜査部（CID）　180
ロンドン万国博覧会　　ii, 75, 82, 177

わ行

若桑みどり　　　　　　111-3, 127

著者紹介

石塚裕子（いしづか　ひろこ）

北海道釧路市生まれ。
東京女子大学文理学部英米文学科卒業。
東京都立大学人文科学研究科博士課程単位取得満期退学。
現在、神戸大学国際文化学部助教授。
専門　19世紀イギリス文化社会および文学。
訳書　『デイヴィッド・コパフィールド』全5巻（岩波書店）。
　　　『ディケンズ短篇集』（共訳　岩波書店）。
　　　『チャールズ・ディケンズ』（共訳　西村書店）。

ヴィクトリアンの地中海　　　　　　　（検印廃止）

2004年7月15日　初版発行

著　　者	石　塚　裕　子
発　行　者	安　居　洋　一
組　版　所	アトリエ大角
印　刷　所	モリモト印刷
製　本　所	宮田製本所

〒160-0002　東京都新宿区坂町26
発行所　**開文社出版株式会社**
TEL 03-3358-6288・FAX 03-3358-6287
http://www.kaibunsha.co.jp

ISBN 4-87571-977-9　C3098